U0938333

霜紅室隨筆之
藝海書林

（下册）

葉靈鳳文存 卷一

葉靈鳳 著

許迪鏘 張詠梅 選編

目錄

1964 年

1965 年

1966 年

1963 年

我的願望

原刊 1963 年 1 月 1 日
《新晚報．下午茶座》
〈霜紅室隨筆〉。

又是一年了。在這一九六三年的新年開始，每人照例都有一點願望，我也不能免此。

我的願望，與其說是新的願望，不如說是舊的願望。因為這些都是我平日的願望，蓄之已久，可是一直未能兌現。現在趁這新年的開始，特地再提出來，向自己鞭策一下。

刊於 1916 年 1 月 1 日《中華婦女界》的《筆記小說大觀》廣告

《紅瑪瑙集》封面

我的願望是：今年要少寫多讀。如果做不到，那麼，就應該多讀多寫。萬萬不能只寫不讀。

近來對於書的飢渴，真是愈來愈迫切了。有一些書，自己立志要好好的讀一下的，拿了出來放在案頭，總是咫尺天涯，沒有機會能夠將它們打開來。僅有的一點時間，往往給翻閱臨時要用的書，或是自己根本不想看的書，完全霸佔去了。結果，那幾本書便被壓到底下，始終不曾讀得成。

隔了一些時候，偶然又因了一點別的感觸，又想到別的幾本應該看看的書，又拿來放在手邊。結果仍是一樣，又給一些本來不想看的書佔去了時間，不曾讀得成。

日子一久，這些想讀而未讀的書，在我的書案上愈積愈高，結果只有一搬了事，騰出地方來容納新的夢想。我的讀書願望便是這樣蹉跎復蹉跎，一天又一天的拖過去了。

這就是我在今天這個日子，重新再向自己提出這個願望的原因，我固然願望世界和平，國泰民安，願親戚朋友和讀者們幸福快樂，但我同時也願望能夠充實自己。如果無法不多寫，那麼，至少也該多讀。萬不能只寫不讀。

有一時期，我曾經讀書讀得很多，一天要同時讀幾本書。讀了歷史或學術性的著作之後，接著就改讀小說或是筆記，用來調劑口味。許多較枯燥、卷帙很繁重的書，都是在這樣的情況下順利的讀完了。可是這樣的讀書生活，現在回想起來，彷彿已是夢境。《戰爭與和平》、《約翰克利斯多夫》，幾部較大的文化史、美術史，還有文明書局的筆記小說五百種*，都是在這樣情況下讀完的。可是現在呢，我想讀一讀幾種不同的比亞斯萊的傳記，讀一讀《花城》和《紅瑪瑙》*，多次都未能如願。我決定暫時不將這一疊書從我的桌上搬開，以便考驗自己是否有毅力能執行在這新年開始重新提出來的讀書願望：

今年要少寫多讀，或者多寫多讀，萬萬不能只寫不讀。

參考：

- 上海文明書局自 1915 年起分輯出版《筆記小說大觀》，共出五百冊。
- 《紅瑪瑙》：或指劉白羽的散文集《紅瑪瑙集》，北京作家出版社 1962 年出版。見香港中文大學圖書館葉靈鳳贈書室收藏。

禁書和談論禁書的書

原刊1963年1月18日《新晚報·下午茶座》〈霜紅室隨筆〉。

許多人都喜歡讀禁書。我則除了禁書之外，更喜歡讀關於禁書的記載，有時會覺得這種記載比那些禁書本身更有趣。因為有些書雖由於宗教、政治、風化問題遭受禁止，但是這些書的本身未必一定就是好書，尤其是未必一定令人讀起來有趣。可是那些關於這類問題的記載卻不然。政治的立場有變化，道德的標準也有變化，因此那些關於古今中外禁書的記載，事過境遷，讀起來往往能使人莞爾而笑，給人一種智慧的啟發。

許多年以來，我一向留心這方面的資料。可是記載研究這類問題的書不多，搜集起來也不容易。但是我從不願錯過每一個可能的機會，因此日積月累，倒也頗有可觀，成為我自己最喜歡的藏書一部分。

最近又買到了英國亞里克·克萊基的《英國和其他國家的禁書》•。這是他的新著，因為他在一九三七年就已經寫過一部《英國的禁書》•。當時是他的嘗試之作，二十多年來，他已經成了這方面的專家，在英美兩國，對於有關出版與風化問題的立法，曾經貢獻過很多開明的見解。近年大約鑑於《查泰萊夫人的情人》在英國已經開禁，文藝與猥褻問題的處理觀點已經有了新的標準，便寫了這部新著來作一個綜合的敘述。引古證今，說明文藝作品中可以容納的猥褻描寫的限度問題，自古以來就是一個令人頭痛的問題，可是眼看現在就要愈來愈寬大了。克萊基氏說，英國法官處理這個問題的態度，常常成為歐洲其他國家的追隨標準，因此他認為《查泰萊夫人的情人》在英國獲得開禁，乃是近年出版界的一件大事。

克萊基的這部新著還有一個副題：「關於文藝上猥褻觀念的一個研究」，說明他的這部新著是完全偏重這一方面的，涉及政治的禁書很少。

克萊基氏甚至對我們中國的禁書歷史也多少有一點研究。他在這本書的開端，敘及人類最早的對於書籍和思想的控制時，就提到了秦始皇要銷毀孔夫子的著作。在他二十多年前出版的那部《英國的禁書》裏，談到《愛儷斯漫遊奇境記》有時也受禁止時，也提到了中國，據說這書的中譯本曾在當時湖南被禁，理由是書中的鳥獸皆作人言，認為是妖異邪說云云。他這麼說，必然有所根據，可惜我一直不曾查出他是從哪裏得來的資

《英國和其他國家的禁書》封面

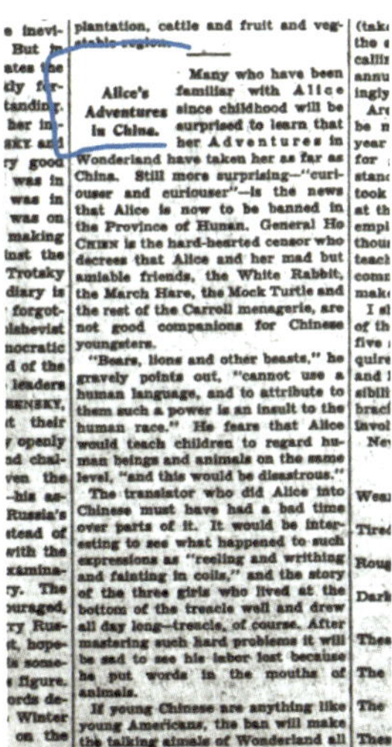

plantation, cattle and fruit and vegetable region.

Alice's Adventures in China.

Many who have been familiar with Alice since childhood will be surprised to learn that her Adventures in Wonderland have taken her as far as China. Still more surprising—"curiouser and curiouser"—is the news that Alice is now to be banned in the Province of Hunan. General Ho Chien is the hard-hearted censor who decrees that Alice and her mad but amiable friends, the White Rabbit, the March Hare, the Mock Turtle and the rest of the Carroll menagerie, are not good companions for Chinese youngsters.

"Bears, lions and other beasts," he gravely points out, "cannot use a human language, and to attribute to them such a power is an insult to the human race." He fears that Alice would teach children to regard human beings and animals on the same level, "and this would be disastrous."

The translator who did Alice into Chinese must have had a bad time over parts of it. It would be interesting to see what happened to such expressions as "reeling and writhing and fainting in coils," and the story of the three girls who lived at the bottom of the treacle well and drew all day long—treacle, of course. After mastering such hard problems it will be sad to see his labor lost because he put words in the mouths of animals.

If young Chinese are anything like young Americans, the ban will make the talking aimals of Wonderland all the more fascinating, and ways will

《紐約時報》有關《愛儷斯漫遊奇境記》「被禁」的報道

料。但是在軍閥時代的湖南，什麼怪現象不曾有過？禁止《愛儷斯漫遊奇境記》自然是大有可能的。

參考：

- 《英國和其他國家的禁書》：Alec Craig: *The Banned Books of England and Other Countries - A Study of the Conception of Literary Obscenity*, London: George Allen & Unwin, 1962。
- 《英國的禁書》：Alec Craig: *The Banned Books of England*, London: George Allen & Unwin, 1937。
- 《阿麗思漫遊奇境記》，趙元任中譯，1922年商務印書館出版。
- 關於《愛儷斯漫遊奇境記》在中國被禁的「傳說」，Alec Craig兩部書似未有提及，有關說法實來自亥特女士《被禁的書》（Anne Lyon Haight: *Banned Books*，見本書上冊第一篇〈禁書的笑話〉），是書1935年初版，資料來源應出自《紐約時報》（*New York Times*）1931年5月5日頁26的一篇報道。該報導標題 "Alice' s Adventures in China"（愛儷思在中國遇險），內文指湖南總督何鍵宣稱熊、獅子和其他動物本不會說話，給予牠們這種能力，是對人類的莫大侮辱，是把人類與野獸放在同一個層次上，實在是個災難。何鍵說這番話，其實並非針對《愛儷斯漫遊奇境記》，而是認為當時課本充斥人類與貓狗之類的對話，對學生有不良影響，應予改革。《紐時》自由發揮，遂成疑案，The Lewis Carroll Society of North America官方刊物*Knight Letter* 2012年第89期冬季號頁16有Sen Wong "An Early Alice in China: A Rumor and a Translation" 一文詳加討論。

袁永綸的《靖海氛記》

原刊1963年2月8日
《新晚報．下午茶座》
〈霜紅室隨筆〉。

道光十年夏月鐫
靖海氛記
羊城上苑堂發兌
丁酉年新鐫　碧蘿山房藏板

道光十年版《靖海氛記》書名頁

滿清嘉慶十五年，華南海盜黑紅兩幫郭婆帶張保仔，先後向兩廣總督投誠，接著藍旗烏石二和東海霸都受挫被殲，一時海盜銷聲匿跡，兩廣總督百齡十分高興，認為海氛已靖，便命他的幕客袁永綸撰了一部《靖海氛記》來紀功。這是研究張保仔等人海盜事跡的重要參考資料，因為書中敘述張保仔等人歷年騷擾廣東沿海各地，以及後來受撫經過很詳細。雖是官書，但是到底是第一手資料，自有參考價值。

《靖海氛記》必定刊行過，因為不僅嘉慶以後的新會東莞番禺縣志都引用過，就是一八三一年紐曼氏用英文寫的那部《一八〇七年至一八一〇年為患中國海上的海盜史》，也曾提到了這本書，並且加以引用，可知流傳不會很少。可是不知怎樣，我想找這本書一看，找了多年一直還不曾如願。

關於張保仔的身世，《靖海氛記》有很詳細的記載，與香港人口中所說的「故老相傳」的故事，大不相同。《新會縣志》曾加引用，原文云：

> 張保者，新會江門漁人子，年十五，隨父捕魚，遇鄭一，為所擄。鄭一嬖之，使為頭目。嘉慶十二年十月颶風，鄭一溺死，石氏領其眾，賊謂之鄭一嫂。石氏與保通，使領一隊。保事石氏甚謹，每事稟命而行。保日事劫掠，其黨漸眾。鄉民貪利者接濟酒米貨物，計其值而倍之，有強取者立殺，以故火藥米糧皆不匱。時商船有鵬發者，大而善戰，自安南東京還，保奪之，由是愈張。

張保仔的師父鄭一，是同安南有關係的，還參與過安南的政變，因此姓鄭的這一個系統，可能還與鄭芝龍鄭成功有關。因為自從鄭氏子孫不能守台灣後，族人部眾不願投降滿清，「乘桴浮於海」者甚眾，有些到了安南，在那裏建立了新的勢力。《靖海氛記》（也是據《新會縣志》所引）記其中淵源云：

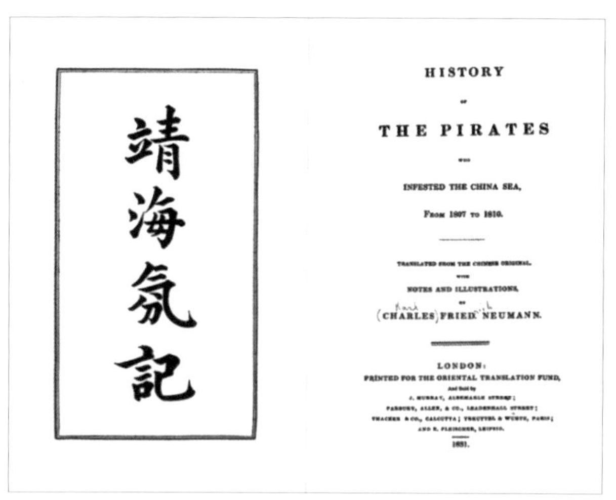
靖海氛記

HISTORY

OF

THE PIRATES

WHO

INFESTED THE CHINA SEA,

FROM 1807 TO 1810.

TRANSLATED FROM THE CHINESE ORIGINAL,

WITH

NOTES AND ILLUSTRATIONS,

BY

(CHARLES) FRIED. NEUMANN.

LONDON:

PRINTED FOR THE ORIENTAL TRANSLATION FUND,

And Sold by

J. MURRAY, ALBEMARLE STREET;

PARBURY, ALLEN, & CO., LEADENHALL STREET;

THACKER & CO., CALCUTTA; TREUTTEL & WÜRTZ, PARIS;

AND E. FLEISCHER, LEIPSIG.

1831.

《中國海盜史》扉頁標明《靖海氛記》和譯者名字

> 粵東海寇，時起時滅，由來久矣。乾隆五十六年，安南人阮光平逐其國王黎維祺，維祺奔入廣西。嘉慶六年，維祺弟福映，以暹羅龍賴兵返國，與光平大戰，殺之。光平子景盛與其臣麥有金遁入海，海賊鄭七吳知青等附之。鄭七有海船二百，助景盛返國，十二月襲安南港，福映與戰屢敗，鄭七遂據安南港虐其民……。

這個鄭七，是鄭一的師父，鄭七死後，部眾就由鄭一統率，而鄭一則是張保仔的師父，可知張保仔也是源出鄭氏系統的，可惜他後來竟投降滿清了。

參考：

- 「一八三一年紐曼氏用英文寫的那部《一八〇七年至一八一〇年為患中國海上的海盜史》」，其實並不是紐曼氏（Charles Fried Neumann）所寫，*History of the Pirates who Infested the China Sea, From 1807 to 1810*（《中國海盜史》）是紐曼氏就《靖海氛記》一書的英譯，只是有一篇較長的〈前言〉並加注解。

記畫

原刊1963年2月12至15日《新晚報·下午茶座》〈霜紅室隨筆〉。

一

為了稍作點綴，在牆上掛了幾幅畫。這些都是西洋畫的複製品，有幾幅已經掛了多年，現在改變了一下位置，有幾幅則是新裝配起來的。這裏略記幾句，表示自己的偏嗜和欣賞的樂趣。

正對書桌上的，是達文西的〈蒙娜麗莎〉。這幅畫已經掛了多年，換過了三個位置，現在是四遷了，替代了惠斯勒的〈母親〉，掛在書桌面前的一堵牆上。

因為掛得太久了，畫的顏色已經有一點變了，紅色已經減淡，青色成了主要的調子。但是由於原作的色彩也早已變了，任何色調的〈蒙娜麗莎〉，只要印得精細，都是無損於它的美麗的。記得二十多年前，曾在上海的書齋裏掛過一幅用影寫版印的，是從一家舊書店裏買回來的，印成深咖啡色，是德國的印刷品。在當時的印刷條件下，這是精品了。一直掛了好幾年，也曾寫過一篇小文，後來收在《讀書隨筆》裏。直到滬戰發生，這幅畫連同我的藏書，一同失散，不知流落到什麼地方去了。

由於有了這樣的傳統，我一直喜歡在牆上掛著這幅畫，孩子們從來不會稱它為「聖母像」，大家都知道這是〈蒙娜麗莎〉。這使我很感到高興。見訪的賓客也總有一點這樣的美術知識。新年裏有一位來拜年的客人，他一見了這幅畫，大約覺得面善，但是叫不出名字，「這這這……」，我正在暗暗的捏一把汗，他終於說出來了：

「這是最近拿到美國去展覽的那幅名畫，是不是？」

瑪爾洛出借這幅畫給美國，想不到會收到了這樣的一點效果。

原本掛在〈蒙娜麗莎〉這個地位的〈母親〉，現在移到東面的牆上去了。惠斯勒的這幅名作，令我特別喜歡的原因，可說完全是個人的。他將這幅人像畫得特別沉靜安詳，構圖也特別勻稱。這是一幅典型的母親畫像，所表現的不是「母愛」而是「慈愛」，因此就愈加富於感染力了。

這幅畫的複製品，我久已想買了，一直到前幾年才買到，當時就亟亟的配了框子掛到牆上，心中彷彿有完成了一宗心願那樣的安慰。

還有一幅畫，也是我在心裏想念了多年，可是至今仍不曾買得到。這是英國拉斐爾前派詩人畫家洛賽諦的那幅〈麗麗斯〉。我很喜歡洛賽諦的畫，更喜歡他所畫的這個傳說中的女性，這個膽敢反抗耶和華和丈夫亞當，寧願離開樂園的了不起的婦人。

二

今天讀報，見到恰巧有一點關於那一幅〈母親〉的消息，還可以在這裏再寫幾句。

這一幅畫，原本與〈蒙娜麗莎〉一樣，都是法國巴黎盧佛美術館的藏品。我還不知道遠在〈蒙娜麗莎〉借給美國之前，這幅〈母親〉也早已借給了美國！作為期兩年的巡迴展覽。目前正在奧特蘭達市的美術博物館展覽。這個城市的一些美術愛好者，在去年夏天曾集體包了一架飛機，專程到法國去作美術旅行，不料飛機在巴黎失事，發生了航空史上的大慘劇，七八十人同成灰燼。他們到巴黎的目的之一，就是想看看惠斯勒的這幅〈母親〉，因此現在特地在奧特蘭達舉行一次展覽，作為對於這一批愛好這幅畫的罹難者的一種悼念。

這個故事，毫無疑問會更增加了這幅名畫的吸引力，同時也使得美國人認為這幅畫不能長期留在美國，更加是一件恨事。因為作者惠斯勒，本是美國人，但他生前卻喜歡住在歐洲大陸，經常住在英國和法國，不願回美國去。可是美國人卻特別喜歡他的這幅畫，在每年五月間所舉行的母親節，商店的櫥窗裏總要陳列這幅畫的複製品以作點綴。因此對於它流入了盧佛美術館，不在美國人手上，一直認為是一件恨事。

由於今天在報上讀到了這個故事，使我站在這幅畫前，又細細的看了很久。

〈母親〉是這麼的沉靜，可是與她遙遙相對的，在我書房的西壁上，所掛的卻是另一個婦人的畫像，這就是畢加索的那幅〈鏡前的婦人〉，這是他的一九三二年的作品，色彩絢爛得無以復加，如火如荼，是他的傑作之一。

第一次見到用彩色複製的這幅畫，還是一九三四年的事情，是從一本日本雜誌上見到的。當時就被它的這種強烈對照的色彩所吸引了。後來望舒從法國回來，他說他還有一幅比這印得更好的，原來是刊在有名的季刊《米諾多》[•]上的，日本雜誌所刊的一幅，似乎就是從《米諾多》翻印的。

這幅畫很大，高六十四寸，闊五十二寸，原畫現藏紐約現代美術博物院，是受到畢加索作品愛好者最羨慕的藏品之一。不知怎樣，美國卻一直沒有較好的複製品，我現在牆上所掛的一幅，乃是西德所印的，尺寸比原畫縮小了一倍，但是掛在牆上，依然光彩奪目，使得每一個見到的人總要連聲讚好，只是有不少人見到畫上有兩個婦人的側面，總以為是兩個人，一定要向他們說明是一個婦人在對鏡，這才恍然。

參考：

- 《米諾多》，*Minotaure*，1933 年在法國巴黎創刊的藝術雜誌，以推動超現實主義藝術為標榜，非定期出版，至 1939 年停刊，共出十三期。畢加索的〈鏡前的婦人〉刊於該刊 1933 年 12 月第 3、4 期合刊。

刊於《米諾多》的畢加索〈鏡前的婦人〉（右）

三

在我書房的牆上，還有一張名畫複製品，那是鮑特差里*的〈委納斯的誕生〉。這也是世上數一數二的一幅名畫，也是我所喜歡的。

依據希臘神話，愛神委納斯是從海中誕生的，鮑特差里就採用了這神話作題材。正如所有的文藝復興期的大師們一樣，由於當時的社會風氣還不許畫家畫純粹的裸體畫，必定要找一種藉口作掩護，因此採用神話題材乃是最方便的了。這不僅對於畫家方便，就是對於購買了這樣作品的那些郡王主教豪門鉅族也方便些。

但是我現在卻可以毫不用躊躇的將它掛在牆上了。

鮑特差里的作品，色彩、構圖和描繪，都是富於古典的裝飾美的。從海中升上來的委納斯，僅以金色的長髮遮羞，乘了巨型的海貝，藉了風神的護送，已經安抵岸邊。岸上有一位仙女正擬將一件長袍披到她的身上。鮑特差里將這一切布置得十分勻稱，可是由於富於變化的細部，看起來一點也不覺得板滯。橄欖綠色的海水，襯著象牙色的委納斯的肉體，再加上迎風飛舞的金色長髮，構成了富於高雅感覺的裝飾效果。

書房的壁面，掛上了這四幅畫，所餘的空白已經不多了。還有幾幅，只好布置在另一間房裏。這四幅畫，三幅是古典的，只有一幅是現代的。

餘下來的掛到另一間房裏的一共是三幅，兩幅是現代的，另一幅是印象派的。印象派的一幅，是梵谷訶的〈阿爾里斯的朗格洛伊橋〉。兩幅現代派的，一幅是馬諦斯的〈有埃及窗帘的室內風景〉，另一幅是畢加索的〈三個音樂家〉。

我本來想找一幅保爾·克利的作品掛一掛，可是一時還買不到我自己所喜歡的。至於抽象派的作品，我覺得還找不出一幅可以同上面的那些作品掛在一起而不致侷促不安的。

我一向很喜歡谷訶的作品。這一幅〈橋〉，他大約一共重複畫過五六幅，這一幅是現藏荷蘭一個私人藏家手上的。作於一八八八年，橋上的那匹拉車的馬是白色的。我覺得在幾幅之中，這是他畫得最精心的一幅。畫面主要的色調是藍和綠，配上了冷金色的畫框，掛在牆上的效果非常好。

並非所有的好畫都適宜掛在自己的牆上的。有些作品，只能掛在美術博物館的牆上，有些則只宜掛在公共場所。但是像谷訶這樣的風景畫，可說是最適宜點綴素壁的第一流藝術品了。

參考：

- 鮑特差里：Sandro Botticelli（1445-1510），通譯波堤切利，意大利畫家。

四

有一件藝術品，我一直想將它掛到牆上，可是想不出適當的掛法，至今還未能如願。那就是將一幅整張的武梁祠畫像石拓本，略加裱襯，掛在一堵相當寬大的牆上。

我所選擇的是那些「車馬攻戰」圖之中的一幅，有人物，有車馬，還有一些神話人物和鳥獸，一共三層，大約有三尺高和五尺闊，一旦掛到牆上，將是一種鉅觀。

我的書房倒不難讓出這樣一幅寬大的壁面，問題就是這樣的拓片是應該用完全中國式，裱成一幅橫幅來掛，還是採用西式，用玻璃鏡框裝了來掛？

前者，因為畫幅太大，不論是上下橫軸，或是左右直軸，都不容易將它掛得平貼。但是如果裝鏡框，由於那一塊玻璃太大，重量一定不輕，不僅掛起來要大興土木，就是掛上以後也要時時擔心。因此躊躇不決，一直還想不出一個理想的辦法。

有一位朋友向我建議，說是將這幅拓片裱一裱，加一道綾邊，根本不必用軸，就這麼用圖畫釘去釘在牆上。這當然是一個很簡便的辦法，但是我又覺得太簡便了，不夠隆重，好像對不起武梁祠畫像似的，因此不曾採用。

就這樣，我一直心想在自己的牆上掛一幅這樣的拓片，可是一直未能如願。幾時能想出一個好辦法實現這一項宿願，對我個人來說該是一件快意事了。

此外，有幾幅永玉的木刻，很富於抒情趣味的，是他留港期間的作品；還有新波的那幅〈年青人〉，如果配了框子掛起來，一定都十分美麗。我已經準備使它們繼那一批西洋作品之後，來增輝我的蓬壁了。

過去，一般人都不大喜歡將石刻拓片裝裱了來掛到牆上，但我對這東西可說有一點偏嗜。我覺得如果不能找到一幅較好的畫，或是自己特別喜歡的畫，與其掛一幅自己並不特別喜歡的較次的畫，不如掛一幅拓片或是複製品。同時，真正好的畫，是根本不宜經常掛在牆上的，那麼，拓片該是最適宜的了，尤其是漢畫像石或是漢磚的拓片，高雅的情趣決不是一般的書畫能夠比得上的。我有幾幅大型的漢磚拓本，在繁複的花紋之間嵌有長樂未央等等吉慶語，掛上這樣的一幅拓片，我認為怎樣也比掛一幅四王的山水雅致多了。

當然，我早已說過了，這是我的偏嗜，因為我根本不大喜歡四王那一派的山水畫。好在我一向所說的總是我自己個人之見，大約總不會引起別人的非議吧？

橋

原刊 1963 年 2 月 18 日
《新晚報 · 下午茶座》
〈霜紅室隨筆〉。

橋和塔，是我國最具有民族風格的兩種建築形式。我喜歡看塔，也喜歡看橋。可惜在香港這樣的地方，根本就沒有橋。雖然有鵝頸橋之名，事實上早已有名無實。還有一個橋名，雖然有一點名實可考，可是那個名稱實在太可怕了：猛鬼橋。這想起了就要令人掩耳疾走，哪裏還有心情去欣賞。

若是在我們的家鄉就不然。「朱雀橋邊野草花，烏衣巷口夕陽斜」，在一條小河上跨有一座小小的石板橋，有人考證這就是當年朱雀橋的舊址。不論這考證是否可靠，你在那裏小立一下，若是季節恰好是春天，一兩隻燕子斜掠著飛過，你就怎樣也忍不住要低吟著這首絕句的下兩句：

舊時王謝堂前燕，飛入尋常百姓家！

這就是橋的情趣，還有揚州那有名的「二十四橋」，無論它是一座橋，還是真的是二十四座橋，但是你一唸到詩人杜牧的「二十四橋明月夜，玉人何處教吹簫」，你就不由的覺得自己置身在一種詩的境界中，而且有一種懷古的幽情。

我曾經在揚州住過短短幾天，就已經敏感的有過這樣的感受。偶然經過城中的一座小橋，就推想它可能就是當年的二十四橋之一。見了月色，不僅會想到「天下三分明月，二分在揚州」那樣的話，同時也要想到杜牧所感嘆的曾經照過當年二十四橋的這同一月色。若是聽到簫聲，那更不用說了，自然更要再低吟一遍：「二十四橋明月夜，玉人何處教吹簫」。

還有一座橋，我根本不知道它是什麼橋，也不知它在哪裏，但是一直縈迴在我的心中，使我念念不忘，那就是詩人黃仲則所吟的：「悄立市橋人不識，一星如月看多時」的市橋。

黃仲則是武進人，既是市橋，可能就是常州城中的任何一座橋。這不會是木橋，必定是一座高拱的石橋。在江南水鄉的城市裏，這正是典型的市橋。我不曾到過常州，但是住在崑山讀書時，學校門外就有一座大石橋，三個橋拱高得驚人，給我的印象很深。後來讀了黃仲則的詩，就一直想像著詩人站在那裏看天上一顆大星的市橋，就一定是這樣的一座橋。

我曾經用黃仲則的這兩句詩意，畫過一幅小小的畫，不過不是中國畫，而是比亞斯萊風的裝飾畫。我知道，黃仲則詩中的看星人，是他自己。因此我的畫中的看星人，也畫成了我自己。而那一座「市橋」，我就採用了崑山那座大石橋給我留下的印象。

關於郁達夫與王映霞

原刊1963年2月19日《新晚報·下午茶座》〈霜紅室隨筆〉。

不久以前，在〈下午茶座〉連載的孫百剛先生的《郁達夫與王映霞》，最近已由本港宏業書局印成了單行本來出版。在香港這地方，有不少人是他們的老朋友，讀著兩人這一段已經成塵成夢的往事，不管其中的是非曲直和恩怨如何，我相信誰都要不勝感慨的。

《郁達夫與王映霞》封面

達夫先生若是健在，該是六十以上，近七十的人了。他的身體雖然不大好，但是生命力很充沛，相信若不是由於日本侵略者卑劣的謀殺舉動，他至今很有可能仍是健在的，那麼，他同王映霞女士的仳離，可說對他本人的影響真是太大了。因為他若是在抗戰前夕不鬧那一場「毀家」風波，他便不會「投荒南炎」，不會到新加坡去，那麼，自然也不會有後來那令人心痛的結局了。

孫百剛先生的這本小冊子，所寫的就是郁王兩人自結識以至反目的經過。對於這一段恩怨史，雖然知道的人很多，談過的人也不少，但是最適合談論這件事情的人，我認為，該是這位孫先生了，因為正如他自己所說的那樣：

我和達夫是差不多三十年的老友，我和映霞的認識也有二十多年的時間。達夫遇到映霞，最初即在我處。關於郁王兩人初期熱戀，知之最審，對於兩人的個性家庭，亦比較熟悉……。

本來，對於別人夫妻間家庭間的恩怨和糾紛，外人是很難有置喙餘地的。就我自己來說，若是要我來談論這件事情，不怕王映霞女士見了要不高興，我總是不免有一點要偏袒達夫先生的。我說「偏袒」，就是因為在感情上我在不曾動筆以前就已經站在同情達夫先生的這一邊了。

達夫先生已經沒有機會來對這件事情再作表白了。至於王映霞女士，從她已經發表過的〈一封長信的開始〉和〈請看事實〉看來，即使在事過境遷的今天，請她再執筆來談談這一段心痛的往事，我想她仍不免繼續會有「片面之辭」的。

因此孫百剛先生的這篇《郁達夫與王映霞》就很難得。雖然有些地方還失之簡略，不饜我們讀者的要求，但是在史料價值上來講，這實在是第一手的好資料了。

聽說關於談論郁王這件事情的稿件，〈下午茶座〉的老編手上還有一篇〈我所知道的王映霞〉，不日就可以發表。我不知道這篇的作者是誰，但是從題目看來，內容可能是站在王映霞女士這一方面來有所解釋的。那麼，我希望繼這篇之後，能有誰也來談一談達夫先生才是。

參考：

- 孫百剛早於 1921 年與郁達夫在日本認識，也是王映霞外祖父的好友，受老友囑託予以照顧，王映霞與郁達夫也是在他家中初識。

題記一篇
——題郁達夫《日記九種》及其他重印本

原刊 1963 年 2 月 22 日
《新晚報．下午茶座》
〈霜紅室隨筆〉。

孫百剛先生的《郁達夫與王映霞》出版不久，宏業書局又有意思要將《日記九種》、〈毀家詩紀〉，附以王映霞女士的〈請看事實〉和〈一封長信的開始〉，合在一起，再印一個單行本。據說這樣一來，有關郁王兩人離合經過的主要史料，都可以包括在這兩個小冊子之內了。

《郁達夫日記九種及其他》
1980 年增訂本封面

他們要我寫幾句以作介紹，我卻將這個委託擱置了許久不曾動筆，因為我不僅不是很適合寫這樣一篇文字的人，同時我也明白自己實在不該寫，因為我已經屢次說過，不論這件事情的真相是怎樣，我在感情上始終是同情我們的達夫先生的。尤其在王映霞女士的〈答辯書簡〉裏，斥達夫先生為禽獸，實在使我看了很有感觸。雖然達夫先生為了創造社出版部的事情，甚至就為了王女士，曾經斥我同當時幾個其他年輕的朋友為「喪盡天良的下一代」，說我們應該鑄成一排鐵像跪在他的床前。但我們在文藝上，始終將他看作是我們的前輩；在私交上，也始終對他保持應有的敬重，因此看到王映霞女士對他所下的這種斷語，實在使我對他們的事情不忍有所論述。

只有一點，雖然已經事隔三十多年，卻使我仍不曾有所改變的，那就是我們當年認為達夫先生結識了王映霞女士，實非達夫先生之福。這正是當年除了創造社出版部的問題之外，我們這一群一向崇拜他的小伙子同他「交惡」的原因，因為我們曾經在他面前表示過這意見，使他大為生氣。可是，事隔三十多年，現在有事實擺在眼前，再證以他自己的《日記九種》中所記的當時情形，要叫我們當時那一批二十幾歲將新文藝當作自己生命的熱情青年，對他與某太太通宵打麻雀，為了追求王映霞女士要那麼揮霍的情形，予以讚許，實在是做不到的。

甚至直到今天，我個人的這種見解，可說仍不曾改變，這也正是當年為了不贊同他追求王映霞女士，挨了他的罵，現在想起他們的離合經過，反而同情他的原因。

我一直認為，沒有這一場婚變，達夫先生根本不會投荒南下，因此後來也就不會不明不白的遭了日本人的毒手。他可能至今還健在。試想，在這近二十年的時間，以他的那一枝才筆，可以為我們寫出了多少美好的作品。可是他的文學創作生命，卻被這一段不幸的結合所影響，過早的遽然結束了，我覺得這乃是中國文壇的一項重大的損失，也正是我們對於義兼師友的郁達夫先生，每想起了就要覺得心痛的原因。

其餘的問題，現在看來，實在是枝節的。

參考：

- 郁達夫《日記九種》最早有 1927 年北新書局版。《郁達夫日記九種及其他》，香港宏業書局 1962 年出版，是《郁達夫與王映霞》的「姊妹篇」，本文收入書前作〈題記〉。宏業書局 1980 年有增訂本，增收郭沫若〈論郁達夫〉、胡愈之〈郁達夫的流亡和失蹤〉、馮雪峰〈郁達夫生平事略〉和郁達夫遺作〈離亂雜詩〉。

客人的禮貌和風度

原刊1963年3月11日《新晚報・下午茶座》〈霜紅室隨筆〉。

最近本報每逢星期六刊出的〈食經〉版，開始譯載了日本作家青木正兒的〈中華醃菜譜〉。青木正兒是專門研究我國戲劇史料的，大約曾在我國各地旅行過，因此也寫過不少有關我國風土人情的見聞錄。〈中華醃菜譜〉就是這類的作品之一。

最近所讀到的一段譯文，是說他到了某一處地方，看到街邊有一種「醃菜」出售，覺得與日本的某一種醃菜很相似，想嘗一嘗它的滋味，便走進一家小酒店，叫堂倌切一碟醃菜來試試看。

堂倌將醃菜送上來了，並且在菜上放了一把白糖。

哪知這舉動竟使得我們的這位日本客人很生氣，一手將有糖的醃菜潑在地上，使得站在一旁的堂倌不知如何是好。

譯文不在手邊，大意是如此，使我讀了很有一點愕然。我不知文內所說的「醃菜」，究竟是什麼醃菜，但是看那描寫，總不外是「雪裏紅」或「鹹白菜」之類。這類鹹菜，在江南一帶，若是用醬油麻油拌了生吃，有很多人是喜歡加一點白糖進去的。

作者所去的那家小酒店，也許正是有這種吃法的，說不定加一撮白糖還是對顧客的一種敬意。想不到竟使青木正兒先生生了氣，一手就連糖連菜潑在地上，難怪那個堂倌要詫異得莫名其妙了。

我想，也許青木正兒先生認為「醃菜」加了白糖，奪去了真味，不是內行的吃法，這一點我倒是同意的。使我覺得有一點那個的，乃是我自己設身處地著想，我如果到日本去旅行，在一家小餐館裏要一碗我愛吃的豆醬湯，廚師即使在湯裏加進了我所不喜歡吃的東西，我大約絕不致當了下女的面，就將那碗湯潑在地上的。

這不是一己喜歡不喜歡的問題，這是禮貌的問題，這是氣量與風度的問題。

若是不喜歡吃有糖的醃菜，就揀著沒有糖的部分吃好了，用這來下酒，豈不是比怒氣沖沖的潑在地上好得多了嗎？

我想，若是青木正兒先生現在有機會到中國去旅行，他一定不會做這樣的事。但他那篇文章是在很久以前寫的，在那時候，一位日本客人到我們的小城市裏去旅行，偶然生起氣來，只是將有糖的醃菜潑在地上，不曾再有其他舉動，大約已經算是很有禮貌，很有風度了。

參考：

- 青木正兒在《華國風味》中的〈醃菜譜〉中確實提到在常熟一家小菜館吃醃菜時，因見到醃菜上有白糖，「馬上用筷子把醃菜的上面部分連帶白糖拂落在地上，服務員瞪大眼睛看著，沒出聲走開了」。但後來「想起在常熟旗亭吃醃菜的那件事，對自己的粗暴舉動感到慚愧」。（見北京中華書局2005年版范建明譯《中華名物考（外一種）》，頁326。）

書的選擇

原刊1963年3月14日《新晚報・下午茶座》〈霜紅室隨筆〉。

這是外國的讀書家時常提出來問人的一個問題：

「如果將你放逐到無人的荒島上，只許你帶一本書，你要帶的是一本什麼書？」

二十多年前，我曾在一篇隨筆〈可愛的斯蒂芬遜〉* 裏，對這個問題作過一次答覆。我說如果有人向我詢問這個問題，我將毫不躊躇的回答：「斯蒂芬遜」。

那時我正在讀著他的書信集，對於這位《金銀島》、《新天方夜譚》的作者十分愛好，因此作出了在現在看來好像有點魯莽的回答。

現在，如果有人再用這樣的問題來問我，我大約不會這麼答覆了。事隔二十多年，我雖然至今仍很喜歡斯蒂芬遜的作品，但是如果要我一人到荒島上去，又只許我帶一本書，現在再也不會輪到帶他的作品，這可說是一定的。這不是他的作品有了什麼變化，而是經過了二十多年，我自己有了變化。

如果現在要我答覆這個問題，我將怎樣答覆呢？我向我自己這麼問。考慮了一下，我不覺有點躊躇起來了。首先，我不會像年輕時候那麼樣，毫不躊躇的一口就回答要帶什麼人的作品；其次，我要考慮應該帶一部小說還是帶一部散文，或是帶一部其他的作品集；更有，我甚至要考慮是不是一定要帶別人的書去。我如果不帶別人的書，帶一本自己的書，或是帶一疊白紙去，豈不是更好嗎？

二十多年前不曾去考慮的問題，現在我要細細的思索了。年輕時代的魯莽呀，我不禁自己向自己嘲笑。

不僅是放逐到無人的荒島上去，我想，就是邀請我到樂園去，而且不限制我帶幾本書去，我也一樣的要一再躊躇，在浩如煙海的書林之中，未必能夠一下就有了決定。

記得前幾年出門旅行，自己在收拾行李時，覺得怎樣也應該帶幾本書在路上看看。可是，帶什麼書呢？對著桌上和架上的書，一時倒不知從何著手。後來反覆選擇了許久，有兩本書已經放到衣箱裏了，想想又拿出來換上別的，更從書櫥角落裏找出買了十多年還不曾讀過的書，覺得這一次怎樣也應該趁這機會在旅途中將它讀一下了，擾攘了許久，才選定了幾本書放在箱子裏。

這是幾本什麼書呢？

我想還是從側面回答這個詢問罷。因為我幾經艱難選定的這幾本書，結果除了有兩本順手送了給朋友以外，其餘仍是原封不動的帶了回來。

一跨出了自己的大門，一踏上了旅途，到處都是值得重讀的書，到處都是未讀過的偉大的新書，我於是忘記了塞在我箱子裏的那幾本小書了。

參考：

- 〈可愛的斯蒂芬遜〉，見《讀書隨筆》一集（三聯書店〔香港〕有限公司 2019 年版）頁 38。

我的看書趣味

原刊1963年3月16日
《新晚報·下午茶座》
〈霜紅室隨筆〉。

近幾年來，我的文藝書看得不多，小說看得更少，所看的多數是傳記、回憶錄和一些小品散文集。我的讀書口味已經漸漸的變了。

年輕的時候，為了羨慕達夫先生看小說看得多，因為他自稱曾讀過小說一萬種以上，這話雖然不免同他的發牢騷嘆窮一樣，照例總有一點誇張的成分，但他的小說看得多，卻也是一個事實，我在當時又有野心要想成為一個小說家，因此也努力的去看小說。

幾個小說大家的代表作，以及一些所謂小說名著，差不多都被我生吞活剝的看過了。我漸漸的摸出了自己的口味：不大喜歡長篇，愛看的是短篇和中篇。因此在自己的寫作方面，我也很少去嘗試長篇，所寫的多是短篇。但是，除了契訶夫、愛倫坡、歐亨利，幾個極少數的人以外，哪一個小說家不是靠他的長篇作骨幹呢？因此我對自己是否能成為小說家的前途，不免也漸漸的看得黯淡起來了。

這還是三十歲左右的情形。近二十多年來，我已經很少寫小說，也很少再看小說，對於要成為一個小說家的野心，我早已放棄了。我想，為了要成為一個什麼家的野心才去看什麼書，那是可笑的，只有年輕人才會有那樣的想法。從此凡是我喜歡看的書我就去看，凡是我想看的書我就去看，甚至凡是我不懂得的別一部門的書我也去翻翻，因此我看書的趣味就向橫發展，而不是向深發展，雜得有時連我自己也會覺得驚異了。

記得在香港停戰的那一年，洵美從上海到香港來，在我的書房裏將架上的那些書掠了一眼，有點詫異的向我問：

「你現在在研究什麼呀？」

是的，我現在在研究什麼呀？我看了弗列采的《金枝》•，看了魏斯特瑪爾卡的《人類婚姻史》•，並非為了想成為民俗學家；看了那麼多的關於文字獄和禁書的著作，也沒有一點意思想成為衛道之士或是中國的勞倫斯。我覺得看書就是看書，為了要看這一本書，為了喜歡這一本書，就不妨揭開來看，這裏面是不該有什麼功利觀念的。這與為了學問和知識，為了參考什麼才去看一本書，是大大的不同的。能領會這一種的看書樂趣，我覺得在海闊天空的書的世界中，才可以任我們飛翔。

也許有人要問，這樣的看書，豈不是消遣時間，對於學問知識毫無裨益的舉動嗎？但是，什麼是學問呢？知識的界限又在哪裏呢？何況，道在瓦礫，道在糞土，開卷有益，這樣話不是也早已有人說過了嗎？

參考：

- 《金枝》：James George Frazer: *The Golden Bough: A Study in Magic and Religion*，兩卷本 1894 年初版，1906 至 1915 年出版十二卷本。
- 《人類婚姻史》：Edward Westermarck: *The History of Human Marriage*, London: Macmillan & Co., 1891。

我所愛讀的散文小品

原刊 1963 年 3 月 18 日
《新晚報・下午茶座》
〈霜紅室隨筆〉。

這幾天在重讀著都德的《磨坊書簡》。

有許多書是值得重讀的，尤其是隔了多年之後，年紀不同了，感受也不同了，甚至欣賞能力也有了變化了，因此再讀起來，就像重晤一個睽別了多年的老朋友一樣，在依稀相識之外，會有一番新的喜悅。

都德的《磨坊書簡》，是散文集，同時也是小故事集，是與屠格涅夫的《獵人日記》相類的作品，但是與他的散文詩比起來，就迥不相同了。這些都是值得一讀再讀，而且不限時間和地點，打開書來隨便挑選一篇，就可以令你入神的讀得下去的好作品。

西洋文學中，有名的散文小品集很多，但是經得起這樣考驗的作品卻是寥寥可數的。這裏面又可以分成兩類，一類是純粹抒情的，一類是說一段小故事，或是描寫某一個人物和風景的。《獵人日記》和《磨坊書簡》都是屬於這一類，西班牙的馬羅哈、阿佐林*的那些散文集，也該是屬於這一類的。

詩人鮑特萊爾的《巴黎的憂鬱》，雖然有一點近似，但其實該是屬於另一類的作品。他在這些散文詩裏所描寫的人物和故事，是帶有濃厚的象徵和諷刺意味的。這一點，倒又與屠格涅夫那一輯有名的散文詩有一點相似了。東方的紀伯倫，他的一些散文詩裏往往也包含著小故事和一些人物的對話，但他的氣氛烘染得超塵脫俗，因此帶有濃厚的哲學意味，不似鮑特萊爾筆下的那個浪子，他是剛從酒店走上街頭的。

提起西洋文學中有名的散文家，當然要使人想到英國的蘭勃•和法國的蒙田。蘭勃的小品，在我們外國讀者讀來，已經有一點吃力，至少要有一點充裕的時間安坐下來，才可以讀得下去。至於蒙田的散文，那麼淵博，典故引用得那麼多，行文如抽絲剝繭，一層一層的連下去，簡直要正襟危坐才敢讀，有些可說已經是論文，如果讀著的時候心中偶然想到別的事情，便無法把握住作者的思緒線索了。他的散文，我只讀過幾篇題目特別引起我的興趣的，並不曾全部讀過。

至於像懷德的《塞爾彭自然史》，那種書信體的自然小品，還有《金枝》的作者弗列采的一些民俗小品，說理和敘事並重，文筆卻一點也不枯燥，別樹一幟。近年英國曾有許多模仿者，以海洋生活、動物生活、考古發掘為題材，漸漸的成為一種通俗讀物，已經不能說是小品散文了。

參考：

- 馬羅哈：Pío Baroja（1872-1956），西班牙小說家；阿佐林：Azorín（1874-1967），西班牙散文家、旅行文學作家。
- 蘭勃，指 Charles Lamb（1775-1834），通譯蘭姆，英國散文家。

日本人的小品隨筆

原刊 1963 年 3 月 19 日
《新晚報·下午茶座》
〈霜紅室隨筆〉。

昨天曾在這裏對蒙田的散文，說了幾句很放肆的話，今天偶然翻閱日本廚川白村的《出了象牙之塔》，因為我一向總覺得日本人的隨筆小品，由於人情風俗的相近，是很適合我們口味的，所以想拿出來再看看。不料在那篇論小品文的文章裏，作者對蒙田的散文，竟也有不約而同的微辭。他這麼說（據魯迅的譯文）：

> 就近世文學而論，說起 Essay 的始祖來，即大家都知道，是十六世紀的法蘭西的懷疑思想家蒙泰奴。引用古典之多，至於可厭這一節，姑且作為別論，而那不得要領的寫法，則大約確乎做了後來的藹瑪生這些人們的範本。

對蒙田來說，廚川白村同我們一樣都是外國人，而且是東方人，因此對他的文章不能完全領受其中的好處，以至不免有一點微辭，實在是可以原諒的。因為小品隨筆這東西，本是以身邊雜事為主，甚至即使談到天文地理和古往今來，也仍是以作者個人的觀感為基礎，因此生活氣息較濃，對於生活環境不同的外國讀者，在感受上自不免要有一點距離，何況在時間上又相距那麼遠，自然更不容易完全接受了。

也正是基於這樣的原因，我們對於日本作家所寫的散文隨筆，往往會感到特別親切。廚川白村的《苦悶的象徵》和《出了象牙之塔》，自從中譯本出版後，就一直很暢銷，甚至其中所灌輸的思想在我們的文藝愛好者中間也起了一點作用。還有鶴見祐輔的那輯《思想山水人物》，中譯本也一直為許多人所愛讀。

許多年以前，我曾經讀過谷崎潤一郎所寫的一篇〈陰翳禮讚〉，談他自己所喜歡的室內光線微暗的那種情調的理由，實在是一篇寫得非常細膩而又充滿了生活情趣的好文章，讀了使我非常欽佩。其中有一節說到在陰雨天氣，到寺院裏的廁所去如廁的情趣。這種廁所都是獨立設在樹林裏的，光線微暗，四周特別悄靜，可以聽到蟲聲蛙聲，以及雨滴在樹葉上又再滴到碎石路上的聲音。將一件本來毫沒有情趣的事情，寫得十分有情趣。雖不免有一點「頹廢」，但就文章來說，谷崎不愧是一位能手。

還有，武者小路、有島武郎，他們的思想都是入世的，因此貫通在散文作品裏面的感情都很濃烈，讀了非常能令人感動。對於一些精通日本文字的朋友們，我總是要求他們多精譯一點散文小品給我們看看。這是為我自己打算，其實也是為大家打算。

讀《好望角》

原刊 1963 年 3 月 20 日
《新晚報．下午茶座》
〈霜紅室隨筆〉。

《好望角》• 是本港新近出版的一個純文藝小刊物，是同人性質的半月刊，已經出版了兩期了。

編者在代創刊詞上說，這個刊物的出版，是一個夢，而且是「一個偌大代價的夢」。因此我雖然對他們的傾向不大喜歡，但是仍很高興而且細心的讀了一遍。自己是過來人，對於凡是肯將文學藝術當作是「畢生憧憬的事業」的人，我總是關切的。

說香港是文化沙漠一類的話，這早已成為過去了。香港人

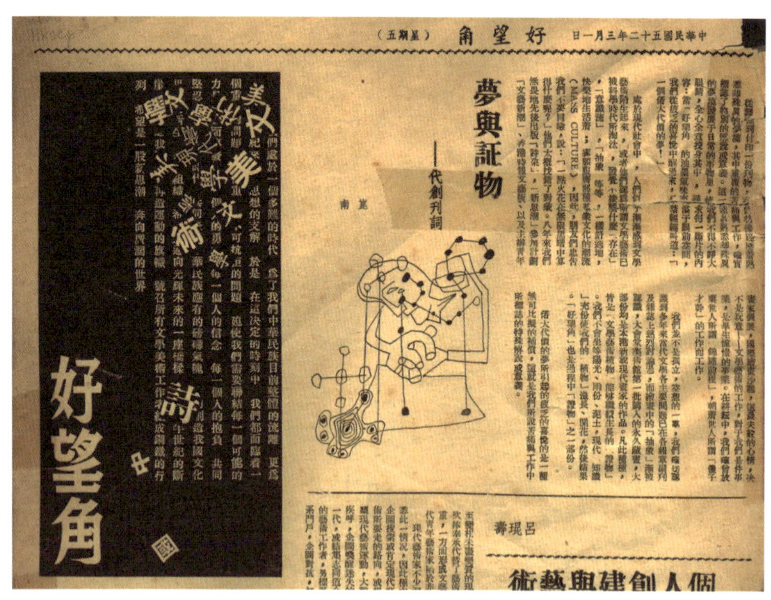
中華民國五十二年三月一日　好望角　（星期五）

夢與証物
——代創刊詞
崑南

呂現壽

個人創建與藝術

好望角

《好望角》創刊號版頭上歪歪倒倒的鉛字

的文化生活，這幾年正在一天一天的豐富起來。僅就新文藝的愛好來說，我們可以看到有許多書院的學生，都在那裏寫新詩，寫散文。雖然所寫的有一點空虛，都是些近於無病呻吟的哀愁之類，但這總比不寫的好。因為路是人走出來的，即使走了岔路，只要及時有了認識，或是經過幾次碰壁和摸索，自然就可以走上正路的。

就是文藝出版物，這幾年在本港的銷路也漸漸的好起來了。若不是如此，像《好望角》這樣的小刊物，即使經營者願意怎樣付出「偌大的代價」，這個「夢」大約也不容易實現的。

我想說的是：年輕一代的文藝愛好者，無論目前所喜歡的是怎樣的流派，總應該腳踏實地的去做。這首先要認識自己，其次不應該將個人的成就看得過於重要。在藝術創造上，自卑當然是不必的，刻苦和認真卻是必須的，誇耀和標榜都足以阻止自己

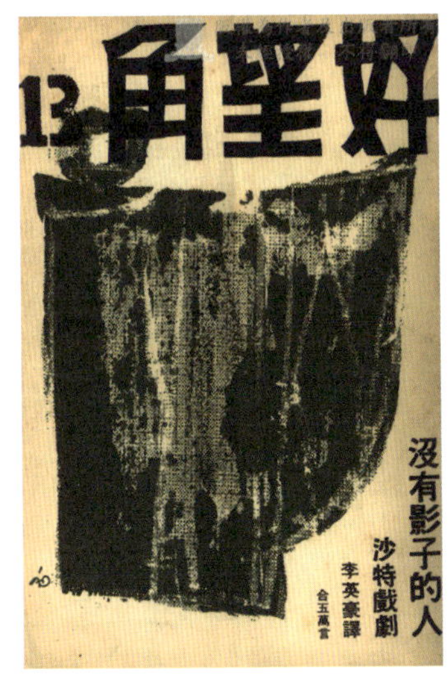

《好望角》第十三號封面，
1963 年 12 月 10 日出版。

的上進。

再有，在祖國的大地上，也有「一個偌大代價的夢」，正在那裏逐步實現，也早已有了許多「證物」，《好望角》同人的視野，正應該伸張到那方面去看看。

這兩期《好望角》的內容，若是他們認為最足以自負的是那些新詩，但是我的意見卻是：最令我失望的正是這些詩。我覺得只有戴天的〈花雕〉略有幾句較好的單句，其餘的就連「文字的遊戲」也說不上。

讀著這些新詩，使我想起了亡友望舒。然而他的作品，整首讀起來像是七寶樓台，即使拆下來也仍是片片珠玉，在修辭造句和文法上沒有一點瑕疵的。

創刊號上的陳映真的〈哦，蘇姍娜〉，是一篇很好的短篇創作，氣氛和情調都處理得很好，而且寫得很有把握，一點也不過分。相對之下，第二期的梓人的〈長廊的短調〉便有點像是報紙上常見的「都市風光」了。

這個小刊物給我的印象是清新的。不過，對著版頭上那一堆歪歪倒倒的鉛字，我想，幾時能將它們規規矩矩的排列起來，正是我們文藝愛好者大家應該努力的事。

參考：

- 《好望角》：文藝半月刊，由李英豪、崑南、文樓等人合辦，合共出版十三期。

關於《一百故事集》

原刊 1963 年 3 月 25 日
《新晚報．下午茶座》
〈霜紅室隨筆〉。

許多人都知道有名的《十日談》，以及拉瓦皇后的《七日談》，還有一部不大有名的《五日談》•。這些都是歐洲自中世紀和文藝復興以來所產生的有名的故事集。像《伊索寓言》是世上寓言的一個大泉源一樣，這幾種故事集也是後來世上許多故事的泉源，產生了無數的化身。以莎士比亞來說，他就從《十日談》裏汲取過題材。

除此以外，還有一部有名的故事集，可是知道的人就不多了，那就是法國在十五世紀所產生的那部《一百故事集》•。

這已經是許多年以前的事了，有一次在望舒的家裏談天，

《一百故事集》1960 年英譯版封面

他正在整理架上的書，忽然順手拋了一本小書給我：

「你若是還不曾看過，這倒很可以看看。」

他拋給我的就是這部《一百故事集》的英譯本。這書在一八九九年第一次有了英譯，當時大約因為內容有點那個，所以是在巴黎出版的。望舒給我的當然不是初版本，那已經是很少見的珍本書了，而是後來翻印的廉價本，印得很壞，大約隨處可購。因為我記得他在當時好像還補充了一句：

「印得太糟了，但是看看還是可以的。」

我不曾看過這書，自然拿了回家來看，看了幾個故事，才知道這原來也是像《十日談》一類的故事集。後來不知怎樣，不曾看完就擱在一邊。等到想起了要再找出來看時，已經怎樣也找不到。不知是塞到書架後面去了，還是給別人拿走了。但多數是後者，因為我曾經幾次有意搬開了架上的書來找，也未能如願。

這種巴黎翻印的《一百故事集》，本來並不難買。那些以外國水手為對象的小書攤上，大約也有出售。但是為了買一本這樣普通的小書去光顧他們，未免不值。我想在近年美國流行的紙面書，甚或企鵝叢書內，早遲一定會將這書重印的。可是等來等去，一直等了好幾年，始終未曾等到。

去年，偶然在《泰晤士報》的文學副刊上，發現這書已經有了新譯本，十分高興，連忙抄了書名和出版處，託書店去代購，怎知道同一批去買的書，一本一本的先後都寄到了，唯獨這部《一百故事集》的新譯本，一直沒有消息。這樣竟過了半年，直到最近才終於寄來了。我一直在擔心買不到，怕這書在出版方面遭遇了什麼波折，現在終於買到了，這才鬆下了一口氣。

參考：

- 《七日談》：*Heptaméron*，拉瓦皇后 Marguerite de Navarre（1492-1549）以法文寫的短篇故事集，1558 年出版；《五日談》：*Pentamerone*，作者為意大利詩人 Giambattista Basile（1566-1632），分兩卷於 1634 及 1636 年出版。
- 《一百故事集》：*Cent Nouvelles Nouvelles*（一百個新故事），法國作家 Antoine de la Sale 編採的故事集，十五世紀中葉出版，1899 年有 Robert Douglas 英譯，現代版本有：*The Hundred Tales*，Rossell Hope Robbins 英譯，1960 年紐約 Crown Publishers 出版。

百諧一孌

原刊1963年3月28日
《新晚報·下午茶座》
〈霜紅室隨筆〉。

前天提起過的那部《一百故事集》，是十五世紀的法國作品，是不折不扣的由一百個長短不一的故事構成的。雖然考證起來，這些故事各有來源，而且新舊不一。但是都經過改寫，加上了地方色彩，全是以法國的普洛文斯省為背景。這是法國最理想的安排故事的地點，許多絕妙的故事都是假設或真正發生在這地方的（如都德的《磨坊書簡》，也是以普洛文斯為背景的）。

這一百個故事，自然都是以男女之間千變萬化的糾葛為題材的。不過，有些情節雖然荒唐得可以，但是敘述得都很含蓄，而且富於幽默趣味，讀了往往會令人失笑，從不板起臉來說教。

不貞的妻子，在這些故事裏，多數能夠順利的瞞過了丈夫，但是也並非全是如此，有時也不免露出了馬腳，被丈夫揭穿了秘密，甚或受到最厲的懲罰。情郎和那些愛風流的僧侶也是如此，有時一帆風順，有時也會撞了大板。好就好在情節的發展都很巧妙而又自然。既不是勸善，也不是誨淫，目的只是在講一個有趣的故事而已。

大約就由於《一百故事集》的內容特點是這樣，一八八九年出版的第一個英譯本，它的書名就譯成這樣：

「一百個快樂而且可喜的故事，可以在一切大庭廣眾之間愉快的說給別人聽的。」

我想，這部故事集如果有一天能譯成中文，若果嫌《一百故事集》這個書名太平凡，倒不如古雅一點，稱它為《百諧集》罷。

這以下就是「百諧」之中的一臠：

有一個男子追求一個出嫁不久的女子，不久就追求成功，這女子已經答應同他在一起做任何事情，使得他什麼目的都達到了，但是只有一點例外，就是她從來不肯同他接吻。在一開始時是如此，到後來兩人的關係已經親密得什麼事都可以做了，但是只有這一件事情仍是例外：不肯同他接吻。

後來這男子實在忍不住了，認為其中一定有什麼秘密，便向這女子詢問，為什麼任何事都已經肯同他做了，為什麼偏偏不肯接吻。那女子便告訴他說，她不肯同他接吻的原因，是因為她當初曾用自己的嘴向丈夫發過誓，要忠於丈夫，所以她要守誓言，她的嘴萬萬不能同情人接吻。但是她的身上其他地方，並不曾用來向丈夫發過誓，所以不受拘束。

這個故事的題目是〈貞潔的嘴〉•，是《一百故事集》中的第四十八個故事。

參考：

- 〈貞潔的嘴〉："The Chaste Mouth"。

分期付款買書

原刊 1963 年 4 月 1 日
《新晚報．下午茶座》
〈霜紅室隨筆〉。

《上海博物館藏畫》錦盒盒面

斷市多時的《上海博物館藏畫》•，最近已有一批運到香港來了，對著這定價八百五十元港幣的龐然巨冊，我忽然想到，為了一般購買力不大的藝術愛好者，這樣的一部畫冊若是也有「分期付款」的購買辦法，那真是太方便、太理想，我要為許多的人額手稱慶了。

不是嗎，在香港這地方，買屋，買汽車，買冷氣機電雪櫃收音機，早已有分期付款的辦法了。就是買衣車，買傢俬，甚至縫一套西裝，也可以分期付款，就是買書沒有。

其實，這辦法在外國倒是早已有了的。在英國和美國，買那些價錢稍為大一點的大部頭的書，如百科全書之類，大都是訂有分期付款辦法的。買書的人第一次只須付很少數目的錢，外加一點保證，就可以將整部書拿回家，然後再分期半年或一年將書價付清。

以《上海博物館藏畫》的書價為例：八百五十元，雖然有人可以一次付得出這樣一筆數目的錢，但是對於一般的藝術愛好者來說，誰不想能擁有一部這樣的書？可是要他們一次付出這一筆買書費，多數會感到困難，只好望洋興嘆。但是，如果有分期付款的辦法，那就又有考慮的餘地了。

像《上海博物館藏畫》這樣特大型的畫冊，一百幅名畫，全部用彩色複製，印得那麼精，而且尺寸又印得那麼大，成本當然非常重，要賣那樣的價錢，當然是合理的。但是不合理的就是這個社會，想買這部畫冊，或是應該買這部畫冊的人，卻沒有這樣的購買力。因此如果買書也有分期付款的辦法，對這些讀者來說，實在是一種幸福。

過去，對於整套的叢書或是大部頭的書，也曾經有過預約的辦法，訂有一個特別折扣，或是分批出書，分批付款，這都是方便讀者的辦法，同時也為出版物開拓了銷場。可惜近年的出版物很少採用這個辦法了。

談到銷路，據說《上海博物館藏畫》雖然一部要賣八百多元，但是由於印數不多，供不應求，根本不愁銷路。不過我寫這篇短文的動機，倒不是為了出版者的銷路著想，而是為了許多想買這部畫冊而又力不從心的讀者著想。雖然自己很幸福的早已有了一部，但是我並不曾忘記還有許多像我一樣，同樣希望能擁有這部書的人。

我想，如果能夠分期付款買書，那不僅是一件風雅事，事實上也是一件好事。

參考：

- 《上海博物館藏畫》：上海人民美術出版社 1959 年初版，首印 1000 冊，21.5 x 16 吋開度，外加宋錦盒裝，以厚牛皮紙盒保護。該書同步推出精裝本和特裝本，定價分別為 125 元和 250 元人民幣，至 1965 年第三次印刷時，由三聯書店香港分店發行。

最早的一幅香港地圖

原刊1963年4月9日
《新晚報．下午茶座》
〈霜紅室隨筆〉。

這次在大會堂展覽●的那一批舊香港的照片，第一張是一幅香港地圖，這是最早的一幅香港地圖。

當然，我國在道光以前所出版的沿海輿圖，或是東莞、新安等縣的縣志所附的輿圖，以及廣東通志所附的輿圖，在新安沿海部分自然會包括了香港島在內。但在這些地圖上，香港島不過是沿海無數大小島嶼之中的一個，從來沒有一幅單獨的香港島的地圖。

上面所說的那幅香港圖，是一幅香港島的單獨地圖，繪製於一八四四年，所以不僅是第一幅以香港島為單位的地圖，同時也是英國人來到這島上以後所繪的第一幅地圖。

這幅地圖的繪製者是英國海軍測量官貝爾訖爾氏。他是在英國軍隊不曾正式在島上登陸之前，先行率領一隻測量船到香港島四周來測量水道的。這還是一八四一年年初的事情。他所率領的那艘英國軍艦是「琉璜」號，後來在香港島西端與青洲島之間的海峽上留下了它的名字作紀念，這就是「琉璜海峽」。貝爾訖爾這名字，早年的香港師爺將他譯成了卑路乍。西環尾的卑路乍街，以及已經拆毀的卑路乍炮台，都是紀念他的。

貝爾訖爾所測繪的這幅香港地圖，是以一英里縮為一英寸這比例來繪成的，出版於一八四五年。最初與世人相見，是附在一八四五年在倫敦出版的英文《納米昔斯號在中國》●裏面。這書分上下二冊，是敘述這艘英國鐵甲輪船，自一八四〇年來到遠東後，幾次參加英國對滿清戰爭的經過。書中有兩章是描寫早年香港情狀的，那幅地圖就附在這一部分。

這部《納米昔斯號在中國》，現在已不容易見得到。一九三四年，香港出版的英文自然科學季刊《香港自然學家季刊》•第五卷第三號上，曾介紹過這本書，並將所附的這幅香港地圖也複製了出來。原圖的闊度不到十英寸，這次大會堂所陳列的一幅，已經放大了許多，因此圖中所附的比例尺，已經不正確了。

這是第一次測繪成的香港地圖，地形、山的高度，以及島上的許多地名，自然不免有許多不正確的地方。如黃泥涌，竟放

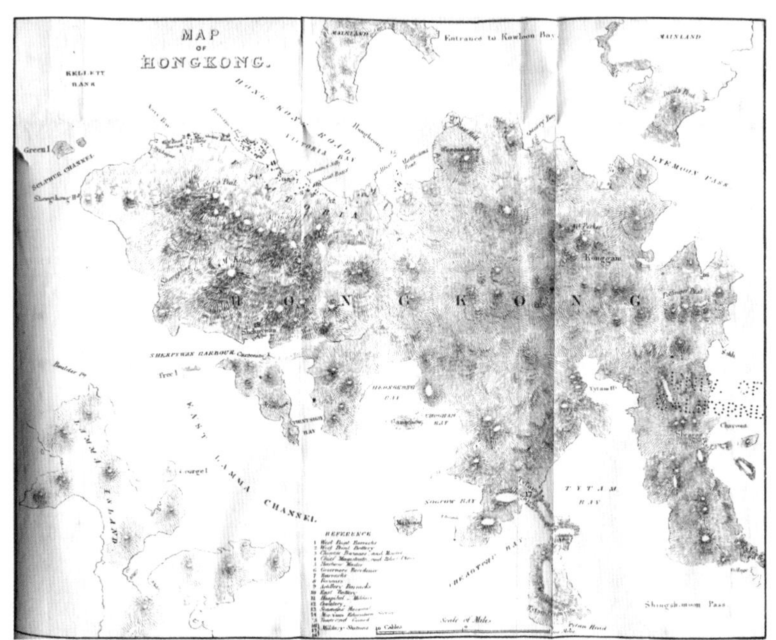

《納米昔斯號在中國》所附的香港地圖

在今日北角海邊，與原有的位置相差達一英里以上，這是最大的一個錯誤。但是無論怎樣，這是本港最早的一幅地圖。

到了一八四五年，本港在英國皇家工程隊的測量官歌連臣主持下，開始了正式繪製香港地圖的工作。展覽會所陳列的第二幅地圖，便是歌連臣的成績了。

參考：

- 「一八五〇至一九一〇年的香港」照片展，1963 年 4 月 7 日起在大會堂博物院展出三個月，共展出照片一百五十餘幀。見《華僑日報》1963 年 4 月 6 日第 13 頁報道。
- 《納米昔斯號在中國》：From the Notes of Commander W. H. Hall, R. N. with Personal Observations by W. D. Bernard: *Narrative of the Voyages and Services of the Nemesis from 1840 to 1843, and of the Combined Naval and Military Operations in China: Comprising a Complete Account of the Colony of Hong Kong, and Remarks of the Character & Habits of the Chinese*, London: Henry Colburn, 1845。
- 《香港自然學家季刊》：*The Hong Kong Naturalist*，今譯《香港博物學家》，香港大學生物系教授香樂思（Geoffrey A. C. Herklots）和退休皇仁書院校長祈祿（Alfred Herbert Crook）於 1930 年合辦的科普季刊，香港最早地圖見該刊 1934 年 11 月號頁 36，參香港大學圖書館網頁：
https://digitalrepository.lib.hku.hk/catalog/4b29h801s#?c=&m=&s=&cv=35&xywh=-89%2C428%2C1711%2C533

早年香港的面貌

原刊 1963 年 4 月 12 至 19 日《新晚報．下午茶座》〈霜紅室隨筆〉。

一

大會堂所展覽的古老香港照片，顯然引起了市民很大的興趣，可見許多人還未忘情於過去那種恬靜的好日子。現在特地趁這機會，將更早一點的香港面貌介紹給大家看看。這是一八四一年到一八四三年的香港情形，比起那些照片所示的，又早了將近十年。

材料的來源是出於一部《納米昔斯號的航程和作戰史》，這書共分上下二冊，出版於一八四四年。「納米昔斯號」是英國的一艘鐵甲汽船，在當時算是新式而且很犀利的，因此派到東方來炫耀它的威力。這艘鐵甲艦在一八四〇年年底就到了廣州，在鴉片戰爭前夕，掩護在廣州的英國商民和貨物撤退到澳門，再從澳門撤退到香港海面。

這是一八四一年年初的事情，當時英國商民的目的只是希望能恢復在廣州的鴉片貿易，並不希望他們的軍隊佔領這個海中的小島。可是英國商務監督義律，已經看出在廣州恢復舊日的局面，乃是暫時無望的事，非要用兵一次不可，便不惜同滿清的欽差大臣私下交易，退還英軍當時正在佔領中的舟山和鎮海，換取了香港島。這項「私訂終身」的條約就是所謂《穿鼻草約》（後來琦善和義律雙方都由於未經奏明，兩人私下擅訂條約，都受到本國政府的斥責），英軍就根據這條約，將這個小島加以佔領了。

「納米昔斯號」乃是第一批來到香港的英國船隻之一，因此《納米昔斯號的航程和作戰史》的作者貝拉德，他的筆下所記載的香港，乃是英國人踏上這座小島後的最初的印象。他所見到的當年草萊初開的情形，不僅正確可靠，而且都是後來一批的開拓者不再有機會見到的，因此這本書中所敘述的當時香港情形（從一八四一年到一八四三年），都是第一手的記載，後來那些描寫早年香港的，都不得不引用他的材料。

前天所說的那一幅香港最早的地圖（即這次展覽會上所陳列的第一張圖片），就附在這本書內。由於這部書同香港本身的歷史一樣久了，現在自然不容易見得到，看來大會堂的圖書館未必有，只有香港大學圖書館有，那還是屬於那一批有名的「漢口藏書」之內，並非大學堂原有的。

納米昔斯號，見《納米昔斯號的航程和作戰史》。

至於私人藏有這書的，我想在香港一定更少。我好像在大會堂博物館的歷史顧問白樂賈•先生的書架上見過這書，此外就不曾再見過了。因此特地趁眼前的這個機會，將書中所記的早年香港的面貌，摘譯一點給大家看看。

參考：

• 白樂賈：José Maria Braga（1897-1988），葡萄牙人，生於香港，1920年代在澳門任教中學，積極從事澳門史料搜集和研究，戰後長居香港，1973年移居美國至去世。

二

這以下就是《納米昔斯號的航程和作戰史》的著者貝拉德筆下所記的香港，是他在一八四一年六月初抵達這裏時所獲得的印象：

> 在不曾到達香港之前，疾病已經在我們軍隊中蔓延起來了。他們在廣州高地所忍受的八天日曬夜露的生活，已經撒下了瘧疾和痢疾的種子，這後來被證實對我們是比任何滿清軍隊都更可怕的敵人。僅僅經過幾天的時間，當岸上的作戰活動所引起的興奮，以及希望和新奇的愉快影響減低之後，疾病就以可驚的速度在隊伍之中蔓延開來。結果，當我們抵達香港以後，我們這一支小軍隊的病人數量，竟達一千一百人之多。
>
> 造成這可驚現象的一部分原因，我們不能不歸咎於香

港本身每年在這季節的那種有害氣候的影響。但是同時也該推源於他們在廣州作戰所過的露天生活，以前長期住在船上所產生的容易染病的狀態。

在他們不曾來到香港港內以前，疾病的種子已經種在他們身上了，因此這時對於香港這地方不衛生的情形，未免言過其實。對於這個問題，我們以後再詳細的談談……。

香港的水道以及域多利灣（按即指中環一帶海面，因為中環一帶，最初曾命名為域多利城），構成一個非常優秀的停泊港，直到岸邊都有深度很深的水，僅有一處小淺礁只有十六尺的深水。不過，它卻有兩個缺點，當颶風發生時，它完全暴露在風勢侵襲之下；而香港島的高山阻擋著熱天的西南季節風。可是這時卻是非常需要空氣流通的，因為這不僅可以減低熱帶夏季的炎熱，同時還可以吹散夏季夜間豪雨所蒸發起來的有害的瘴氣。

在另一方面，港內的湖水一樣的景色是很美麗的；它形成一泓靜水，躺在香港島的山脈和對岸大陸的山脈之間。不過，因了這個緣故，所下的雨有時是非常驟急的，暗黑的帶著威嚇性的烏雲，似乎從這一邊銜接到另一邊，以傾盆大雨向下面的水盆中傾倒下來。

香港島的山勢，雖然很峻削，但是雨水自山上流下的情形，有時看來好像整個山坡給一片流動的水鋪滿了。而繼續這樣情形之後的卻是七月灼熱的熱帶太陽，帶著沉靜如死的空氣，因了這一面受不到西南季節風的吹拂，這情形一旦持久不變，自然就不免產生熱症和其他的疾病。

這以上就是一百多年前的香港島自然環境和氣候。由於氣候惡劣，最初英國人視派到香港來工作為畏途，曾有「香港，你去埋我個份」的諺語。

三

> 香港島的南面，在一八一六年曾由護送亞美士德爵士●報聘滿清的艦隊停留過一次。因此在這裏頗值得將克拉克・亞貝爾・斯密司醫生●當時所觀察到的情形再重述一下。當時艦隊所停泊的港灣是在石排灣村附近（按石排灣即今日的香港仔），那時稱之為「香港水道」。它當時被描摹為由幾座小島所構成，四周互相環抱，其中主要為香港島。
>
> 從甲板上望過去，斯密司醫生說，這座島最引人注意的是它中部突起的圓椎形的山峰，以及一條美麗的瀑布，從一片優美的青石上瀉下，流入海中。

斯密司醫生這次曾經上岸到香港島上來散步。作者敘述當時（一八一六年）他所見到的島上情形道：

> 他從山上下來，另循一條小路，翻過一座小山。這座小山的岩石同附近的不同，是由很鬆脆的石頭構成，略帶紅白色，很像已經分化的長晶石。他描寫島上的景物，係由光秃的岩石、深峻的山壑、山溪，以及若干可以入畫的特點所構成。他所見到的居民，僅是幾個滿面風霜的貧苦的漁民，在岩石上曬魚網和他們辛苦得來的漁獲物。他們

所住的可憐的茅棚，就支撐在這些岩石下面。

島上的種植情形和島上的居民稀少滿目荒涼的情形相稱。一塊一塊的稻田，少數的薯蕷，以及若干蕎麥，乃是所能見到的他們的糧食。

（這些記載，比之《納米昔斯號的航程和作戰史》的作者所見到的香港，又早了二十五年。因為斯密司醫生是在一八一六年經過香港的，貝拉德到這裏時，則是一八四一年了。）

以上所述，就是斯密司醫生當時對於香港島南面所得到的一點印象。誰都料不到在短短的幾年之後，這座島就成了不列顛的領土一部分了。

自從那時以來，由於人口增加，尤其是因為這地方在戰事（按指鴉片戰爭）未結束以前就成了我們艦隊的寄泊處。島上的一般情形已漸漸改善，因此人口也增加了。在我們最初佔領這座島的當時，其實並沒有當作殖民地的奢望，不過因為它北面有很好的拋錨處，兩端又有很方便的出入水道，又接近珠江口的河道，同時又因了不容易再找到比這更適合的地點而已。

按在英國人最初登陸香港島上時，商人、軍人和國內的政治家異議很多。由於氣候炎熱，水土不服，軍隊死亡率極高，許多人主張放棄香港島，或是改取大嶼山，或是另向浙江沿岸發展。只有商務監督義律堅決主張佔有香港。

參考：

- 亞美士德爵士：Lord Amherst；克拉克·亞貝爾·斯密司醫生：Dr. Clarke Abel Smith。

四

我們現在再來看看貝拉德筆下所記載的香港早年建設情形：

在香港島的東端（按即今日的筲箕灣亞公岩一帶），有島上主要的打石工廠，由中國勞工熟練有效的在工作，因此建築進展很快。島上的水源也很充分而且甘美。從島上的這一端到另一端，有一列連綿的高山，其中的最高峰，被稱為域多利峰，據說海拔近二千尺（按實際高度為一八〇五尺），就在這座高山的腳下，有一部分便是域多利城的所在，似乎同時也就是島上最不健康的地區（按這裏所指就是今日自西環、中環以至灣仔一帶）。

在域多利灣的極東處，有一座相當大的山谷，三面為高山所包圍，僅有一面通海。這地方幾乎全部被闢作稻田，有一條天然的溪流，從山谷邊際的高山上流下來的，被用人工化為無數的小渠，縱橫流過整個山谷，用來灌溉稻田。在山谷四周的山坡上，已經建築了幾座房屋，準備沿著域多利灣的那一帶面海的山腳空地用完之後，將這裏開發為第二個城市中心。這情形似乎很快就要來到了。這座山谷的溝渠排洩工程完畢之後，對於島上這一塊重要地段的衛生情形可以改善不少。

貝拉德拉氏在這裏所說的大山谷，就是指今日的跑馬地。那一條大溪流，就是黃泥涌，因此當年那裏就稱為黃泥涌村。谷中全是稻田，溪流出海處即今日鵝頸橋的鵝頸涌。最初由於中環西環一帶的健康情形不佳，香港的最早城市設計者，擬放棄域多利城的建設，改向黃泥涌村的大山谷發展，曾在山崗上試建了幾座房屋。哪裏知道山谷裏多蚊，對於歐洲人的健康更不適合，被迫放棄了這計劃。後來將山谷中的稻田全部填平，改築排水渠道，遂成為今日所見的跑馬場。

貝拉德氏接著說：

> 一條很好的穿過這山谷的大路已經快完成了，這條路越過山腰，通到香港島的另一面，一直通到大潭灣，通到那重要的赤柱村。這座山谷的東端，在忽地臣角的另一面，卻是很峻削整齊的岩石，一直通到海邊；因了這地方更空曠，可以接受鯉魚門的流通空氣，這地點也許可以比其他地點更健康一些。這地方將建築兵營，並且是業已選定的可以建築船塢的三個地點之一。但是因了地點的一部分暴露在颶風威脅之下，可能不被採用作這用途。

按這裏所說穿過山谷的那條大道，就是今日大道東經過峽道通往淺水灣的那條山路。

五

現在讓我們再來看看在貝拉德筆下所描寫的早年香港居民的一般情形：

> 當我們最初佔領此島時，除了船上的漁民、從對岸大陸來的臨時勞工，以及其他流動者之外，島上的中國人大約有五千人左右。他們分別住在島上的十四座或十五座村落之中。其中最主要的，如前所述，乃是大潭灣附近的赤柱村。
>
> 自從我們佔領香港島以來，中國人自然有很多被吸引來到了這裏。小商人、工匠、英籍居民的僕役、勞工、船夫，以及商店僱員，都是中國人。除了這些之外，還有一小隊中國警察，因此全部人數必有相當可觀。
>
> 在商家的貨倉堆棧內，又僱用了大批看守望人和職員；所有的房屋建築都是用的中國勞工，政府又僱用他們大批來擔任築路和其他工作。此外，從廣州澳門以及別的地方來這裏做生意的流動居民，那數目也很大。因此整個計算起來，有人估計最高可達三萬人，似乎並非過甚。不過，這數字也許包括歐洲人在內。但是軍隊之外的歐洲人，那數目一定不會大的，至多不過幾百人而已。
>
> 由於域多利城的不健康的聲名，曾經阻滯了許多要從澳門到這裏來的人。他們本來是計劃遷移到香港來的。同時，對於是否允許隨意躉存鴉片，這問題未見公布，也使原來可以迅速發展的繁華，受了阻礙。

同時，葡萄牙人開始完全感到澳門物業價值的低落，由於在他們附近突然出現了一個對立的歐洲殖民地，於是開始著手計劃將澳門也改為自由港，同香港一樣，並且不擬對鴉片予以任何限制。

為了實現這目的，他們花了很大的力量，澳門總督曾率同隨員前往廣州，準備同廣東當局磋商，希望能取得比過去更大的權益。因了這情況，以及目前香港的停頓狀況，使得住在澳門的歐洲人又有了信心，房屋的價值又增高了百分之十至十五。

如果香港對於健康等等狀況能有改進的方法，澳門實在不足為慮。它沒有接近城市可以停泊商船的海港，又沒有足夠建築貨倉的空地。同時，葡萄牙官員也不可能從滿清官員手上獲得比過去更大的權益。

按當時的澳門情形，滿清還派有同知一員駐紮在那裏，葡萄牙人只管理自己人，所有中國居民和其他外國人仍歸滿清管轄，因此當時林則徐才可以勒令旅居澳門的英國商民限期下旗歸國。

六

這以下，就是貝拉德筆下所記載的初期香港建設進展的情形。

當我們的軍隊，在一八四一年六月從廣州回師到香港港內時，島上沒有一座正式建築的房屋，可以適合歐洲人居住。原有的中國村莊實不能計算在內。當遠征軍在兩個月之後揚帆向廈門出發時，僅有幾座葵棚和臨時草屋，顯示出來的域多利城的所在地而已。

第一次的公地拍賣，實際上僅是若干年的按年繳租權利的拍賣，開始於六月間（一八四一年）。在這月的七號，香港被宣布為自由港。同月二十二日，任命商務監督莊士頓為代理總督。

第一次公開拍賣的政府公地共計三十四段，每一段均佔有約一百呎寬的海面出路；但是地面的深度，則因了地形的差異，彼此各個不同。

第一次拍賣的結果，按年預繳的租金，政府可以每年收得三千一百六十五鎊十先令。以後數次都獲得同樣的高價。更有，拍賣的條件之一，乃是買者在六個月之內，必須在這塊土地上從事建築房屋或其他，其費用支出不得少過一千元，或最少須在二百二十鎊以上，同時並須於一星期之內向政府庫房繳付保證金五百元。此款當買主在他買得的土地上已經動用了這數目以後，就可以發還。

於是，在上述的六個月規定期間，香港的建設就有了驚人的進展。不過，在從事任何正式的房屋建築之前，當然還要經過許多初步準備工作。因此第一座正式為歐洲人建築的住宅，直到次年九月或十月始得完成。因了全部出於中國匠人之手，那式樣非常像是一座中國式的房屋。

政府方面現在開始修築了一條非常好的道路，取名為皇后道，沿海進行，用來鼓勵一切可能的發展。

（按：貝拉德這幾句簡單的記載，使我們可以知道在早年的香港，第一條道路乃是皇后道，這條大路以外就是海旁了。今日的德輔道和干諾道都是後來填海的成就。現在則除了干諾道之外，由於又在進行新的填海工程，很快又另有一條新路出現了。）

在第一座房屋完成的一年內，不僅正式的街道和中國人的商店已經建立起來了，並且已經建築了無數宏大的貨倉。大部分都是石建的，有的已經完成，有的正在建築中。非常堅固的碼頭和堤岸也在建造中，島上到處可以聽到石匠的鎚聲。有一條很好的路正在開拓中，並且成立了一座英國式的賣物市場，上面有上蓋，由警察加以嚴格的管理。

七

中國商販很情願來光顧它，攜來各式各樣的貨物，並表示願意遵守警察的一切規則。大規模的批發商店，以及公共建築，包括兩座營房在內，東西兩端各一座，都建築完成了。

那一條大路，本是沿著山腳開築的，已經進展有四里之長，並且已經穿過一座沙質的高山，以便繼續進展。大路的兩旁，正式的並且很漂亮的房屋，已經疏落的出現了。島上這一帶無數圓椎形的山頭，已經差不多全被剷平了，準備建築新屋。石橋也正在建築中，大路在域多利灣的東端越過山腰，正在繼續向前迅速的進展，以便一直通到大潭灣和那風景優美的赤柱村。

中國人似乎很願意順從我們的習慣和風俗；他們的勞工和工匠都工作很好，有了相當的工資便感到滿意，成群的從對岸來尋求工作。生意人擁擠的來請求租用商場裏的小商店；有兩家歐洲人的旅店和彈子房已經落成了。一句話：在香港宣布為我們長期殖民地的一年之內，一切必需的和享受的設備，已經應有盡有了。

甚至澳門葡萄牙人的教會也過來建築了一座修道院和教堂，摩理臣教育基金會和教會醫院協會也開始了他們的會所建築，許多到東方來傳教的教會，都在這裏建立了他們的總會，馬六甲的英華書院也準備就遷移到這更適當的地方來。

有一座小小的羅馬教堂已經將近完成，一座小巧的美國浸禮會教堂並且已經開始使用，它是新教在這裏建立的第一所教堂。不過，英國倫敦傳教會這時在島上還未開始他們的工作，但這缺陷後來不久就彌補了。

外國商人也開始建築他們的房屋。這真是一個奇特的景象，目睹幾百個中國勞工為我們建築房屋和道路，藉了為我們服務而解決他們的生活，而同時我們的政府卻正同他們的皇帝打仗，在北方同他們的親友正在採取敵對行動。同時，中國裁縫和鞋匠又在他們的小店內忙著為我們裁製新衣，中國管事人又為我們料理店務，中國僕役（穿了他們的原來裝束，拖著辮子）又很高興的伺候我們進餐，而這一切僅在香港公地拍賣一年多之後，我們又仍在作戰之中，能有這樣的成就，真是太可以令人高興了。

從貝拉德這樣的敘述中，我們可以看出從一開始，香港就是這樣的一個社會，像後來的《香港史》的作者埃特爾氏•所說的那樣，這乃是在中國邊緣上的一個小歐洲。

參考：

- 埃特爾氏的《香港史》：E. J. Eitel: *Europe in China: the History of Hong Kong from the Beginning to the Year 1882*. Hong Kong: Kelly & Walsh, 1895。

八

> 當初我們對於建設域多利城的地段的選擇，似乎犯了一點小錯誤。因為其中主要部分，最低限度，中國人居住最多的部分，大部分乃是坐落在港內最高山峰的斜坡上。可以從事建築的空地極有限，而這又正是整個海旁的一般情況。
>
> 漸漸的，大家已經沿了海濱向東發展，預料不久之後，一定會有一個第二個城市在港內的東端出現；而在事實上，渣甸公司所已經建築的房屋其規模竟如此之大，差不多它們自身已經足夠形成了一個城市。

按貝拉德在這裏所說，就是指今日自鵝頸橋以東，包括利園山在內，直至銅鑼灣一帶，這些都是當年渣甸公司的範圍。他們的建築物範圍之大，直到戰後保持著當年的面貌，後來鑿山賣地成為市區，「渣甸倉」的面貌才漸漸的消失了。

這是一件很不幸的事，從山腳到海邊的地面竟這樣的有限。如果能在沿海築成一條堤岸和碼頭，再在後面建築貨倉和住宅，那將真是一件太好了的事情。但這是不可能的，於是結果只有任隨在大部分貨倉的後門面臨海濱，而這樣從海上遙望起來，不免大大的損毀了市容。

按貝拉德氏在這裏所說的短處，後來由於填海擴地，早已被改變了。今日中環德輔道和干諾道，都是陸續填海擴地填出來的。在貝拉德氏所描寫的時代，香港中環只有一條皇后道，這條大路的本身就和海灘混在一起，由各商行自築堤岸和碼頭、與海爭地，參差不齊，所以他才這麼說。同時，在第一次正式填海時，由於剝奪了各商行自行建築的堤岸和碼頭，曾引起官商之間的大爭論，因為當年拍賣沿海公地時，曾聲明地段都附有出海的通路若干尺的。但是如果實行填海，他們的權益便受到損害了，因此曾引起了強烈的抗議。

不過，無論如何，一個新來者第一次見到香港的景色，怎樣也會印象很深。他決料不到在這樣一個新成立的殖民地，便已經能夠在沿海的岸邊展開這樣一長列宏大漂亮的建築物。

貝拉德氏敘述到這裏，便結束了他所目睹的早年香港面貌的第一章。這都是一八四一年到一八四三年間的香港情形，比起目前正在大會堂展覽的那些早年香港照片，至少又早了十多年。

往事：失去的一冊支魏格

原刊1963年4月23日《新晚報．下午茶座》〈霜紅室隨筆〉。

二十多年前，我隻身來到香港時，所有的書都留在上海不曾帶來。在這裏住了一兩年以後，雖然生活極為困難，但是積習難除，見了自己要買的書，仍是忍不住去買，因此當時我的生活未見得比別的朋友好，可是我的一隻小書架上的書，卻漸漸的比大家都多起來了。

《愛書家的故事》封面

有一次，這已經是太平洋戰爭前夜的那幾個月的事了，戈寶權兄來看我，將架上的那些書一冊一冊的仔細翻著，見到有一冊支魏格小說的英譯本，題為《愛書家的故事》。翻了又翻，簡直愛不忍釋，表示要借回去看看。我心裏實在有點捨不得，可是知己同好難得。他又再三聲明看完了立即歸還，決不延誤。那還有什麼話說，我只好慷慨的借給他了。

其實，這是一本很小很小的小書，是比三十二開本小一半的六十四開本，是美國一家大學出版部出版的。他們選了支魏格的〈看不見的收藏〉和〈布哈孟台爾〉這兩個短篇。一個以版畫收藏家，一個以舊書商為題材的小說，外加上一篇散文：「書是通向世界的門戶」，印成了這本小書，但是印得極為精緻。封面、字體和紙張都很考究，一切都與這書的內容相稱，所以是一本很可愛的小書。我還是偶然從一冊美國雜誌的小廣告上發現的輾轉設法買了來。花錢雖然不多，但是得來極為不易。自己又歡喜，因此才有點捨不得借出去。

前面已經說過，這是太平洋戰爭前夜的事。戈寶權兄借書不久之後，香港便爆發了戰爭。因此他即使踐約要將這本小書還給我，也已經不可能。從此天各一方，我就不曾再見過這本小書。我不知他離開香港時，曾否將這本小書帶在身邊。但願他是如此。可是這二十年來，我一直不曾有機會再見過他。他又在國外的時間居多，因此我也懶得寫信去問。只是在十年前，曾寫過一篇五六百字的小文〈失去的書〉，其中曾將這事提了一筆而已。

日昨整理歷年所譯的支魏格的小說，這才想起了這件往事以及失去的這本小書。現在手邊雖然已經有好幾冊支魏格的作品集，但是像失去的那冊印得那麼精緻的《愛書家的故事》，卻已經無法再買得到了。

再有，戈寶權兄借去這冊小書時，支魏格還健在。可是當我現在再想起這件往事時，支魏格去世已二十年，墓木已拱。人生朝露，雖然令人有點感慨，可是，同時也使我們明白只有作品才是一個作家的真正生命。

參考：

- 《愛書家的故事》：Stefan Zweig: *The Old Book Peddler and Other Tales.* Translated by Theodore W. Koch, Illinois: The Northwestern University, The Charles Deering Library, 1938。

京劇欣賞的雅與俗
——以趙燕俠的表演藝術為例

原刊1963年5月26日《新晚報·下午茶座》〈霜紅室隨筆〉。

這次北京京劇團來港演出團的演員，有許多都是第一次與香港人士相見的，趙燕俠[•]就是其中之一。

果然不負許多人的推薦，趙燕俠的京劇表演藝術，獲得了香港愛好戲劇人士的一致喝彩與讚賞。這些觀眾有些並不是京劇迷，有些甚至被一些京劇行家認為是外行的，但他們都同樣的接受了趙燕俠的表演藝術，成了京劇的新觀眾。

尤其是昨晚所演的一齣〈玉堂春〉。許多人都是第一次看她演出的這一齣戲，我相信一定又產生了不少新的「趙迷」。昨晚錯過機會沒看這齣戲的人，真可以說是交臂失之了。在演出進行中，無論「內行」和「外行」，都一致被她的表演藝術迷住了，內行在欣賞她的荀派唱腔和乾淨俐落的道白，外行則欣賞她的聲調之美和細膩逼真的表情。

有人說趙燕俠的京劇表演藝術是「雅俗共賞」的。這本來是很恭維的一句話，可是我覺得對於這一句話，要為趙燕俠叫屈，同時也要替一些「俗人」抱不平。這一句讚語，仍有一些過去的「行家」氣質在內，彷彿他們所欣賞的才是真正京劇的優點，於是劃下一條道兒，將今日許多新的京劇觀眾，都推到俗的一邊去了。

這正是我覺得應該替表演者叫屈，替這些觀眾抱不平的原因。

京劇就是京劇，無論對表演者或是欣賞者來說，都沒有雅俗之分。有些人雖然對京劇很熟習，好像對戲劇藝術本身卻很生疏。他們忘了戲劇表演藝術雖有好壞之分，戲劇觀眾卻從來沒有內行與外行之別，就是京劇也是如此。若是一定要分，那只有新派觀眾與舊派觀眾之別。

我是擁護前一派的，因為這合乎戲劇藝術進步發展的歷史法則，而趙燕俠的京劇表演藝術，正是努力向這一方面發展的，因此在觀眾中間有了新的掌聲和喝彩。

我們不要忘記，京劇雖然稱為古老的劇種，雖然稱為具有悠久的歷史傳統，可是我們回頭細看，在中國戲劇史上，京劇本身其實還是很年輕的，仍在不斷的改革和吸收眾長的過程中。不說別的，以老譚時代的京劇舞台藝術來說，無論表演、服裝、音樂、道具，以至劇本和舞台本身，比起今日北京京劇團的時代，一定是簡陋粗糙多了。我們能說當年的是「雅」，今日的是「俗」嗎？

這是改革，這是京劇藝術的向上發展。

看過電影《楊門女將》，看過上海青年京劇團的香港京劇新觀眾，他們對於趙燕俠的表演藝術，特別讚賞喝彩，是有見地的，一點也不「俗」！

參考：

- 趙燕俠（1928- ），出生於天津，京劇旦角，師事荀慧生。

朱圭刻的《凌煙閣功臣圖》

原刊 1963 年 6 月 10 日
《新晚報・下午茶座》
〈霜紅室隨筆〉。

從舊書店裏買到一冊《凌煙閣功臣圖》，這是石印本，是《喜詠軒叢書》的零本。記得鄭振鐸先生生前所計劃的《中國古代版畫叢刊》•，其中也輯入了這部《凌煙閣功臣圖》，而且早已出版。從書櫥裏取出來一對，兩者雖然同是石印，但是《版畫叢刊》本根據原書影印上石，不經鈎勒，雖然有些地方模糊不清，卻保存了較多的木刻原味。《喜詠軒叢書》本是重行鈎勒上石的，因此雖然細逾毫髮，卻失去原來的木板韻味了。

這部《凌煙閣功臣圖》，是滿清康熙初年出版的，現在已經很難得。《版畫叢刊》本所用的底本，是鄭振鐸自己所藏，書前

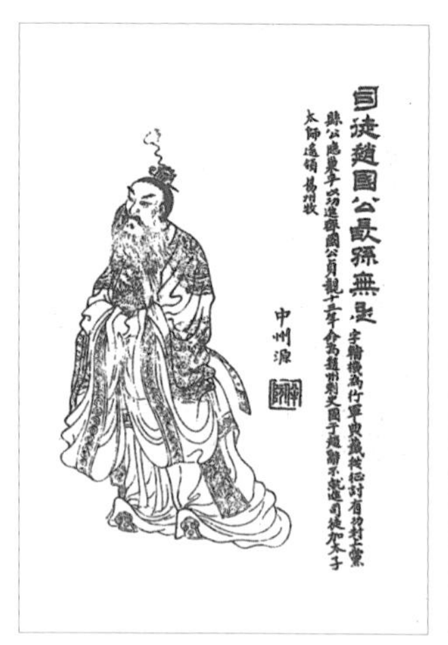

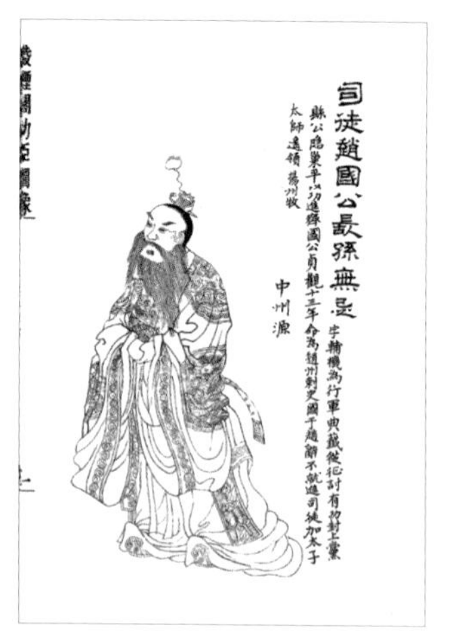

《中國古代版畫叢刊》本（左）和《喜詠軒叢書》本〈凌煙閣功臣圖〉一頁：長孫無忌像。

還有他自己的朱文藏章：「長樂鄭振鐸西諦藏書」。

這部《功臣圖》的作圖者是中州劉源，他自己說見了陳老蓮所畫的水滸葉子，人物衣冠古拙有趣，不勝欽佩，「獨惜陳公精筆妙墨，不以表著忠良，而顧有取於綠林之豪客，則何為者也」。因此他特地以唐朝凌煙閣功臣二十四人為對象，畫成了這輯《功臣圖》。他的動機雖然有點迂腐可笑，可是這一輯《功臣圖》卻畫得很有一些可取之處。比起老蓮，雖然還嫌有點累贅，但是在清初歷史人物畫作品中，已經可以說得上是優秀的了。

使得劉源的這部《凌煙閣功臣圖》成為清初有名的版畫圖籍之一的原因，還應該歸功於它的刻工朱圭。這部書是康熙七年由蘇州柱笏堂出版的，刻工朱圭是蘇州人，是當時有名的版畫刻工之一，後來還應召入京，在內庭供職，擔任了〈康熙萬壽盛典圖〉的鐫刻工作。

這部《功臣圖》，可說是他的精心作品之一。他在書內採用南宋臨安書棚的圖記方式，自己用小楷刻了一方說明的圖記，文曰：

> 圭世儒業，家貧未就，苦心剞劂，將託於當代之善書畫者，以售其末技。戊申秋，伴翁劉先生以凌煙閣圖授梓，圭竊幸得附先生之後，庶幾驥尾青雲，榮施簡末，以正當世，知者其毋哂焉。吳門朱圭敬鐫。

《功臣圖》還有一點特色，就是每一圖的背面附有幾句讚語，四周的裝飾非常別致，差不多每一幅都不同，各有特色，是同類的版畫圖籍中所少見的，可見作者在裝飾上頗具匠心。

後來的《晚笑堂畫傳》，顯然有點受了這部畫像集的影響，只是人物的衣褶神態，已經趨向通俗平易，不像劉氏這麼力追老蓮的古拙恢奇作風了。

參考：

- 《中國古代版畫叢刊》：鄭振鐸主編，1959 至 1961 年先後由古典文學出版社和中華書局上海編輯所出版，五函十八種四十四冊。

關於《喜詠軒叢書》

原刊1963年6月11日
《新晚報．下午茶座》
〈霜紅室隨筆〉。

多年前，曾在馮平山圖書館翻讀許地山先生寄存的藏書，內中有一套《喜詠軒叢書》*。因為這套叢書裏面收了很多圖籍版畫，很想也買一部。不料這書不僅價錢不便宜，而且不易買得到，訪尋多年，一直未能如願。最近寫信給苗子郁風夫婦，提起這事，他們竟十分慷慨，將所藏的甲編一函，慨然見贈。我本來是想託他們到琉璃廠看看，是否有機會可以買一部，這一來，倒使我有一點不安了。

《喜詠軒叢書》是武進陶蘭泉編印的，印得很考究，一共有甲乙丙丁戊五編，不過不是木板，而是石印的。所收的都是詩詞戲曲傳奇和圖譜，以及附有插圖的書籍，如《天工開物》和《授衣廣訓》等等。對我特別有趣的，是其中所收的陳老蓮《離騷圖》、蕭木尺畫的《離騷圖經》、焦秉貞畫的《耕織圖》，還有，劉源的《凌煙閣功臣圖》、金古良的《無雙譜》，以及張士保的《雲台二十八將圖像》。

許多年以來，整套的《喜詠軒叢書》雖然不曾見過，零本的卻見過不少，如丙編的兩種《離騷圖》，丁編的《凌煙閣功臣圖》、《御製耕織圖》、康熙《避暑山莊圖詠》，戊編的《仙佛奇蹤》都先後買到了。

由於苗子惠贈了一函《喜詠軒叢書》甲編，使我期待了幾年的一個願望竟兌現了一部分，同時也有機會將自己的這個願望仔細檢討了一下，才知道願望就是願望，多少是一種任性的表現。只有當它始終是「願望」時，才會「寤寐以求」，若是一旦實現了，反而會有一種幻滅。

我翻開《叢書大辭典》，仔細看了一下五編《喜詠軒叢書》的目錄，這才發現除了已有甲編之外，餘下的四編，有幾種我已經有了零本，剩下只有一種是我希望能擁有的，其餘都不是我想要的了。

我想要買的一冊，是金古良的《無雙譜》。這是比《晚笑堂畫傳》更早的一部古代人物畫像集，是康熙年間刊印的，原刻本現在已不易見到，我只見過一些零碎的。《喜詠軒叢書》本的《無雙譜》，雖然只是石印本，但是除了這一種以外，好像沒有第二種重印本了。可是我一直沒有機會買到過這書。因此要買一套《喜詠軒叢書》，多年以來竟成了我的一種願望。

《喜詠軒叢書》所收《無雙譜》一頁：留侯張子房。

由於朋友的慷慨，使我有機會檢討了一下自己，至少是將這個近於盲目的願望加以改正了：我其實是沒有要買一整套的《喜詠軒叢書》的必要的，尤其在現在，我要買的不過是其中的那一冊《無雙譜》而已。然而過去卻覺得非要買全套的不可，我這個人在買書方面是多麼任性！

參考：

- 《葉靈鳳日記》1951 年 1 月 5 日記：「往馮平山圖書館訪陳君葆，於許地山藏書中得見有《喜詠軒叢書》一部，此係多年欲購置一部而始終未有機會購得者，因其中收繪本甚多。」1970 年 2 月 17 日記：「燈下翻閱《喜詠軒叢書》。過去曾極欲得此書，以價昂不能買，後苗子贈我甲編一函（全部共五函），自己又購得零本數種。我所欲得者不過其中畫冊，現已得其六七，餘者已可有可無矣。這叢書是石印的，現在看來，有點俗氣，古拙不足，可知近年的口味也變化了。」

李龍眠的《聖賢圖》石刻

原刊 1963 年 6 月 13、14 日《新晚報．下午茶座》〈霜紅室隨筆〉。

一

杭州的孔廟，一向藏有一套很有名的石刻畫，那就是相傳是依據李龍眠•的畫稿勒石的《聖賢圖》，畫的是孔子和他的七十二弟子的畫像。

《李公麟聖賢圖石刻》中的孔子畫像

李龍眠本以白描著名，他的傳世的《離騷九歌圖》、《羅漢圖》，都是白描的。雖然未必是他的真筆，至少也應該有一點根據。這一輯《聖賢圖》也是如此。連孔子在內一共畫了七十三個人，除了孔子是坐在坐墩上之外，其餘七十二弟子都是面向夫子立著，完全沒有其他背景，採用長卷的構圖方式，達到了每一個人物都能顯著突出的效果。

關於孔子和弟子們的畫像，較古的有漢武梁祠畫像石上所刻的，也刻足了七十二人，不過都是側面的，類似剪影，著重裝飾效果，並非正式的畫像。此外是木刻的《聖賢圖像》一類的版畫，很少有精彩的，有的還顯然受了李龍眠的這一輯《聖賢圖》的影響。

這七十三幅畫像，是分別刻在十五塊石頭上的，是在南宋紹興二十六年（公元一一五六年）所刻。因為是在南宋時期，所以畫像後面還有秦檜的題記，直到明朝才被人剷除。關於這一輯聖賢像刻石的經過，明人吳訥在畫像後面所加的題記說得很清楚，他是經手將石刻從亂石荒草之中整理出來的，而且原來的秦檜題記也是由他剷除的，因此，他的題記對於這一批石刻的歷史很有重要關係。他說：

> 右宣聖及七十二弟子贊，宋高宗製並書，其像則李龍眠麐所畫也。高宗南渡，建行宮於杭，紹興十四年正月，始即岳飛第作太學，三月臨幸，首製先聖贊，後自顏淵而下，亦譔辭以致褒崇之意。二十六年十二月，刻石於學，附以太師尚書左僕射同中書門下平章事兼樞密史秦檜記。檜之言有曰，孔聖以儒道設教，弟子皆無邪雜背違於儒道者。今搢紳之習或未純乎儒術，顧馳狙詐權譎之說以僥倖於功利。其意蓋為當時言恢復者發也。嗚呼，靖康之禍，二帝蒙塵，汴都淪覆，當時臣子正宜枕薪嘗膽，以圖恢復，而檜力主和議，攘斥眾謀，盡指一時忠義之言為狙詐權譎之論，先儒朱熹謂其倡邪說以誤國，挾虜勢以要君，其罪上通於天，萬死不足以贖者是也。昔龜山楊先生時嘗建議罷王安石孔廟配享，識者韙之。訥一介書生，幸際聖明，備員風紀，茲於仁和縣學得觀石刻，見檜之記尚與圖贊並存，因命磨去其文，庶使邪詖之說，奸穢之名，不得廁於聖賢圖像之後。然念流傳已久，謹用備識，俾後覽者得有所考云。宣德二年歲在丁未秋七月朔，巡按浙江監察御史海虞吳訥識。

二

這一共刻了七十三人畫像的十五塊石刻，每一塊大小相等，長一三五厘米，高四十三點五厘米，所刻的人物卻多寡不一。最末一塊因為有秦檜的題記，只刻了一人。第一塊有宋高宗的幾句序言，因此只刻了孔子、顏回、閔子騫三人，其餘幾塊刻了五人或六人不等。

最近人民美術出版社曾將這一批石刻影印出版[•]，書前還有黃湧泉的一篇序言，對於石刻過去的歷史和現在的狀況，介紹得很詳細，並且對李龍眠在《聖賢圖》上所表現的藝術手法，以及刻工的優異，卻有了相當詳細的分析，特別對於人物的眼眶刻成白地，用來顯出黑眼珠的方法，加以讚揚。[•]

這十五塊石刻，歷經滄桑，到了現在，只存十四塊，原來編號的第十塊已經遺失。餘下的十四塊，有八塊還是完整的，其餘有的斷成兩截，有的只殘存一塊碎片而已。

不過，這次人民美術出版社用來影印的拓本，乃是舊拓，七十三人的畫像是完整的。後面的秦檜題記已經磨去，改刻了吳訥的新題記，可知這拓本乃是明宣德以後的。若是能有秦檜題記未磨的拓本，一定會更完整。

由於這是根據畫稿上石，並非特地為石刻而畫的，因此人物的衣褶線條都很柔軟，保存了李龍眠的白描特徵，不似漢畫像石上的人物，刻得那麼剛勁有力。這是因為漢畫像石的那些底稿，是專為石刻而作的，所以利用石材來表現構圖的特點。《聖賢圖》則是依據普通畫稿刻成，因此要竭力保存白描畫法的特徵了。

自唐以後，石刻的趨向都是這樣：只是繪畫的再現，不再像漢魏六朝的石刻那樣，它們本身就是一種藝術，並不是別人繪畫作品的再現。

以《聖賢圖》中的孔子畫像來說，李龍眠所畫的孔子像，是很有特色而且有一種敦厚仁愛的個性的，不像一般常見的相傳出於吳道子之筆的〈夫子行教像〉那麼蒼老嚴峻。這幅孔子坐像，看來倒有點像敦煌壁畫中的〈維摩問疾圖〉上的維摩居士。

七十二弟子的畫像，顯然都是參考了各人的行跡才下筆的。以子路的那幅畫像為例，別的弟子都是寬袍大袖，子路則是短髭如戟，兩袖高捲，露出了雙臂作拔劍姿勢，頗有點像是達文西在〈最後晚餐〉壁畫上所畫的彼得畫像。因為這兩個弟子同樣都是勇士。

這一輯《聖賢圖》石刻，無論是不是李龍眠的作品，都是值得寶貴的。

參考：

- 李公麟（1049-1106），安徽桐城人，字伯時，晚別號龍眠。北宋畫家，以〈五馬圖〉最為著名。
- 《聖賢圖》：黃湧泉編：《李公麟聖賢圖石刻》，北京：人民美術出版社，1963 年。
- 黃湧泉剖析《聖賢圖》刻工精妙的原文為：「（《聖賢圖》）採取了類似浮雕的『減地』手法，以『面』代『線』，使眼珠和眼白顯得黑白分明，顯示出為線條所不能代替的藝術效果。」

沒有教訓的伊索寓言

原刊1963年6月17至19日《新晚報．下午茶座》〈霜紅室隨筆〉。

一

《伊索寓言》雖是兩千多年前的古希臘作品，但是至今仍擁有大量讀者，差不多有了每一種文字的譯本。這些寓言不僅為一般人所愛讀，而且成了教科書裏的教材。

就我國來說，在明朝就已經有了《伊索寓言》的中譯本，是到我國來傳教的外國傳教士所譯。可見這書的流傳之廣和影響之大。

千餘年來，這些寓言好像已經成了一種道德的經典，與教訓是分不開的。這也正是舉世一致的採用他的寓言為教科書教材

《沒有教訓的伊索寓言》封面

的原因。這種傾向由來已久，在希臘時代就已經如此了。

然而，《伊索寓言》的真面目並不是如此的。今日我們所讀的《伊索寓言》，已經大部分不是伊索的作品。就是那屬於他的作品的一部分，也全是別人的筆錄，並不是伊索的原作。伊索是一個奴隸出身的人，他有機智，善於說故事，但是並沒有什麼著作（他那時代當然更沒有印刷品出版物），也沒有手稿留下來。今日的所謂《伊索寓言》，全是從古代來源不一的各種稿本內輯錄而成的。

在伊索生前，他只是善於說故事獲得主人的歡喜和尊重，甘願解除了他的奴隸。他後來漫遊各城市，也全仗了自己的三寸不爛之舌，到處受人歡迎。原因是這些故事寓言都說得很有趣，而且很機智。但是結果也因了這些故事罹禍，得罪了人，遭遇了橫死。

當年伊索說故事和寓言，並非為了要教訓人，因此他的這些故事和寓言，雖然具有教訓的作用，卻並非每一篇寓言都是教訓什麼的。我們今日所讀的《伊索寓言》，尤其是那些選入教科書中的，其中所附的那些教訓，全是後人附加上去的（或者也可以說，全是前人附加上去的）。這些教訓多數不免是畫蛇添足，減削，甚至歪曲了《伊索寓言》的原意。

有不少研究希臘古稿本的學者，認為今日所流傳的各種《伊索寓言》譯本，往往與原來的《伊索寓言》面目相差甚遠，尤其是每一篇末後必附幾句教訓話，都是好事者妄自加上去的，成了《伊索寓言》的一種累贅。

最近，英國有一本新的《伊索寓言》譯本出版，譯者是美國精通希臘古文的勞埃·達萊教授，他的譯本便以削除了這些蛇足來標榜，稱為「沒有教訓的伊索寓言」[•]。這新譯本所收集的伊索寓言，有不少都是以前未經人譯過的，還有幾則略帶一點色情意味。這更使得讀慣了教科書中的伊索寓言的人，大感意外。

二

昨天曾談到那本新譯的《伊索寓言》，其中有不少都是前人未曾譯過的，而且有些還有點那個。這樣的《伊索寓言》，我確是第一次讀到。我想一定有不少人也想知道這些沒有教訓的《伊索寓言》是怎樣的，茲信手選譯幾則於下，以供消夏一噱。

有一則題為〈大神宙斯與廉恥〉的：

大神宙斯造好了「人」之後，立時將各種品質都放到人的裏面去，可是一時竟遺漏了「廉恥」。他想來想去，想不出有補救方法可以使它進入人的內部。最後只好同廉恥女神情商，請她從人身上的後門鑽進去。起初，廉恥女神認為有損尊嚴，拒絕不肯。大神宙斯再三堅持要這樣，她只好勉強答應了，但是提出了一個條件。她說：

「如果我這麼進去了，還有跟著進來的，我就立刻離去！」

就由於這樣的條件，凡是一個人身上的後門有什麼進去過的人，這人都是失去了廉恥的。

另有一則題為〈兩個情人〉的：

有一男子每晚秘密的去會晤一個婦人，同她一起享受歡樂。這人同她商議好了一種暗號，以便她可以知道是他。他同她約定，每逢他來到門外時，他就作小狗的吠聲，她聞聲就可以開門放他進來。他就用這暗號每晚同她相會。但是另有一個男子，見到他每晚如此，心有所疑，不知他幹什麼，便遠遠的跟在後面偷看。那個人不知有人跟蹤，走到門外照例發出慣用的暗號。那個跟蹤的人見到了，知道是怎樣一回事，高興的回到家中。第二晚，他也來到那個婦人的門口，比那人來得略早。他學小狗吠了幾聲，屋內的婦人以為情人來了，便吹熄了燈，以防被人見到，開門放他進去。這人進來之後，就同婦人上了床。哪知不久之後，原來的那個情人來了，他照例在門外連連作小狗吠聲。床上的情人聽到屋外有了小狗吠聲，明白這是怎樣一回事，便起床站在門後，從屋內發出了幾聲兇惡的大狗吠聲。屋外的情人一聽，以為裏面的人一定是不好惹的，連忙悄悄的走開了。

還有一則，簡直是笑話了：一個中年人有兩個情婦，一老一少。老年情婦恥於這人比自己年輕，每逢他來的時候就撥去他頭上的黑髮。年輕的情婦又恥於同一個比自己年老的男子做情人，每逢他來的時候，就撥去他頭上的白髮。這樣，兩個輪流的撥，這中年人不久就成了光頭。

這就是所謂「沒有教訓的伊索寓言」。不過，我們倒不能說這些寓言就一定沒有教訓。

三

有一個貓與司愛女神阿弗洛狄德的故事：

一隻雌貓，愛上了一個漂亮的年輕人，向阿弗洛狄德女神祈禱，請將牠變成一個婦人。女神憐憫牠，答應了牠的請求，使牠變成了一個美麗年輕的婦人。年輕人見了她，不禁愛上了，將她帶回自己的家中。兩人在臥室裏歡好時，女神想試試看牠從貓變成人以後，是否連性格也變了，便故意將自己變成了一隻老鼠，出現在臥室內。貓立時忘記了自身的現狀，從床上一跳而下，就去追老鼠，準備飽餐一頓。女神失望而且生氣，立時將它打回原形。

還有一個年輕人與婦人的故事，簡直像是後來意大利所流行的諧話了：

一個炎熱的夏天，有一個年輕人在路上遇見一個比他年紀大的婦人。見到這婦人由於天氣太熱，已經走得十分疲倦，幾乎要昏倒了，他起了憐憫之心，見她實在無法再走下去了，便抱起她，將她負在自己的肩上。這樣走了一程，年輕人忽然動心起來，慾念大熾，翹然而舉，無法自持。他便將婦人放在地上，荒唐的同她苟合起來。婦人並不拒絕，只是冷冷的問他：「你在向我做些什麼呀？」年輕人答道：「由於你的身軀太重，我想給你鑿去一些肉。」事畢之後，他又將她負在肩上，繼續走路。這樣又走了一程。這回卻是那婦人向他提議了，她說：「你如果覺得我仍是太重，使你走起來吃力，何不將我放下來，給我再鑿去一些肉？」

另有一個寡婦與農夫的故事：

有一個新喪夫的婦人，葬了丈夫之後，坐在墓旁哭得很傷心。一個正在田中耕田的農夫，見到了她，忽然心生一計。他拋下了牛和犁頭，走近婦人身邊，也裝做哭了起來。婦人覺得古怪，便停止了哭，向他問道：「你為什麼哭呢？」農夫說：「我新近埋葬了一個美麗聰明的妻子，惟有用眼淚來減輕我心中的憂傷。」婦人說：「我也新近埋葬了一個好丈夫，因此我哭的時候，也同你一樣可以減輕我心中的憂傷。」於是農夫說：「既然我們兩人的命運和遭遇的都是一樣，我們為何不彼此相慰呢？我將愛你像愛她一樣，你也可以愛我像愛你丈夫一樣。」農夫用這話說服了婦人，於是兩人就歡好起來。可是當農人事畢回到田中的時候，發現他的牛已經被人偷走了。不見了牛，農夫不禁傷心痛哭。婦人詫異的問他為何又哭起來，農人回答道：「女人，這一次我真的是傷心了。」

參考：

- 《沒有教訓的伊索寓言》：*Aesop Without Morals*，Lloyd W. Daly 英譯，紐約 Thomas Yoseloff 1961 年出版。

早年香港人物志

原刊1963年7月14日《新晚報・下午茶座》〈霜紅室隨筆〉。

在香港大學任教的安達科，早幾年曾寫過一部香港歷史，最近又出版了一部關於香港的新書：*A Biographical Sketchbook of Early Hong Kong*。書名意譯起來可以稱為《早年香港人物志》•，因為他是採用了列傳的體裁，記載了自一八四一年到一八六五年，這二十五年間一些香港有名人物。起自英國駐華商務監督查理・義律，迄於任期到一八六五年為止的羅便臣總督，一共搜集了幾十個在早年香港這一段歷史上扮演各種重要角色的人物的傳記，使我們從這些人物的活動上，看到早年香港的一些歷史面貌。

安達科所記載的這幾十個人物，全是外國人，沒有一個是中國人。關於這一點，他曾特別聲明，不曾採納一個中國人的原因，並非由於對早年香港的發展，沒有一個中國人有功績，而是因為一些中國人的重要貢獻都是在稍後才產生的，已經越出他所規定的時代之外，所以率性一個也不提了。

其實這聲明是多餘的。不僅在早年香港，甚至直到今天，在香港的中國人對於香港發展所作的貢獻，還是很難同外國人的活動放在一起來談論的。因為若是他們的志趣完全是與外國人一致的，他們就根本不會有怎樣值得重視的超過外國人的貢獻。若是他們的志趣與外國人有所不同，那麼，他們對香港所作的貢獻，更是很難同外國人放在一起來談論的。

因此我認為安達科這本《早年香港人物志》，不曾著錄一個中國人，倒是他的特色而不是他的缺點，至少在中國讀者看來是如此。因為我們可以將它當作純粹外國資料來看，沒有隔靴搔癢之談，它的重要性反而增加了。

以本書所記載的第一個人物義律為例，他是為英國攫得香港的第一個功臣，可是香港的第一任總督卻輪不到他。在砵甸乍彈冠相慶之際，義律卻被撤職宣召回國去了。他獲咎的原因就是因為他擅自向滿清欽差大臣琦善手上取得了香港。

自然，琦善未獲得道光皇帝的同意，擅自將香港給人，自然獲得了革職鎖拏和抄家的重罪！但是義律運用他的軟硬兼施手段向琦善取得了香港，卻也並不曾獲得本國政府的誇獎，反而丟了官，這真是太有趣的對照了。

然而當時倫敦的外相帕碼斯敦，他為了香港問題生氣要將義律撤職召回國的原因，並非責他擅自攫取別人的土地，而是怪他不曾遵守自己的指示，出手太小，便宜了滿清政府。

對中國讀者來說，這些材料較之著錄一兩個早年香港的中國康伯度人物，更令我們感到興趣多了。

參考：

- 《早年香港人物志》：G. B. Endacott: *A Biographical Sketch-book of Early Hong Kong*. Hong Kong: Hong Kong University Press, 1962.

吉士笠、郭士立和甲利

原刊 1963 年 7 月 15 日
《新晚報・下午茶座》
〈霜紅室隨筆〉。

在安達科的那部關於早年香港的人物志中，德國傳教士 Charles Gutzlaff 也有一篇傳記。他的名字，香港人譯成吉士笠。香港中環街市對面有一條吉士笠街，就是紀念他的。

這又是早年香港的一個傳奇性的人物。香港曾有一條街道用他的姓氏來命名，可見對他是相當敬重的。就是在安達科的筆下，也對他很恭維，說他是一個有名的「中國通」，富於語言文字天才，又是一個極為熱心的傳教士。

但是我們若是讀一讀在鴉片戰爭前後的那一段中英交涉歷史，就發現一個常有的有趣現象：這個在英國人的記載上很受重視的人物，在當時滿清官方文書中卻是一個被深惡痛絕的人物。因為這位「吉士笠」先生不是別個，乃是滿清官書上所載的那個「郭士立」，又名「郭實利」，又名「甲利」，是鴉片經紀，是英軍通譯，是舟山定海淪陷期內，英軍派到那裏主理民政的「偽官」。

說他有一點語言天才，倒是實在的，因為像「郭士立」、「郭實利」，以至「甲利」這一連串的中文名字，並不是中國方面給他譯的，而是他自己擬的，與他原來的姓氏，發音頗為相近，看來又像是一個中國人的名字，比起當年香港華民師爺給他譯的「吉士笠」三字，高明多了。

而且，他用「郭」字來譯他原來姓氏上的頭兩個字母的發音，不僅很巧妙，並且還有一段典故。據他自己說，他在未來到中國以前，曾先在東南亞一帶傳教，那時就同華僑往還，學會了華僑之間通用的官話、廣東話和福建話。後來到了暹羅，更歸化當地華僑郭姓的宗親團體，從此改姓「郭」，並取名「士立」。這就是郭士立這個姓名的由來。

至於他又名「甲利」的原因，卻沒有這麼冠冕。「甲利」乃是他的名字「Charles」的譯音。他為了接受東印度公司的僱用，乘船沿了中國海岸北上，到處試行推銷鴉片。他是傳教士，卻來公然推銷煙土，自己也覺得有點不妥，可是東印度公司是用重金禮聘他的，於是他只好改名換姓，摒棄「郭士立」三字不用，改名「甲利」。

這是一八三二年（滿清道光十一年）的事情。郭士立這次乘船北上推廣商務，是與船主胡夏米同行的，自廣東出發，首先到了廈門，然後又到福州，再離閩入浙，沿途弄得滿清官員手忙腳亂，公文紛飛，鬧成了很大的一場風波。

我們若是只讀了安達科為他所寫的傳記，很難會知道吉士笠街所紀念的，乃是這樣一位傳奇性的人物。

北窗讀書錄：楊英從征實錄

原刊1963年8月2日《新晚報・下午茶座》〈霜紅室隨筆〉。

《延平王戶官楊英從征實錄》，是記載鄭成功攻略台灣的史料，這是一種未經正式刊印的稿本，原本作《先王實錄》，不知是否是楊英自己擬的。現在的題名，則是中央研究院歷史語言研究所在民國二十年影印這書時所題的。朱希祖在序文上說：

殘損的手抄本《從征實錄》封面

> 中央研究院歷史語言研究所影印舊鈔本《延平王戶官楊英從征實錄》一冊，不分卷，此書出於福建故家所藏，前後霉爛，書題四字脫去，末亦有缺文，裝成四冊，稱為《延平實錄》⋯⋯余觀此書體例，不以延平一生事跡為始末，而以楊英從征目睹為標準⋯⋯故余改其題為《從征實錄》，而冠以楊英二字；傅君孟真以為此六字上，宜再冠以「延平王某官等字」，否則楊為何人，征為何事，似皆不能引人注意，余甚韙之⋯⋯。

這就是《延平王戶官楊英從征實錄》一名的由來。在影印本未出版以前，是沒有其他刊本的。我知道有《從征實錄》，還是從日本人所寫的鄭成功傳記裏讀到的。見到他們時常引用這書，所談到的事情都是別的書上所沒有的，當時還不知道有影印本，找來找去都找不到，以為是日本人自己在台灣所寫的秘本，後來才知道早已有了歷史語言研究所的影印本。

這個鈔本，除了霉爛處有闕疑外，其他錯字俗字也很多，還有一些福建人的土語，如稱官家子弟為「舍」之類，若是不弄清楚這些，讀起來很不容易。然而只要耐心的讀下去，就知道其中所記載的，都是別的同類書中所沒有的，而且材料的真實性又可靠，難怪日本人研究鄭成功的事跡，說來說去總是離不開這書。

關於攻略台灣經過，是在本書最末部分。前面大部分所記載的，都是沿長江進攻失敗經過，以及退守廈門時的情形。作者楊英稱為「戶官」，即戶部主事之意，因為鄭成功封王後，特許他便宜行事，自己設立六部，委任六官主理其事，楊英所擔任的是戶部，所以稱為戶官。他的實錄所根據的材料，大部分是六部的檔案，所以甚為可靠。可是由於材料直接得自公牘案卷，在文辭方面自然缺少修飾。不過，這樣的書，可貴的是其中的資料，文辭俚俗實在不足為病。

不過，這書也是有缺點的。那是楊英以家臣的身份，對於鄭成功有些地方尊崇過甚，有些地方又故為之諱。

參考：

- 另參 1958 年 12 月 10 日〈鄭成功收復台灣的記載〉一文，見本書上冊第 15 頁。

北窗讀書錄：布特勒的札記簿

原刊 1963 年 8 月 7 日《新晚報．下午茶座》〈霜紅室隨筆〉。

撒米耳．布特勒，是英國近代小說家。他有好幾部小說都很有名，但是有些人卻歡喜在他去世後，他的友人為他整理出版的那部札記簿[•]。因為他的小說，有些同時代的作家都寫得出，但是這一批札記，卻不是每一個人都寫得出的。

布特勒是在一九〇二年去世的。十年之後，他的友人亨利．瓊斯將他遺留下來的札記整理出版，印成了一巨冊，篇幅相當多。我現在所讀的，乃是後來出版的一個選本，但也有二百多頁，是巴多羅繆所選的。

布特勒是小說家，但是曾到紐西蘭去經營過牲畜事業，又是業餘畫家。因此他的興趣和人生經驗都很廣博豐富，這正是他能寫得出這些札記的資本。

在這些札記裏，布特勒表現了他的機智和諷刺才能。他有時不免嘲弄，但是並非完全冷酷無情。他在好些地方表現了自己的熱情和人情味。

對於人生，他曾說：

> 人生就是一種迷信。但是迷信有時也有它的好處。蝸牛的殼就是一種迷信。蜒蚰並沒有殼，但是它也一樣生活。不過一隻沒有殼的蝸牛萬不宜嘗試蜒蚰的生活，除非它也具有蜒蚰那種不要殼的達觀。

他又說：

世界乃是一張長長的賭桌，它的布置方法是，使得每一個走進這賭場來的人，都一定要賭，雖然在中間偶然會贏一下，但是在離開賭檯時，必然是或多或少的會輸。

布特勒對於藝術欣賞，在札記裏有不少精闢的意見。對於人像藝術，他說：

一幅偉大的人像，它所表現的，時常是畫家自己的成分比那個被畫的人更多。當我們欣賞一幅荷爾拜因或倫勃蘭所作的人像時，我們所想到的只是荷爾拜因或倫勃蘭，

分別於 1912 和 1934 年出版的布特勒札記

巴多羅繆《布特勒札記選》扉頁

很少會念及畫中人。即使是荷爾拜因或倫勃蘭所畫的一幅莎士比亞畫像，他們從畫像上能告訴我們關於莎士比亞者實在很少。但是，這卻能使我們藉此知道關於荷爾拜因或倫勃蘭者甚多。

對於真理和謊話，布特勒也說了這極精闢的話：

我似乎見到謊言擠在一道狹隘的門口，同真理傾軋著，要一起進入歷史的領域。

參考：

- 布特勒的札記：*The Note-Books of Samuel Butler*, edited by Henry Festing Jones, London: A. C. Fifield, 1912。此書後來有續編：*Further Extracts from the Note-books of Samuel Butler*, edited by A. T. Bartholomew, London: Johnathan Cape, 1934。巴多羅繆有另一個選本：*Selections from the Note Books of Samuel Butler*, edited by A. T. Bartholomew, London: Johnathan Cape, 1930，屬《旅行者叢書》（Traveller' s Library）的一種，內文222頁。本文提及的，應是這個版本。

被忘記了的書

原刊 1963 年 8 月 12 日
《新晚報．下午茶座》
〈霜紅室隨筆〉。

書太多了。不要說有些書買回來以後，始終不曾讀過，甚至有一些書，是自己什麼時候買回來的，也會忘記了。

最近清理書架，忽然發現有一本布特勒的札記。看那外表，這還是一本不曾讀過的新書。我說新書，是指這一冊書的本身，不是指布特勒的作品。因為他的札記，我早讀過了。可是讀的是另一種版本，幾天前曾在這裏談過。但是現在找出來的一本，雖然也是選本，內容卻多得多了，是一九五一年出版的，比起我讀過的那一本，內容怕要多出一倍以上。

這一種版本的最大特色，是後面附有索引。這些札記所談的是什麼，只要一查索引，就可以知道。

我想知道一下他對於書籍有什麼見解，查閱了一下索引，他談到書的地方共有三處，連忙隨手翻閱了起來。在第二四八頁上，他說：

> 書，好像是被幽囚的靈魂，直到有人將它從架上拿下來予以解放。

這話很有意思，好像說的是我，又好像說的是他自己的這部著作。這真是很對不起，我無原無故將他的靈魂幽禁了十幾年，直到今晚才使它有解放的機會，因為這還是一本一九五一年出版的書[●]。

在第二則關於書的札記裏，他寫得更妙了。他說：

> 一本最古舊的書。對於未曾讀過它們的人，仍是一本剛出版的新書。

我懷疑作者有一點預言的能力，不然，他為什麼能說這樣的話，而且句句好像針對我而發似的。

第三則關於書的札記，是記達爾文對於一本書的銷路好壞的見解。他認為書評和廣告都不足推動一本書的銷路，只有「口頭談論」（即口碑）才可以使得一本書暢銷。布特勒認為達爾文的意見很有道理，只是補充了一點他自己的意見，認為一篇熱烈的書評，可以推動別人來「談論」這本書。

這一本布特勒的札記選本，共有三百多頁，仍不是全書，但是已足夠供我消磨好幾個晚上，這也是書多的好處，偶然會翻出一本書，雖然是多年前買的，卻一直未曾展卷讀過，於是我就像作者所說的那樣，這雖是一本古舊的書，已經買回來多年，但是對我來說，仍是一本新書。

參考：

- 1951 年出版的這部布特勒札記，應是：*Samuel Butler's Notebooks*, edited by Keynes Geoffrey and Brian Hill, London: E. P. Dutton, 1951，有 327 頁。

座右書

原刊1963年8月22和23日《新晚報·下午茶座》〈霜紅室隨筆〉。

一

買了幾隻新的小書架，將其中的一隻放在書桌的右首，以便將一些新出版的定期刊物，新買的書籍，以及要用的參考書，一起放在上面，翻閱起來較為方便。

這是不折不扣的座右書了。

最初放到架上的書，全是那些堆集在桌上地上已久，「無枝可棲」的書。我想，沒有書架可放的書，就等於沒有家可住的人一樣；既然將書買了回來，竟無法給它安排一個安身之處，未免太對不起了，因此有了書架之後，就不管它們是什麼書，不論古今中外，一起先堆到書架上再說，使它們先享受一下有一個可以喘息的地方。因此即使《香港的蝴蝶》傍著《意大利的藝術社會史》，《鴉片戰爭》傍著《拍案驚奇》，我也暫且不去管它。

這樣過了幾天，形勢粗定，對於放在座右的那一架的書，我開始著手想加以整理了，想將無用的、已經看過的，或是暫時不想看的書，清理出去，換上一些還沒有看過的，自己想看的，以及自己喜歡的書。

將一些不想放在手邊的書，從書架上清理出去，這工作做起來倒並不怎樣困難。如那一套六大本的《迦撒諾伐回憶錄》，是根本沒有理由要作為「座右書」，放在我的手邊的，因此首先被搬了出來。還有一些介紹畫家的小冊子、美國文學史、良友版的《蘇聯版畫集》，這些本是起初隨手從地上搬到架上的，當然沒有讓它們繼續留在我手邊的必要，因此一本一本的都給我拿開了。

滿滿一架的書，這樣一加甄別，一本又一本的被拿開，幾乎剩下一個空書架了。

對於這一隻空起來的書架，我決定依照自己預定的計劃，將一些新買回來準備要讀的，以及久已想讀一直還未曾讀的，還有自己特別喜歡，希望不時可以隨手翻翻的書，都拿來填補這些空缺，使它們真正成為我的座右書。

這個計劃，本來很簡單，而且也很合理，哪裏知道執行起來，竟一點也不簡單。那困難簡直有一點像出門旅行之際，要挑選幾本書帶在手邊供旅途消遣那樣。這種滋味我是經驗過多次的：這一本不適當，那一本又不適當，有的太輕鬆，有的太嚴肅，往往對著滿屋的書，竟覺得沒有一本是適合作旅途閱讀之用的。有一次在出門之際，竟為了這一個問題徬徨終夜，還無法決定，最後只好塞了一本又厚又重的畢加索畫集在衣箱裏。結果到了目的地就趕緊送給了朋友，自己又再到當地的書店裏買了幾本新書來補充。

二

將一些常用的參考書和工具書，挑選一些放在手邊，這工作做起來還不困難，可是要想將一些想看而未看的書，拿幾本來放在手邊，以便儘先的利用機會去看，這可不容易了。因為每一本書都是想看的，而其中有不少一「想」就想了十多年，至今仍是想而未看。要想將這樣的書挑選幾本放在手邊，如果不想太麻煩，本來只要隨手拿幾本就是了，可是一想到應該誰先誰後的問題，那就困難了。

一本十年前買而未讀的書，和一本昨天剛買回來的新書，我究竟應該先讀哪一本呢？這對我來說，有時竟是一個極不容易決定的問題。

結果，首先入選成為我的「座右書」的，卻不是這些想讀未讀的書，也不是剛買回來的新書，而是一些買了多年，甚至讀過已久的一批書。這是屬於一個專題的：比亞斯萊。

我明白自己這選擇的動機，不只是喜歡比亞斯萊的作品，而是有一個願望，一直想給這位世紀末的薄命畫家寫一篇評傳，再挑選幾十幅他的傑作，印成很像樣的一本畫冊。我覺得這工作不僅值得做，而且可以做這件工作的人也不太多，因此，我就一向將這件工作看作是自己的心願，也是自己的責任。可是因循又因循，許多不必做的事情都做了，唯獨這一件蓄之已久的願望，一直還不曾有機會去兌現。

我將三本比亞斯萊的傳記，兩本他的代表作品集，放在書架上最當眼的處所，這動機我自己也是明白的：它們所代表的不只是我的座右書，同時也是我的「座右銘」：用來鞭策我自己，對於有一些擱置已久的工作，也該認真的去進行了。

我又隨手將都德的《磨坊文札》、果庚的《諾亞諾亞》[•]，也放到了架上，因為它們都是我的伴侶。

我檢視了一下已經放到架上的書，漸漸的明白了一個事實：我想放在手邊的書，全不是那些我不知道、不曾讀過的書，而是一些我已經知道、已經讀過的書。不是嗎？誰都希望能經常同自己在一起的、能在自己身邊的，乃是那些最知己的朋友。

於是，儘管我的桌上和地上仍堆滿了書，可是，可以作為我的「座右書」的書仍是很有限，因此，這一隻小小的書架竟仍有不少空位，而我也仍任它空著，並不想勉強的去加以填滿。

參考：

- 果庚，Paul Gauguin（1848-1903），通譯高庚，法國畫家。《諾亞諾亞》：Paul Gauguin: *Noa Noa, the Tahitian Journal*，1919 年出版。

西諦的藏書

原刊 1963 年 8 月 30 日
《新晚報．下午茶座》
〈霜紅室隨筆〉。

北京圖書館不久就要出版《西諦藏書目》，已見預告，共收錄他的藏書七千餘種，還附有若干題跋。

西諦就是鄭振鐸先生。「西諦」是他的筆名，這兩個字看起來很古雅，其實是「振鐸」英文拼音起首兩個字母 C. T. 的中文譯音，最初只是在《小說月報》上偶然用一下的，像茅盾先生的「玄珠」一樣，後來才正式當作了自己的筆名。

振鐸先生的藏書，最初多是外文書，這是他翻譯泰戈爾詩集，編譯《文學大綱》、《希臘神話中的戀愛故事》時代的事，後來趣味發展到中國俗文學、版畫和戲曲作品，就開始搜購中文線裝書。起初還中西並重，後來簡直就將西書束之高閣了。

在抗戰初期，在「八．一三」滬戰初起之際，他住在靜安寺的廟弄，我們經常到他家中去夜談。客廳四壁架上雖然仍是西

《西諦書目》封面

《劫中得書記》封面

書，可是書脊塵封，看來平日已經很少去翻動，桌上和地上則堆滿了線裝書：這些都是新買來的，這才是他的趣味中心。

當時在上海搜集線裝書，機會極好。因為許多好書都集中在上海，北京和其他內地的好書，也紛紛匯集到上海來爭取市場。像振鐸先生這樣的老主顧，他平時喜歡收藏什麼書，那些古書店的老闆是久已知道的，一旦有了他喜歡的書，總是先送來給他挑選。甚至貨品還在運滬途中，或是知道某處有一批什麼書，擬去採購，也會事先通知他，使他獲得選購的優先權。同時又可以隨便將準備想買的書先拿回家中，慢慢的再議價。議價成交之後，也不必立即付款。由於有這樣的方便，當時振鐸先生雖然並非富有，也居然買到了許多好書。

後來上海淪陷，他受到學術機關的委託，暗中搶救流到市上的好書，以免流入日本人手上。他這時買得的好書更多。但這樣購得的書，由於是用公款購買的，後來自然也歸之公家了。這一階段所購得的書，詳見他所寫的那部《劫中得書記》• 中。

解放後，他自然更有機會買到更多的好書。這一批先後苦心搜集起來的藏書，在他去世後，都捐給了公家。現在要出版的這部書目，就是經過整理後編印起來的。

這七千多種書，不說別的，僅是其中關於我國版畫木刻史料的部分，就已經是國內僅有的一份豐富收藏，沒有第二個人能及得上的。

參考：

• 《西諦書目》，北京圖書館編，文物出版社 1963 年 10 月出版。
• 鄭振鐸：《劫中得書記》，上海：上海古典文學出版社，1956 年。

可供望梅止渴的《散論紅樓夢》

原刊 1963 年 10 月 18 日《新晚報．下午茶座》〈霜紅室隨筆〉。

今年是《紅樓夢》的作者曹雪芹逝世二百周年紀念，北京這一回正在舉行一個紀念他的展覽會。規模之大，展品的豐富，真是只有在今天這樣的新社會才有這樣大的魄力。不僅稿本、不同的抄本和刻本、家譜、畫像、信牘，樣樣齊全，就是這本小說裏所描寫的時代背景，也用實物來作具體的說明。這樣的展覽會真是太有意思了，不僅使人了解這部小說和它的作者而已，而且還使人聯帶的上了近代中國社會史的一課。

《散論紅樓夢》封面，原劉以鬯先生藏書，現存香港中文大學圖書館香港文學特藏。

有人很希望這樣的展覽會也能運到香港來展覽一次，看來這是不可能的。不僅展品的數量太多（佔了故宮文華殿的三座殿堂），而且有許多也十分貴重，如寶玉所戴的束髮紫金冠，晴雯所補的雀金裘，原物是什麼模樣，展覽會中都有類似的實物陳列出來供參考。這些看來都是不便遠運的。香港的「紅迷」只好「望洋興嘆」，等候將來有圖錄紀念冊一類的出版物來滿足這要求。

不過，昨天在書店裏，卻見到一本有關這方面的新書，大可以供我們望梅止渴。這就是本港建文書局新近出版的那部《散論紅樓夢》•。

這部書的書名雖說是對《紅樓夢》的散論，可是你只要一翻內容，就可以看出這不是一般的人云亦云的《紅樓夢》論文集，而是我國當代研究《紅樓夢》的一些專家，根據最新材料寫成的專論，有的更是關於曹雪芹和他作品有關的遺址實地查勘的報告。因此這等於是一部為了紀念《紅樓夢》的作者曹雪芹逝世二百周年而特寫的專家論文集。

這些論文的執筆人，包括了周汝昌、吳世昌、周紹良、吳恩裕、劉大杰，都說得上是《紅樓夢》研究專家，而且他們所研究的，不再是過去那些影射誰的空泛問題，而是有血有肉的具體問題，如曹雪芹的身世，他寫這部小說的經過，他的故居，以及大觀園遺址，都有了明確新鮮的結論，不再是過去那種推測和假定了。

這本《散論紅樓夢》中，最令我特別感到興趣的，是波風的〈曹雪芹故居探訪記〉和吳柳的〈京華何處大觀園〉。我本來希望大觀園遺址是在南邊，在我的故鄉的，但是讀了這篇文章之後，我一面感到失望，一面又感到滿足了。

本書還附有幾十幅插圖，從曹雪芹的畫像，大觀園遺址，以至曾經出現在《紅樓夢》裏的「玻璃繡球燈」、「雀金呢」都有，不僅使得本書內容更加充實，也更增加了讀者的興趣。

參考：

• 吳世昌等著：《散論紅樓夢》，香港：建文書局，1963 年。

《紅樓夢》與南京的關係

原刊 1963 年 10 月 20、21 日《新晚報．下午茶座》〈霜紅室隨筆〉。

一

一夢紅樓二百秋，大觀園址費尋求；燕都建業渾閒話，旱海枯泉妄覓舟！

據說這是有人在北京和南京都尋不出《紅樓夢》裏所說的大觀園遺址後，寫出了這首寄慨的小詩，見吳柳先生所寫的〈京華何處大觀園〉一文。

本來，大觀園原有在南京或在北京兩說，現在是後說佔了上風。由於有新材料的發現，大觀園是在北京之說，簡直已經被肯定了。但是，大觀園雖在北京，這並非說《紅樓夢》與南京就根本沒有關係了。《紅樓夢》與南京的關係仍是很密切，而且很大的。

首先，《紅樓夢》的作者曹雪芹的祖上，是在南京任「織造」官的，這固然不用說了。而且曹雪芹的本人，就是在南京出世的。從前的傳記資料說他三四歲時離開南京，現在的新考證，則斷定他離開南京到北京時，至少已有十三四歲（見吳恩裕的《曹雪芹生平為人新探》）。這一來，他與南京的關係更加深了許多。十三四歲，自然懂得許多東西了，「秦淮舊夢憶繁華」（敦敏贈曹雪芹詩），自有許多事情可憶。

曹雪芹的同時代人明義，〈題紅樓夢詩〉的詩序，有句云：

> 曹子雪芹出所撰《紅樓夢》一部，備記風月繁華之盛。蓋其先人為江寧織府，其所謂大觀園者，即今隨園故址。

大觀園以袁子才的隨園為藍本之說，久已被推翻了，但當時南京為明朝故都，城中故家池館很多，「大觀園」的具體輪廓即使在北京，曹氏在起草《紅樓夢》時，憶起舊日秦淮繁華，將一些他在南京住過玩過的園林池館景物寫入書中，實在是大有可能的。小說到底是小說，「大觀園」的景物既非一成不變的實地寫景，則摻入少年時代在南京所見的園林結構，也實在是大有可能的。這一點，還有待於新的「紅學家」今後作更細微的考證。

《紅樓夢》與南京的關係，最令我特別感到興趣的，乃是這書最初命名的經過。原來《紅樓夢》最初並不叫《紅樓夢》。今日通行本的「楔子」說：

> 曹雪芹於悼紅軒中，披閱十載，增刪五次，纂成目錄，分出章回，則題曰《金陵十二釵》……

《金陵十二釵》之名，雖然與《風月寶鑑》、《情僧錄》一樣，後來不曾正式被採用作書名。但是在「十二釵」之上冠以「金陵」二字，可知書中的故事與南京關係之深了。

二

曹雪芹雖是在南京出世的，他的祖上卻是旗人，我們不便說他是南京人。但是《紅樓夢》裏有一個主要的人物，卻是南京人，而且後來還死在南京的，那就是王熙鳳。據脂硯齋所見的曹氏《紅樓夢》初稿，不可一世的潑辣的王熙鳳，後來竟被原先懼內的賈璉將她貶為妾婦，接著更進一步將她休回娘家，於是她就哭哭啼啼的回到了「金陵娘家」，後來就死在南京。

至於袁子才的「隨園」就是大觀園之說，這話最初本出自袁子才自己之口。隨園在南京倉山，袁子才在他的《隨園詩話》裏說：「大觀園者，即余之隨園也。」這是大觀園在南而不在北，是「隨園」前身之說所由來。一向擁護此說的頗不乏人。畫家齊白石就是主張大觀園應在南京，而且前身該是隨園的，他說得很有點根據。據張次溪先生的〈記齊白石談曹雪芹和紅樓夢〉說：

> 首先，大觀園的地址問題。齊白石認為，大觀園應該在南京，袁子才說隨園就是大觀園的遺址，是可以相信的。因為曹家在南京，做了幾十年的織造，有一所規模相當宏麗的園子，當然不成什麼問題。雍正五年（公元一七二七年）曹雪芹的父親曹頫革了職，第二年被抄了家，所有家產，卻由皇帝賞給了繼任織造隋赫德。曹頫在南京的園子，隋赫德改名為隋園。袁子才買到手後，改稱隨園，這是很清楚的沿革。曹家被抄沒後遷回北京，在那個官官相護的時代，未必就貧無立錐，說不定在北京另有一個園子。但可斷言，北京的園子，決不能比南京的園子宏麗。抄家時，曹雪芹年紀雖還很小，但總能聽到老人們回憶在南京時的生活狀況，所以在寫《紅樓夢》時，就把南京的園子作為大觀園的藍本了。（引自新近出版的《散論紅樓夢》一書。）

大觀園在南京之說，據說現在已由於新發現的有力證據，完全被推翻了（見吳柳先生的〈京華何處大觀園〉）。但在感情上，我仍是希望至少該有一部分如白石老人所說，曹雪芹寫《紅樓夢》裏的大觀園時，他的腦中會想起了從前在南京的老家舊園景物的。

《紅樓夢》裏所用的方言諺語，有許多也是南京話。如丫鬟們在大觀園裏放風箏，用的是「剪子股」的方法，這就是南京土話。因為這方法是將一柄剪刀縛在長竹竿上，將風箏的線從剪刀柄中穿過，豎直了竹竿，利用竹竿本身的高度，曳動風箏線，以便容易放上去。這是我們家鄉的女孩兒們在家裏戲放風箏慣用的方法。

筆記和雜學

原刊 1963 年 11 月 5 日
《新晚報·下午茶座》
〈霜紅室隨筆〉。

我國的筆記，實在是一種特殊的文體，它不同於我們現在所說的散文小品集，也不是論文集。我在西洋的文藝作品中，就找不出有類似這體裁的著作。回憶錄、札記，或是逸話集，都不似我們的筆記那麼包羅萬有，從詮釋經史、考證碑版，以至詩詞歌賦、野史逸聞、談狐說鬼都可以包括在內。有的學術價值極高，有的簡直不值一笑。我國從漢魏以來，以至明清人所寫的筆記，內容的廣博，簡直像是一個大海，裏面蘊藏著無數的財富，使你取用不盡。

然而筆記在過去卻一向不被人當作正經書，往往「筆記小說」並稱，好像只足供茶餘酒後的消遣，不足供正經治學之用。

葉靈鳳所藏筆記史料叢書，現存香港中文大學圖書館葉靈鳳贈書室。

其實，我覺得無論研究我國哪一個部門的學問，若是不涉獵筆記，一定所見不廣，錯過了許多有用的資料。如研究歷史的，無論是專治哪一代史，若是不看看那些專載有關野史和宮闈掌故的筆記，以便互相印證，那研究一定是有缺漏的。

我一向就喜歡看筆記一類的雜書，有一位朋友稱讚我很有「雜學」，若是真是如此，那也不過表示我平時所看的以筆記一類的雜書為多而已。

當然，前人的筆記著作，好的有用的固然很多，而無聊的輾轉抄襲的也不少。這只要看得多了，就漸漸的能辨別哪些是第一手的資料，哪些是改頭換面，抄襲別人的東西。這類情形，在清朝中葉以後那些人所寫的筆記裏最多，因此也最為不可取。大抵宋朝人的筆記，以記載掌故舊聞見長，明朝人的多偏重史料制度，清朝人的以記載異聞奇事的最多。同時由於外國勢力開始侵入了，有許多清人野史筆記也保留了不少近代史的重要資料。

要利用前人的筆記來補助治學，除了多看之外，還要自己隨手作札記。若是不能將自己認為有用或是有趣的資料抄下來，至少也該記下書名作者卷數和有關何事的一個簡單摘要，以便要用到這些材料時可以查閱。若不是如此，日子一久，雖然彷彿記得某事曾在某書中見過，要查閱起來，往往就要大費精神了。

從漢魏以來直到清末為止，屬於「筆記」這一類的著作，共有多少種，從來沒有人編過書目或是統計過，但那數量一定是非常龐大的。不過，我想一個人若是肯耐心的將這類著作擇要看過一千種左右，大約對於我國古往今來的一切，上自經史政治、天文地理、文章藝術，下至蟲魚狐鬼，都可以有一點門徑了。

筆記的重印工作

原刊1963年11月6日《新晚報・下午茶座》〈霜紅室隨筆〉。

我在昨天曾談起我國前人所寫的那些「筆記」，對於治學考證和增加見聞談助，極有用處。可惜種類太多，內容又精蕪不一，五花八門。由於還沒有人編目整理過，如果想從其中汲取第一手的有用資料，就得全靠自己耐心去翻閱。現在想想，這項工作，國內已經有人在著手了，不過只是偏重一方面的，這就是上海中華書局在這幾年著手整理排印的那幾套筆記叢刊。如《元明史料筆記叢刊》、《清代史料筆記叢刊》、《近代史料筆記叢刊》等等。

這幾種筆記叢刊，現在已經出版的還不多，但是從所附的準備出版的書目看來，有許多卻是刻本極少，或是還未經刊刻過的稿本和鈔本。雖是偏重於社會經濟史料方面的，但是由於前人所寫的筆記，即使內容有一個重心，也往往會連帶的涉及其他方面，因此對於不是研究社會經濟史的人，仍是用處很大。可惜出書太慢，一年不過出版了兩三種，實在令人望眼欲穿了。

如《清代史料筆記叢刊》裏所預告的那部《三岡識略》●，就已經預告了三年，還不見出版。這書是清初人董含所著的。我從前讀蕭一山的《清代通史》，見他在敘述清初歷史時，一再引用這書，知道其中有許多關於清初文字獄的資料，還有關於滿洲人祭天竿子和歡喜佛的資料。要想找來看看，可是幾十年來，除了從別人著作中所引用的，知道一點這書的內容外，我一直未有機會讀過原書。可見我國的筆記著作，由於種類太多，無法齊備，就是有志要讀，也是不容易的。因此整理編目和用排印本來普及流通的工作，實在是值得去做的。

大規模的將過去的筆記匯集在一起來出版，在過去本來也有人做過的。如從前上海文明書局所出版的那一套《筆記小說大觀》，號稱收錄了歷代筆記五百種。種類雖多，可惜內容多是不齊全的，任意删節。卷數雖仍舊，可是內容已十去五六，而且又是石印小字，錯字又多，因此僅可供偶然翻閱來消遣，若是要想憑此來參考引用，那就不可靠了。

較好的是從前商務所出版的那些宋人筆記。紙張、字體、印刷和版本都好，所用的底本又都請人校過，卷末往往有張元濟夏敬觀等人的跋語和校勘記，可說是很理想的版本。

我以為重印古籍，最好是不要删節，其次是不能用簡筆字。中華書局所編印的那幾套筆記叢刊，顯然已經能注意這幾點了。

參考：

- 《三岡識略》要到 2000 年才有現代排印本，由遼寧教育出版社出版，2018 年有于德源校注《三岡識略校注》，北京燕山出版社出版。

鄉邦文獻

原刊 1963 年 11 月 7 日
《新晚報．下午茶座》
〈霜紅室隨筆〉。

前些時候託人到上海去買一部《金陵叢書》*，信已經去了很久，至今還沒有下文。也許這樣整部的地方掌故叢書，只有零本還不難買。要想得一部完整的，怕已經不容易了。

近年時時想讀一些有關鄉邦文獻的著作，可是自己手邊所有的實在太少，借又無處可借，買又不易買，徒呼奈何。自己雖然備有好多種廣東的地方志，可是自己家鄉的反而沒有。這種寒傖可笑的情形，實在不足為外人道。

我特地將手邊所有關於家鄉的典籍檢點一下，重要的簡直一部也沒有。比較重要的只有一部《白下瑣言》，而且是很壞的版本。此外就是《金陵古今圖考》、《莫愁湖志》、《靈谷志》、《秣陵集》*，寥寥可數的幾種而已。沒有一部主要的關於家鄉的志書。

近人的著作總算有了幾種，大都是朱偰的，如《金陵名勝古蹟圖志》、《金陵六朝陵墓考》、《大報恩寺塔志》等等。朱氏對於我們家鄉的名勝古跡沿革變遷，可說做了很不少的工夫。但也只有他一人而已，第二個人就舉不出了。

《白下瑣言》的著者是甘熙。我記得我們家裏同甘家還有一點親戚關係，可惜我已經記不起是怎樣的關係了。除了甘家以外，還有濮家，都是親戚，他們都是書香世家。但這些都是祖父手裏的事了，只是在孩子時代聽見講起過，已經無法能知道詳細。

甘氏是有名的津逮樓主人，家中富於藏書。這部《白下瑣言》，對於家鄉的山水名勝、掌故逸聞，搜羅得很多。尤其難得的是津逮樓就以收藏金陵地方掌故志書著名。後來的《金陵叢書》，就是據甘氏所藏彙刻而成。

《白下瑣言》所記載的有關家鄉沿革掌故的書籍，共有五十多種。不用說，這對我來說，除了兩三種以外，幾乎全是未曾讀過的。如唐人的《建康實錄》，宋人的《景定建康志》，元人的《至大金陵新志》，我固然不曾讀過，就是有名的明人顏起元的《客座贅語》，周暉的《金陵瑣事》，我也至今未曾寓目。我這麼不怕人笑我腹儉的寫了出來，實在含有一點鞭策自己之意，因為過去對於鄉邦文獻實在太不注意，捨己之田而耘人之田，這才有這樣的現象。現在想急起直追，可是，要想買一部《金陵叢書》也無處可買，我能有什麼有效的方法來彌補自己的無知呢？真只有徒呼奈何了。

參考：

- 《金陵叢書》，翁長森、蔣國榜輯，1914 至 1916 年出版，分甲、乙、丙、丁四集，共五十四種，都是明、清金陵（南京）人或寓居金陵外省人士的著作。
- 關於《秣陵集》，可參 1962 年 5 月 29 日〈讀《秣陵集》小記〉，見本書上冊第 224 頁。

朱氏的《金陵古蹟圖考》

原刊 1963 年 11 月 11 日
《新晚報．下午茶座》
〈霜紅室隨筆〉。

今人談南京六朝沿革和古跡名勝的專書，不能不首推朱偰[*]的兩種著作：一是《金陵古蹟名勝影集》，一是《金陵古蹟圖考》。兩書都是在一九三六年左右出版的，一圖一文，圖片有三百多幅，文字有二十餘萬字，相輔而行，互相印證。對於南京殘存的古跡名勝，作了實地的調查報告，非常詳盡，而且翔實可靠，糾正了前人沿用舊說的許多錯誤。朱氏並不是金陵人氏，他僑居是地，能夠腳踏實地的完成這樣的著作，實在難能可貴。

前幾年聽說朱氏仍在江蘇文管會工作，繼續他的南京一帶文物史地調查研究工作。現在的工作條件自然比二三十年前更好了，希望他能有新著作問世，以慰我這個羈旅天涯的遊子。

在有關家鄉的史乘方志一類舊籍不容易到手的海外，能有機會讀一遍《金陵古蹟圖考》，再參閱一下那幾百幅攝影，實在如前人所說：「過屠門而大嚼」，聊當一快。不僅能彌補了讀不到那些舊籍之恨，同時也足慰遊子的鄉懷。

《金陵古蹟名勝影集》，據朱氏自己說，是他前後經歷三年的時間，攝影千餘幅，再從其中選取了這三百多幅來印成的。他自己在《金陵古蹟圖考》的〈凡例〉上說：

> 著者於民國二十二年至二十四年三年間，旅居金陵，鳩集同好三人，對於金陵史蹟，加以實際調查，從事攝影

及測量。計調查範圍，東至丹陽，西至當塗，南至湖熟，北及浦鎮。舉凡古代城郭宮闕、陵寢墳墓、玄觀梵剎、祠宇橋樑、園林第宅，無不遍覽。計攝影所得，有千餘幅，精選三百二十幅，另印《金陵古蹟名勝影集》問世。惟一圖一考，相輔而行，故本書所注圖頁，皆指《金陵古蹟名勝影集》而言也。

我手上所有的朱氏這兩本作品，還是偶然從一家舊書店裏買來的。同時買得的，還有《建康蘭陵六朝陵墓圖考》，也是朱氏的著作。此外還有一冊張惠言的《明代大報恩寺塔志》。看來這幾本書的舊主人，若不是同鄉，一定就是同好。不知怎樣流落到冷攤上，使我無意得之，可說是難得了。

陳武帝陳霸先萬安陵前石麒麟，見《建康蘭陵六朝陵墓圖考》。

前幾年曾回鄉一行，想起兒時所住過的老屋，要想去看看，問了一下，連那街名也不再有人知道，使我一時悵然。面對著朱氏的這些圖片，則知道他當時也許是信手得來，可是在三十年後的今天看來，物換星移，每一幅都是可珍貴的了。

參考：

- 朱偰（1907-1968），浙江海鹽人，經濟學家、文物保護專家，曾任江蘇省文化局副局長。朱偰金陵沿革研究集中於三部著作：《金陵古蹟圖考》，上海：商務印書館，1936 年；《金陵古蹟名勝影集》（中英對照本），上海：商務印書館，1936 年；《建康蘭陵六朝陵墓圖考》，上海：商務印書館，1936 年。今有北京中華書局 2006 年至 2015 年新版。

《文藝隨筆》後記

原刊 1963 年 11 月 19 日《新晚報．下午茶座》，署名為「葉靈鳳」。

這些隨筆，事實上可說都是我的讀書錄。

我發覺自己在讀書和寫作方面都有一點癖性，就是自己不喜歡的書不讀，自己不喜歡的東西不談，因此就沒有資格做批評家，也很少寫批評文字。

這些隨筆裏所談到的書，都是我自己曾經讀過的，也是我讀了之後覺得喜歡的。當然，我平時所讀的書，並非僅限於這一個方面。這不過由於要編輯這本小書時，為了不想內容過於廣泛和蕪雜，這才選了一些全是談外國作家和作品的，集在一起，成了這本小書。

《文藝隨筆》，現存香港中文大學圖書館葉靈鳳贈書室。

這三十幾篇隨筆，並不是一口氣寫成的，更不是在同一個地方發表的。就時間上來說，寫得最早的一篇和寫得最近的一篇，時間的隔間至少在十年以上。因此內容不可能是一致的，有些地方可能會有重複或是歧異。好在每一篇都是獨立的，這些缺點的影響還不致太大。

自己看自己所寫的文章，雖然很不容易擺脫主觀，但是我卻很清楚哪一篇寫得壞，哪一篇寫得好。但我要趕緊聲明，這個「好」字的標準，卻是絕對主觀的。因為我一向認為要寫這一類的隨筆，將自己讀過了覺得喜歡的書介紹出來，是應該將這本書的作者，他的生平和一點有趣的小故事，融合著這本書本身來一起談談的。有時，一本書在這世間的遭遇，會與這本書的內容同樣的有趣。這都是我特別感到興趣的。能將這一切融會貫通到一處，寫成一篇文章，我才覺得符合我個人的理想，這也就是我自己認為好與不好的標準了。

不過，要這麼做，當然不是一件易事。有時為了一本書，要另去翻閱其他的十本書；有時即使有了足夠的材料，可是沒有充裕的時間容我仔細的寫。結果我雖然知道應該怎麼做，往往未必就這麼去做。這裏面的過程，知道最清楚的當然是我自己。因此即使是自己的文章，我自己也並非每一篇都是喜歡的。

在這些隨筆裏面，很少論斷，我自己的意見更少，因為我著重的只是在介紹，因此疏忽錯誤在所難免，但是空洞言之無物的弊病，卻有機會可以避免了。

一九六三年九月．香港

讀《新安縣志》札記

原刊1963年12月2至6日《新晚報．下午茶座》〈霜紅室隨筆〉。

一

新安縣即今日之寶安縣。港九新界各地，在從前都是隸屬於新安縣的。鴉片戰爭時期，仍名新安，入民國後始改名寶安。

其實，寶安之名，比新安更古。據縣志〈沿革表〉所載，寶安之名，始於六朝東晉，隸東官郡。東官就是現在的東莞。到了唐初，就廢了寶安縣，併入東莞，直屬廣州都督府。這樣一直到明朝初年，都是稱為東莞。到了明萬曆元年，將東莞縣分析為二，增設了一個新縣，其地就是從前的寶安縣，改稱新安，與東莞分治。所以新安之名，是在明萬曆初年才有的，比寶安遲得多了。

到了滿清，在康熙五年，又將新安縣併入了東莞，廢了新安之名。可是到了康熙八年再將新安縣恢復，隸屬廣州府。這樣就一直稱新安縣，直到民國，因新安縣名在別的省份內有同名的，遂恢復古名，改稱寶安。

由於今日港九新界各地，在從前也曾經一再隸屬於東莞縣，因此有關今日香港範圍內的一些事跡，在《東莞縣志》上也有記載。

新安縣轄下的村莊，舊載共有五百多座。今日新界及港九兩地，在當時都是屬於新安縣巡檢官富司轄下。在縣志的〈都里志〉內，官富司巡檢所管屬的村莊，村名有不少至今仍沿用未改。如錦田村、屏山村、東頭村、屯門村、廈川村、石岡村、隔田村、粉壁嶺、石湖墟、大步墟等等，都是今日習見的，不勝枚舉。

屬於今日港九市區內的，如衙前村、蒲岡村、牛池灣、尖沙頭、土瓜灣、深水埗、二黃店村、九龍寨、黃泥涌、香港村、薄寮村、薄凫林、掃管莆、赤磡村，皆見於記載。其中尖沙頭即今日的尖沙咀，二黃店村的「黃」字當是「王」字之誤，即宋王臺附近的二王殿村，薄凫林就是薄扶林，赤磡村即紅磡，薄寮村即薄寮洲。香港村就是今日香港仔的香港圍，也正是今日香港島命名的原來根據。

除了本地人的村莊之外，〈都里志〉另列有客籍村莊的名稱。如今日的大坑、九龍塘、長沙灣、淺灣、沙田、深水埗、吉澳，都是隸屬於官富司巡檢轄下的客籍村莊。

今日的香港仔，舊名石排灣，其名稱見於縣志卷八「田賦」欄：「葉貴長、吳亞晚、吳二福、徐集和領耕土名石排灣一百一十坵，稅二十五畝七分四厘，每畝歲納租錄八錢。」

二

香港島之名，不見於《新安縣志》[•]。這不足異，因為「香港」一名，是在道光初年，才由往來在零丁洋一帶的外國商船船員們叫出來的。《新安縣志》修於嘉慶二十四年，所以只有「香港村」之名，無香港島之名。

香港這一座小島，在未被外國船員稱為「香港」之前，土人或以島上局部的地名名之，稱之為「石排灣」或「赤柱」。有時又稱之為「紅香爐」、「群帶路」。

「紅香爐」是山名，指今日銅鑼灣天后廟一帶的群山。相傳曾有一座紅石香爐自海上漂流到那裏的岸邊，漁民以為天后顯聖，就建廟以祀，並稱廟的後山為紅香爐峰。

在嘉慶年間，紅香爐設防，駐有水師兵勇，稱為紅香爐汛。

「群帶路」之名更古，在明修《東莞縣志》的糧冊上，就有群帶路之名。後來林則徐等人的奏章，提到香港這座小島，也屢稱其地「土名群帶路」。由此可知本地人所說群帶路一名，係由「阿群」其人為英國人帶路而來，是毫無根據之談。群帶路實是島上原有的土名。其得名由來，不外島上山腰自西往東的小路，在九龍對岸望來蜿蜒如群帶，所以稱為群帶路。

《新安縣志》卷一所附的輿圖，僅有紅香爐之名，無群帶路及香港之名。紅香爐位置在鯉魚門炮台之下，屯門汛、大奚

广东省中山图书馆接受捐赠图书感谢状

趙克臻女士

承蒙惠赠　新安縣誌（嘉慶刻本）等图书　壹　种　捌　册，对充实我馆藏书，更好地为读者服务，将起很大作用。对您这种关心图书馆事业的高风厚谊，深为敬佩，谨致谢忱。

广东省中山图书馆

一九八〇年五月五日

中山圖書館給予葉靈鳳夫人趙克臻女士的贈書感謝狀

山、急水門之東，這位置當是今日的香港島無疑。可是令人不解的是，圖中除注明為「紅香爐」的小島之外，在它的東南角又有兩座小島，較上的一座注明為「仰船洲」，較下的一座注明為「赤柱」。這一來，就令人如墮五里霧中了。

「仰船洲」即昂船洲，按照實際位置，應該在香港島（紅香爐）之上，不該在它的東南角。至於赤柱，更是香港島的一部分，圖中將它與紅香爐各繪成一座獨立的小島，而且相距頗遠，更令人費解。

圖中有獨鰲洋，是一座小島，位置在佛堂門外大海中，在蒲台之上，塔門之下。「新安八景」之一的「鰲洋甘瀑」，就是指這地方，說其上有飛瀑，水質甘芳，如自天而降，所以稱為「鰲洋甘瀑」。舊時頗疑「鰲洋甘瀑」的甘瀑，是指香港島上南端近薄扶林處的大瀑布，現在依據縣志所附輿圖看來，完全是另一處地方。

不過，以「紅香爐」、「赤柱」等處的位置為例，這幅輿圖畫得是不甚可靠的。那麼，「獨鰲洋」是否真的遠在香港之東，那又有待考證了。

三

《新安縣志》所載的氣候風俗物產，持以與今日相較，雖然隔了百餘年，變化仍不很大，有不少仍可以互相印證。至於名勝古跡部分，則變化最大，多數已湮沒無存，有些則星移物換，已不能確定在什麼地方，僅有極少數仍可以指出其處。

卷首有廩生陳棠繪的新安八景圖。八景為赤灣勝概、梧嶺天池、杯渡禪蹤、參山喬木、廬山桃李、玉勒湯湖、鰲洋甘瀑、龍穴樓台。八景僅杯渡禪蹤在今日香港界內，未遜舊觀，其餘如赤灣天后廟，早已拆毀，無勝概可言，參山喬木、廬山桃李等景，所指何處，更不易確定了。

打風為香港一大患，《新安縣志》對於歷年風災有很詳細的記載，對於本地人占望風色的諺語也記載很詳，如說「凡歲一鬼打節有一颶，三鬼打節有三颶。鬼，鬼宿也；打節者，或立春立夏等節逢鬼宿也」。又說颶風息時，風勢必轉東蕩西而南，然後停止，稱為「回南」。凡是未回南的颶風，去了可能再來，因此有諺語說：「颶母不回南，再來不待三」。

至於打風的預兆，《縣志》說：「斷虹先兆，雲凝不停，雷隱不動，海氣沸騰，磯石響，水禽遯」，還有「海氣腥，雲腳疏直」，這些都是颶風將來的預兆，就是現在也可以通用的。

有些風俗，在今日本地人的生活習慣中仍可以看得出，如話「稱壽必自六十一始，重一不重十」。今日香港人做壽發帖，往往有幾秩開一之說，就是沿用這古老的風俗。還有，婚禮請客，不曰喜筵而稱梅酌，也是有所根據的。縣志卷二「風俗」欄云：

> 嫁女不以粧奩相誇耀，猶尚糖梅。親友造新婚家索飲，曰打糖梅。其家速客曰梅酌。

在農作物方面，《縣志》卷三〈物產〉欄說：「邑中宜稻，名類最多」。這種特點，我們即使在今日新界仍可以看得出。《縣志》舉列了幾十種不同的穀米名稱，有的是頭造的早禾，有的是末造的遲禾。有「飯羅黏」、「不知春」、「香秔」、「鷓鴣耒」等等名稱。我們現在到元朗大埔等處的米店裏去看，除了「金風雪」、「油黏」之外，有時還可以看到志書上所說的這種名稱。

至於雨的名稱，除白撞雨之外，還有所謂「偷淋」。偷淋者，半夜下雨，黎明即止之謂，現在已很少通用了。

四

新安縣瀕海，縣志所記載的海產鱗介，大部分都是我們今日在香港可以見到的。細讀一過，在名詞和俗諺方面，可以獲得不少印證。

本港漁民艇家，最忌「烏忌白忌」，見了就要連呼「大吉利是」。所謂「烏忌白忌」者，就是海豚，在長江中也有，稱為江豬。讀了《新安縣志》，才知道這東西應該稱為「鰵」。《縣志》卷三〈物產〉門鱗類云：

> 鰵魚重數百斤，嘴如猳喙，脊若鋒刃，有烏白二種，一作鰵。諺云：白鰵烏鰵，不勞頻至。至則有風災。唐詩云：江豚吹浪夜還風，謂此。肉甚腥，不可食。漁人捕之以煎膏，夜照讀而不傷目。

香港人吃魚，有諺語云：第一鱠，第二魶，第三馬家郎。石斑青衣之類不與焉。這諺語也在《縣志》上得了印證。《縣志》云：

> 鯧魚，圓頭縮尾，狹鱗扁身，肉厚細嫩，刺與骨皆脆美，味甘平，食之肥健益氣。一名鏡魚，以其形如鏡也。有黑白二種，白者為良。
>
> 鯛魚，大者長二三尺，身圓皮滑無鱗，骨脆味甘，肉多脂。性畏薑，若以薑拌，則味失真而臭。
>
> 馬鮫，即馬膏鯽也。滑皮尖嘴，長身叉尾，以臘月出，至三四月，乃海魚之美者。語云，第一鯧，第二鯛，第三第四馬膏鯽。

但今日香港吃海鮮，多重石斑青衣之類，大約取其肉多，而且產量多，一年四季皆有供應。但是講究吃海鮮的，卻喜歡吃龍脷七日鮮之類，這就是古人所豔稱的比目魚了。《縣志》云：

> 貼沙魚，一名版魚，種類不一，色有青紅斑黑，身有長短大小，鱗有粗細。細鱗而長大者佳。喜貼沙上，即《爾雅》所謂比目魚也，一名鰈。鹹淡水皆有之。〈吳都賦〉云：雙則比目，片則王餘。內有一種名七日鮮，經數日其味不變。又一種口偏左，名左口，即地鯆魚也。

以龍脷七日鮮與石斑青衣比較起來，前者確是肉味細嫩得多。青衣比石斑更不行，有時會有一種異味，因此內行吃海鮮，多不吃青衣石斑。

大澳的黃花魚，著名已久，《縣志》云：

> 黃花魚，周身金鱗，頭有石，瑩潔似玉，長尺許，採

> 於大澳海中，自九月至十一月，漁者暮聽其聲，用罟合圍以取，則曰打黃花。色白者名白花，細小者名黃花從，其膠甚美。語云：黃白二花，味勝南嘉。

香港小販賣鹹魚的，慣稱「黃花筒鹹魚」，讀了《縣志》，才知道是「黃花從」。

五

新安縣內出產的花木蔬菜，見於志書而可以與今日香港常見的相印證者，《縣志》說所產菜蔬，春則芥藍莙薘生菜等等，夏則莧菜豆角蕹菜涼瓜等等。按莙薘菜即今日俗稱豬乸菜，價甚賤，有人嗜食，有人則嫌其有怪味。蕹菜即蕹菜，有水旱之分。浮田所種，就是水蕹菜。

《縣志》又稱邑產茶甚夥：

> 其出於杯渡山絕壁上者，有類蒙山茶，烹之作幽蘭茉莉氣，緣山勢高得霧露以滋潤之故，味益甘芳，但不易得耳。若鳳凰山之鳳凰茶，擔竿山之擔竿茶，消食退熱，以及竹仔林之清明茶，亦邑中之最著者也。

按杯渡山即今日的青山，已不聞以產茶著名。至於鳳凰山頂，相傳有一株「神茶」，飲之能令人消暑解渴。但現在本港涼茶店有所謂「紫貝天葵茶」者，據說就是採自鳳凰山頂。但已經屬於生草藥類，不是普通的茶葉了。

《縣志》所說的「宜母果」，就是今日的檸檬，「蜜望果」則是芒果。還有一種「萬壽果」:「樹高如桐，實在樹間如柚，味香甜可人。」既不似木瓜，又不似大樹波羅，不知是什麼。

素馨、茉莉、指甲花，都是香氣酷烈的花，現在茉莉指甲花還常見，素馨則很少見了。《縣志》說，素馨茉莉都是番人自西國移種於南海者，素馨原名「那悉茗」，南漢宮人素馨喜簪此花，故名。按「那悉茗」該是「耶悉茗」，《縣志》誤刊「耶」為「那」。

又有「朱槿」，莖葉皆如桑葉，光而厚，其花深紅色，五出，大如蜀葵。這就是今日常見的「大紅花」，又稱「佛桑」。除了大紅色的以外，現在還有粉紅、白和黃色的。

拘那花，即夾竹桃花，夏開，淡紅色。現在則除了淡紅色的以外，也有深紅和白色的。

香港島上的野生蘭花是很有名的。《縣志》對於蘭花有相當詳細的記載，名稱有「隔山香」、「公孫偪」，又有「出架白」、青蘭、黃蘭等等。惟未提及「白蘭」，只稱有一種「樹蘭，高丈許，花似魚子，香烈過之」，這當是珍珠蘭之類，不像是白蘭。

還有今日有名的吊鐘花，也有著錄，說是「邑杯渡山極多」，吊鐘在今日香港是受保護的禁花，禁止採折，但是杯渡岩所見的吊鐘花，已不多了。

參考：

- 葉靈鳳所藏嘉慶版《新安縣志》當時為國內孤本，他身故後，家人把《縣志》送贈廣東省中山圖書館。

萬壽果與鳳凰山
——讀《新安縣志》補誌

原刊 1963 年 12 月 13 日
《新晚報．下午茶座》
〈霜紅室隨筆〉。

前幾天我在〈讀《新安縣志》札記〉裏，說起《縣志》所載出產的果木「萬壽果」：「樹高如桐，實在樹間如柚，味香甜可人」，不知是什麼果實。昨承本報熱心讀者「寶安人」先生，投函賜教，謂「路西一帶，稱木瓜為萬壽果」云，實在盛情可感。我本來也想到《縣志》所敘述的萬壽果形狀：「實在樹間如柚」，有點似木瓜，可是誤信一般人所說，木瓜樹是近代自外國移植來的果木，以為在滿清嘉慶年間還不會在廣東一帶繁殖，所以不敢斷定是木瓜，不料仍是我估計錯了。

「寶安人」先生在信上又說：「紫貝天葵，亦非出自鳳凰山。東寶一帶之大山均有之，尤以羅浮山所出產者質量均佳。鳳凰山係於縣之嶺下村有鳳凰岩，乃風景區之一。至於神茶，則未之聞也。」

按鳳凰山出產紫貝天葵，乃是本港的涼茶店所標榜者。其他各山也有這種植物出產，自是意料中事。不過所說「鳳凰山係於縣之嶺下村有鳳凰岩，乃風景區之一」，則顯然有一點誤會，將鳳凰山與鳳凰岩混為一個地方。按出產紫貝天葵和神茶的鳳凰山，在大嶼山內，是大嶼山島上的最高峰，又稱爛頭峰。《縣志》說：

> 鳳凰山在大奚山（即大嶼山的古名）障內，雙峰插霄，形如鳳閣，與杯渡山對峙。

由於「雙峰插霄，形如鳳閣」，所以稱為鳳凰山。至於鳳凰岩，則誠如「寶安人」先生所說，在嶺下村。這是舊時屬於福永巡檢司轄下的一個村莊。《縣志》說：

> 鳳凰岩在茅山之北，巨石嵯峨，廣數丈，洞徹若堂室。昔傳鳳凰棲其內。上有鶯哥石、合掌石諸奇景。相傳蔡若虛得道於此，土人塑其像，嘉慶年間重修，極其壯麗，亦邑內之勝區也。

據《縣志》所載，鳳凰岩下還有一處名勝，稱為望煙樓，是文天祥的子孫流寓之處。文家在邑內歲荒時就登樓眺望，凡人家無炊煙者就去加以救濟，所以稱為望煙樓。現在大埔還有文屋村，不知是不是他們的後人。

《縣志》〈藝文志〉內有一首〈秋日遊鳳凰岩〉古詩，是曾任新安縣知縣的邑人鄭文炳所作，中有句云：「奇情勝概近蓬瀛，石室玲瓏紫翠盈；松風澗水調絲管，瑤草琪花照眼明；鳳翔千仞周八極，一覽德輝暫棲息，軒翥寧同凡鳥群，文采欲絢青山邑。」所用的就是相傳有鳳凰曾在這裏棲息的典故。

1964年

讀枝巢回憶篇

原刊1964年1月5日《新晚報．下午茶座》〈霜紅室隨筆〉。

前些時候，詩人一峰先生•惠寄一冊《枝巢九十回憶篇》，翻了一下，見是一首述懷的古體長詩，我也不知道這位枝巢先生是誰，就放在一邊。日昨讀高伯雨先生的一篇記夏仁虎•的文章，知道枝巢是夏仁虎先生的別號，是江寧人，去年秋天才去世的，享了九十高壽。那麼，是一位鄉先賢了，這才又取出來在燈下細讀一遍。

夏仁虎的著作

以年歲來說，枝巢先生的輩分，該是我的祖父輩了。我生得晚，不及見到點過翰林，又放過學政的祖父，但是卻見過母親的王家外祖父和繼母的呂家外祖父。呂家外祖父也是官京曹的，與潘復、鄭洪年、譽虎先生•都有來往，一定與這位「藏身百僚底，艤艇驚濤上」的同鄉是相識的。

讀了這首長詩，才知道這位前輩對於家鄉的著述已經有過不少。「京市既成書，省志補耆獻」，他除了主修過《北京市志》以外，還重修《江蘇通志》，補耆獻傳三百篇。「秦淮與玄武，水利俱條貫」，據自注說，作《秦淮志稿》，由金陵文獻館印行。又作《玄武志》，已先刊行。「歲華書可讀，遺民表邦彥」。自注說：「作歲華憶語，述南京風習」，又作南京明遺民錄，為修志資料。

枝巢先生詩中所提起的這些有關家鄉著作，我簡直一種也未曾讀過，這真是說來慚愧。尤其是敘述家鄉風習的《歲華憶語》，該是我最愛讀的，可惜不知道曾經刊行過否？

我又從這篇回憶詩中，知道作者在晚年曾將自己藏書中有關鄉里者，獻之公家，「有關鄉里書，舉向南京獻」。將來有機會回鄉，一定要到圖書館去看一看。

《枝巢九十回憶篇》，是一首五言二百二十二韻的長詩。作者以韻文敘述了他一生九十年的經歷，旁及世變和國家大事，起於滿清同治，近迄一九六三年在北京的生活：「生在新社會，應學好模範，公益先完成，私利戒單幹，一家無閑人，舉室少嬾漢」，誠如他自己所說：「予作此篇，敘述生平，緯以時事。告語家人，但期易讀易解，近代名詞，時亦羼入，此難以昌黎南山諸名作相繩檢也。」老人能這樣通達，乃是最難得的。

枝巢先生活了九十歲，這首長詩就是一九六三年在他九十誕辰完成的，他自以為「百齡須臾耳」。哪知就在這年秋天謝世了。他在作回憶篇之後，曾自題七絕四首，第一首云：「居然生見九州同，東亞堂堂大國風，我較劍南情緒好，不煩家祭告而翁」。老而能作此語，可見胸襟的曠達，此翁實在是吾鄉的人才也。

參考：

- 一峰先生，即陳一峰（1881-1975），廣東新會人。幼依叔父居馬來亞，及長，回國就讀上海高等工業專門學校（交通大學前身），畢業後往日本深造。1914年到香港，從事金融股票業務。能詩詞，齋名初曦樓，著有《一詩峰存》、《一峰詞鈔》、《初曦樓詩詞續編》。
- 夏仁虎（1874-1963），江蘇江寧人，字蔚如，別號枝巢，曾為政府要員，日佔北京時期潛心教育與學術，著作甚豐。《枝巢九十回憶篇》為其去世前所作，由他口述，次子承棟筆錄。其六子承楹的妻子即林海音。
- 潘復（1883-1936），字馨航，山東濟寧人，曾任張作霖安國軍政府國務總理；鄭洪年（1876-1958），字韶覺，廣東番禺人，抗日戰爭時期曾旅居香港，創辦華夏學院、漢華中學；譽虎先生，即葉恭綽。

讀《廣東藏書紀事詩》

原刊 1964 年 1 月 7 日
《新晚報．下午茶座》
〈霜紅室隨筆〉。

自一九三八年南來，在這裏住久了，對於嶺南人物著述、史地風習，漸漸發生了興趣。久知道嶺南當代藏書家，首推莫天一、徐信符•兩先生，可是始終未曾有機會見過這兩位藏書家。只是曾在一九四〇年本港舉行的廣東文物展覽會上，見過他們收藏的一部分，至於徐信符先生的《廣東藏書紀事詩》，則久聞其名，一直未曾讀過。

從前讀葉昌熾的《藏書紀事詩》，覺得不僅有趣，而且得益不少，因為藉此可以知道古人藏書狀況，以及歷代書籍聚散的經過。再加上葉德輝的《書林清話》、《書林餘話》，則我國書籍刻板的沿革，以及歷代藏書家的掌故，已經可以瞭如指掌。讀兩三部書就能獲得這樣豐富有系統的知識，這就要感激這兩位作者將有關我國書物的史料，爬梳整理之功了。因為若不是這樣，我們自己也許要讀一千卷書，才可以得到這樣的知識。

我一向是愛書的，對嶺南的人物著作發生了興趣。自然更想知道廣東藏書家的歷史。廣東在清末多鉅富，又有有力者的提倡，收藏私刻書的風氣頗盛，自然有不少坐擁百城的大藏書家。後來亂中也曾在島上見到過一些舊家散出的典籍，手墨猶新，彌覺珍貴。只是對於廣東藏書家的歷史，實在知道得太少。知道徐信符先生曾仿葉昌熾《藏書紀事詩》之體，有《廣東藏書紀事詩》之作，可惜未有刊本，無從拜讀，直到最近，徐先生的哲嗣湯殷先生才校補繕寫影印問世。由商務印書館出版，並承惠贈一冊，這才有機會讀到。並且得償素願，填補了我對於廣東藏書家知識的空虛。

從前人總說「南天金石貧」，又說廣東地處卑濕，書籍不易保存。讀了《廣東藏書紀事詩》，才知道情形並不一定如此。不說別的，僅以《廣東藏書紀事詩》作者自己的「南州書樓」所藏為例，在版本、種類和數量上，都十分充實豐富，而且歷經火水兵燹，到了後人手上，仍知愛惜保管，這更值得羨慕和稱讚。聽說其中一部分有關廣東鄉土的文獻，已經歸之公家，這更有了永久的歸宿，不虞失散了。

從前曾購得莫氏五十萬卷樓藏書目錄，卷帙甚鉅，而索價甚廉，現在讀《廣東藏書紀事詩》，才知道莫氏目錄印不久，就遭兵燹，被人當作廢紙論斤出售，所謂「叢殘充積冷攤旁」，才這麼便宜。南州書樓的藏書至今無恙，實在應該值得高興。

參考：

- 莫伯驥（1878-1958），字天一，少年學醫，畢業後於廣州設仁壽西藥房。嗜藏書，刊行《五十萬卷樓藏書目錄初編》及《五十萬卷樓群書跋文》；徐信符（1879-1947），原籍廣東番禺，名紹柴，字信符，以字行。近代廣東著名藏書家、版本學家和文獻學家。

《毛主席詩詞》版本欣賞

原刊 1964 年 1 月 23、24 日《新晚報·下午茶座》〈霜紅室隨筆〉。

一

北京文物出版社所印行的集宋版書字體本的《毛主席詩詞》[•]，在我國版本沿革上來說，可說是一種創舉。因為過去以宋版書為軌範來印書，只有覆宋本和影宋本，但這全是將宋人的原書加以重印；至於現代的仿宋鉛字，不過是模仿宋人刻書的字體來寫成的，根本不是宋人的原作。

惟有文物出版社這次所印行的《毛主席詩詞》，才是別創一格，採用了直接從宋版書上集字的方法，就用宋版書的原字來印成了這部詩詞集。因此這書不是用木板刻板的，而是用珂羅版[•]影印的。這是平時用來影印碑帖和書畫墨跡的方法。珂羅版本來是有一層灰色網紋的，但是這次《毛主席詩詞》的製版技工修版技術極為精細。不仔細的看，幾乎不知道是用珂羅版印的。

珂羅版的製版原則，是直接用攝影過程來製版的。也只有這樣，才可以高度的保存了所集的宋版書字體的原樣。不過，用這樣的集字方法來印書，只有原著字數不多的才可以，否則是很難集得全的。尤其是像這次文物出版社所用的方法，專從某一部宋版書來集，更不容易集得齊。因此這次所根據的雖是南宋四明樓氏家刻本《攻媿先生文集》[•]，共有四十八本之多，但是有些字仍是無法集得到。如〈送瘟〉的「瘟」字，宋人文章裏大約是很少用得到的；又如〈詠梅〉的卜算子詞裏的「她在叢中笑」，那個「她」字，宋朝是根本沒有的，自然集不到，這時只有想辦法，將「寂寞嫦娥舒廣袖」的「嫦娥」女字邊傍，與「原馳蠟象」的「馳」字「也」字邊傍，兩者拼在一起，就成了一個天衣無縫的「她」字了。讀者如有這種版本的，試將〈詠梅〉裏的「她」字，與〈沁園春〉裏的「馳」字比一下，就可以看出其中的淵源了。

用珂羅版來印書，一向有一種缺點，就是一副底版只能印幾百部，再印多就發生模糊不清的毛病，一定要重新另製一副底版。這次文物出版社所出的這種集宋版書字體的《毛主席詩詞》，當然不是幾百部所能應付得了的，我不知道文物出版社採用什麼方法來克服這困難。昨日聽到這裏的書店辦事人說，這種精緻的線裝本，在國內早已供不應求，本港要稍遲才有機會可以買得到，看來必是文物出版社已經同時製就幾副底版來趕印了。

據北京來的通信說，這次文物出版社的工作人員，曾另用硃砂調墨，另印了一種特裝本，獻給毛主席和中央負責人。這也是我國歷來刻板印書的一種傳統隆重儀式，每一部書刊刻完竣後，最先印的幾部，必定是用硃墨印的，隨後才用黑墨來大量的印。因此在我國版本學上，有一種稱為「初印本」的書，不特筆畫清晰，而且墨色微帶紅跡，表示是硃印之後接著印刷的，特別難得。至於硃印本的可貴，那更不用說了。

二

宋版書是最講究行款和字體的。每葉的行數多少不定，看全書字數和內容而定。字體也有軟有硬，軟體圓潤靈活，硬體則如鐵畫銀鈎。以《毛主席詩詞》集字所根據的底本《攻媿先生文集》來說，據《中國版刻圖錄》所附的一葉書影看來，這書的字體是屬於硬體的，即古人所稱讚的「字體秀勁，氣味古樸」的一類。

《攻媿先生文集》的版式是半葉十行，每行十八字。《毛主席詩詞》因為字數較少，改為每半葉七行，每行大字十五字，小注則雙行二十二字。字的大小都比原來的放大了一些。以一般的宋版書款式作例，這該是屬於大字本了。

本來，一般的宋版書款式，多是每半葉十行，每行二十字的，因此有「宋人刻書，每行字數如其行數」的說法，其實並不盡然。據江標的《宋元行格表》所載，宋版書行數最少的每半葉僅四行，每行八個字。普通也有八行九行的，因此《毛主席詩詞》的每半葉七行的款式，是在適應全書字數分配之中，又保存了傳統的宋版書款式。

宋版書還有一個特點，就是在書之首尾必有一點說明文字，記載刻板印行年月以及內容大要，有時還順便作幾句廣告，類似今日的「版權頁」，通稱為「牌記」。這次文物出版社的集宋版書字體本的《毛主席詩詞》，也保存了這傳統的特色，在目錄前有這樣的「牌記」:

> 本書收入毛主席詩詞三十七首以前發表過的二十七首這次出版時經作者作了校訂另外十首是沒有發表過的文物出版社一九六三年十二月

這個「牌記」卻不是用「集宋版書字體」印的，而是用手寫

卜算子

詠梅　一九六二年十二月

讀陸游詠梅詞反其意而用之

風雨送春歸飛雪迎春到已是懸崖百丈冰猶有花枝俏　俏也不爭春只把春來報待到山花爛熳時她在叢中笑

附陸游原詞

毛主席詩詞　一七

1964 年 1 月 23 日在〈霜紅室隨筆〉專欄旁附刊的《毛主席詩詞》一頁

采桑子

重陽　一九二九年十月

人生易老天難老歲歲重陽今又重陽戰地黃花分外香　一年一度秋風勁不似春光勝似春光寥廓江天萬里霜

如夢令

元旦　一九三零年一月

毛主席詩詞　三

采桑子

重陽　一九二九年十月

人生易老天難老歲歲重陽今又重陽戰地黃花分外香　一年一度秋風勁不似春光勝似春光寥廓江天萬里霜

如夢令

元旦　一九三零年一月

集《攻媿先生文集》字體（左）和集《黃善夫本〈史記〉》字體的《毛主席詩詞》

的行書來影印的。從筆跡看來，可以斷定是出於郭老的手筆。

收在這集子裏的毛主席三十七首詩詞，我不曾仔細統計過哪一個單字用得最多，但是春天的「春」字，毫無疑問是屬於用得較多的單字之一。因此就以這「春」字作例，我們試看那闋〈詠梅〉的卜算子，其中有四個春字，卻有兩種不同的書體（請參閱昨天本文的插圖）。還有目錄上的第一個〈沁園春〉，以及第一面的〈沁園春〉，兩個「春」字也是不同的，我們只要將那個「日」字中間的一劃比較一下就可以看出。

這是因為所集的單字雖然全出於《攻媿先生文集》，但是當時的刻工不只一人。在大同之中仍有小異，這乃是宋版書的版面瀟灑可愛處之一。這傳統的優點在《毛主席詩詞》中也被表現出來了。

參考：

- 文物出版社 1964 出版的毛主席詩詞題為《毛主席詩詞三十七首》，至 1976 年出版《毛主席詩詞三十九首》，改用集宋黃善夫本《史記》字體。
- 珂羅版：Collotype，用照相方法把文字和圖像投射到玻璃版上進行印刷，因要在玻璃版上塗上珂羅丁（collotin，一種膠狀黏合劑），故稱珂羅版。
- 《攻媿先生文集》，南宋樓鑰撰。鑰字大防，號攻媿主人。

八年來的《文藝世紀》

原刊 1964 年 2 月 3 日《新晚報．下午茶座》〈霜紅室隨筆〉。

創刊於一九五七年的《文藝世紀》，到今年已經開始踏入第八年。算起期數，已經出版了八十一期。這樣的一個數字，尤其是文藝刊物，在本港的定期刊物出版歷史上來說，可說難能可貴之至了。

《文藝世紀》1959 年 10 月號，內刊葉靈鳳舊作〈釵頭鳳〉。

這許多年來，本港自然也出版過一些其他的文藝刊物，有些是特別注重小品隨筆的，有些並非純粹新文藝的，有些雖以文藝來標榜，事實上卻是一個綜合性的刊物。可惜大都由於人事和銷數關係，無法長久支持，此生彼滅，也不知已經出版過多少種了。

目前本港的文藝刊物，仍有幾種小型的，可說是同人刊物性質，大約銷數也極有限，對外界發生的作用不大。

《文藝世紀》的銷數也並不理想，聽說支持得也很吃力，但是刊物的主持人終於能支持下去。而且現在居然已經達到第八個年頭，這就很不容易了。《文藝世紀》是月刊，自創刊以來，好像每月都能夠按期出版，從未脫期，這一點特色，看出主持人辦事的毅力和韌性。刊物能夠支持到今天，大約也與這一點特性有關的。

八年以來的《文藝世紀》，逐期分開來看，每一期的篇幅好像太少，因此內容有時不免顯得有點單薄。但是合在一起一看，尤其是翻翻它的合訂本，就覺得握在手中很有一點分量，彷彿說明一年十二期，合在一起來看，內容就很有一點分量了。

我近年是很少看創作小說，因此每一期的《文藝世紀》，必讀的總是那些小品隨筆和西洋文學的介紹，還有那些談論美術的文章。我覺得《文藝世紀》在這幾年以來，在這方面很作了一些貢獻。

有一時期，《文藝世紀》的內容很偏重戲劇和民間文學。可惜我對這兩個部門的興趣都不大。但是相信對此道的愛好者，一定能接觸到了一些好作品。尤其是關於東南亞一帶的民間故事和傳說，這是在一般刊物上很難有機會讀到的。

新闢的〈文藝走廊〉，這幾期的執筆人數，好像沒有起初那麼多了。富於生活氣息的天南地北小品文，該是讀者特別歡迎的，希望編者能加緊羅致才是。

聽說《文藝世紀》在南洋一帶的銷路，遠比本港為佳。若是如此，我們這裏的文藝愛好者未免有一點慚愧，對不起這個文藝刊物了。

參考：

- 《文藝世紀》由張千帆創刊，源克平（夏果）為主要編輯，1957 年 6 月創刊，1969 年 12 月終刊。

讀《風雨藝林》

原刊 1964 年 3 月 13 日
《新晚報．下午茶座》
〈霜紅室隨筆〉。

這幾年，香港的在學青年，開始有一個很好的傾向，就是有許多人都愛好文藝，喜歡寫作起來了。不管他們寫出來的作品水準是怎樣，不管他們的後面有時還會發現一些別的野心家的陰影，但是年輕的人能夠向文藝伸出了手，而且在開始向前走，這傾向總是好的。

對於一向愛好文藝的我，能夠回頭見到有這樣多的年輕同路人趕了上來，這真是再高興也沒有的事了。

一九六五年九月　風雨藝林　第一版

風雨藝林

第四號　（非賣品）

出版者：香港風雨文社
社長：梁永棨
編輯者：香港風雨文社編輯委員會
通訊處：香港灣仔譚臣道七十四號三樓　九龍官塘郵箱九四四六號
承印：文采印刷公司
電話：七六六二二六
創刊於一九六四年三月十二日

我們是一隊堅貞的戰士，揮舞着我們的刀槍——筆桿，向時代挑戰，向環境挑戰，向殘虐者挑戰！我們要謳歌人生的眞諦，我們要揭發社會的醜惡；我們要爲正義、自由、眞理奮鬥至最後一口呼吸！我們更要扶掖青年們，從衰敗、淪落、洩氣、頹喪中挺起翅膀，與我們聯群結隊，跟暴風雨在一起，在天空中翱翔，翱翔……

彷徨與抉擇

文藝和實踐結合

《風雨藝林》一貌：1965 年 9 月第四號。

最近又讀到了一份《風雨藝林》，正是由這樣年輕的文藝愛好者所組織的團體出版物之一。讀了那一篇〈風雨的一年〉，才知道兩件事情：一是這個文藝團體的成立，已經有一年的歷史了；二是「風雨文社」的前身是「藍星社」，後來改為「風月文社」，再改成「風雨文社」。

當然，「風雨」比「風月」有意義得多了。不過，如「獻詩」中所說的，將「風雨」當作是一種敵性的令人不安的現象，這是大可不必的。海燕迎著風雨飛翔，決不是將風雨當作敵人，而是將風雨當作友人。風雨的破壞作用並不一定是消極的。年輕人正應該具有像風雨那樣摧枯拉朽的精神，將「風雨」的聲音當作了戰歌，不是在風雨中掙扎，而是手拉著手，在風雨中前進。這樣就可以征服自然，使風雨成為有利於人的力量，不致在風雨之中徬徨掙扎嘆息了。

是的，表現在當前香港青年寫作者作品中的，好像「憂鬱」、「太息」，和一種縹緲的哀愁太多了一點。我們老一輩的人，對於時代，對於國家，甚至對於人生，都看不出有一點要令人嘆息的地方，年青的一輩更不應該如此。我希望流露在那些作品中的，乃是真正的「無病呻吟」。因為既是「無病」，只要一停止「呻吟」，就可以健康起來了。

「風雨文社」的同人，顯然已經看出了這一點，他們高呼要挽救將在風雨中敗北的香港青年、要反「二類八種」的香港青年，這包括了「阿飛」、「崇洋媚外者」、「沒有國家觀念者」等等。對一群年輕的文藝愛好者來說，從一開始就能有這樣的自覺，這是極可喜的。

這一份《風雨藝林》，是今年三月份新出版的創刊號。他們在〈我們的話〉裏特別說明：「出版這份《風雨藝林》，可說是我們一年來節衣縮食的成果。因為這份刊物的經費，全部都是我們在平時所得的稿酬和將零用錢節約下來支付的。」

對於具有這樣熱忱的文藝愛好者，我是願意在這裏搖動著經歷了半個世紀文壇風雨的翅膀，來向他們表示歡迎的。

參考：

- 柯振中：〈六十年代香港文社風景：兼及「風雨文社」〉文中提到風雨文社中人後來往來於文教界的有「董夢妮（李文庸）、楊蔚青、余海虎、蔣英豪、吳水麗、主蔚等」。（見 1997 年 1 月 1 日《香港文學》第 145 期，頁 22。）

讀《聽雨樓叢談》

原刊1964年4月16日《新晚報．下午茶座》〈霜紅室隨筆〉。

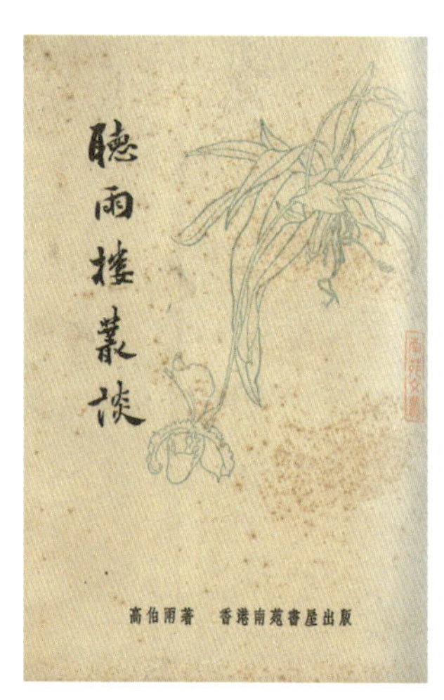

《聽雨樓叢談》封面

喜歡談雜書的人，對於談文史掌故的著作，總是特別感到興趣的。我正是其中之一。我讀書讀得很雜，不僅有些朋友翻翻我案頭的書，見到古今中外，經史子集，甚至不足為外人道的書都有，不免要暗暗的搖頭，就是我自己有時也覺得好笑。推源溯始，我最初學畫不成，立志改寫小說，不知相信了哪一位前輩大師所說的話，寫小說的人應該什麼書都讀，什麼事情都應該知道一點。我為了實行這個教訓，從此什麼書都喜歡去翻翻。結果小說寫的倒不多，讀雜書的習慣竟養成了。

自然，年紀大了一點，文史掌故一類的書，漸漸的更特別吸引我的注意。在朋友之中，精於這一門學問的，自然要推高伯雨兄，也就是我現在要說的這本《聽雨樓叢談》的作者了。

我以為，寫掌故文章的，可以不避道聽塗說。因為不寫道聽塗說，內容便要缺乏趣味；但是又不可不辨道聽塗說，因為若是不能辨別誰是道聽塗說，誰是真實事實，那就失去了掌故文章的價值。《聽雨樓叢談》作者所寫的這類文章，就有這樣的好處。他摭拾舊聞，對於一人一物，必定要指明其出處，辨別其真偽。這就不是《閱微草堂筆記》式的「姑妄言之」，而是近於《夢溪筆談》一類的有益於考證之事的文字了。

以本書之中的那篇〈王昭君及其遺跡〉為例。出塞和番、毛延壽畫像索賄、馬上琵琶一類有關王昭君的故實，誰不知道？可是作者在這篇小考證的文章裏，除了也照樣敘述了這些為人熟知的昭君故實外，接著就指出這些故實哪些是子虛烏有，哪些是積非成是，更有哪一些真正是王昭君的事實，卻是一般人所少知道的。如王昭君所嫁的匈奴王死了，繼位的新王也要納她為妃，昭君以為有悖倫常，漢成帝卻勸她應該「入鄉隨俗，敬事新君」。這事就很少人提起。這實在是婚姻風俗史的好資料。原來「子收父妾」的收繼婚風俗，在漢朝的匈奴人境內，就已經通行了。

還有〈廣雅書局及其版片〉和〈紹興東湖與陶濬宣〉，兩篇文章都是與廣東掌故有關，而且是互相有呼應的。他曾說起陶濬宣所寫的〈順德雜詩〉，稱讚順德甘竹灘鰣魚之美。我最近剛遊罷順德歸來，展讀此書，竟未能一嘗甘竹灘鰣魚的風味，可說失之交臂了。

參考：

- 高伯雨（1906-1992），名秉蔭，又名貞白，原籍廣東澄海，在香港出生，文史掌故家。《聽雨樓叢談》，香港南苑書屋 1964 年出版。

《金陵瑣志》八種

原刊1964年12月17、18日《新晚報·下午茶座》〈霜紅室隨筆〉。

一

在琉璃廠買得了近年十竹齋用舊板重印的《金陵瑣志八種》*。這是江寧陳作霖陳詒紱父子編著的有關南京歷史掌故、文物風土的專著，有的刊印於清末，有的刊印於民初。十竹齋的重印本，是在去年年底才發行的，他們在〈重印小啟〉上說：

> 今年七月，我齋在南京徵得江寧陳作霖（伯雨）編輯的《金陵瑣志五種》（一九〇〇年版），《炳燭里談》（一九一一年版）和陳作霖之子陳詒紱（稻孫）編輯的《續金陵瑣志二種》（一九一九年版）木刻原版全部，經過校對和修補，重新付印，裝訂成合集（全六冊），題名為《金陵瑣志八種》。

《金陵瑣志》的刊刻不算好，是比巾箱本略大的版本。在刻工方面來說，比起金陵佛經流通處所刻的那些佛經，真是差得太遠了。所幸者，原版保存得很好，沒有什麼泐爛的地方，這大約是過去印過次數不多的緣故。

《金陵瑣志五種》的子目是：《運瀆橋道小志》一卷、《鳳麓小志》四卷、《東城志略》一卷、《金陵物產風土志》一卷、《南朝梵剎志》二卷，共五種。續《金陵瑣志》兩種是：《鍾南淮北區域志》和《石城山志》，外加《炳燭里談》三卷，合共八種。

我對於家鄉的風土掌故，因為所讀的書不多，又自幼背井離鄉，而且年輕時候志不在此，向家鄉父老請教的機會很少，因此所知道的實在很有限。近年忽然想知道一點家鄉的歷史沿革和特產風俗概況，可是這類書籍竟很不容易到手。府志和縣志固然不易求得，就是甘氏《白下瑣言》• 一類的書，從前在書店裏是時常可以見到的，現在竟絕跡不見。不知怎樣，關於志乘風土地方掌故一類的書籍，近年簡直愈來愈少見了。

可是，北京的琉璃廠，到底是我國書籍的總匯，在古籍書肆轉一轉，就隨手買到了十多種，而且價錢十分便宜，這一部《金陵瑣志八種》就是其中之一。

由於這幾種書的編纂年代，都是在清末民初，因此書中所記的家鄉風物人情，頗與兒時所見所聞很相近，讀起來特別感到興趣。其中所記載的許多里巷名稱，我自幼就聽慣了，可是怎樣寫法，以及這些名稱的由來，一直就不知道。現在讀了《運瀆橋道小志》，這才知道了一些。如我的呂家外祖父所住的「評事街」，現在才知道原作「皮市街」，是買賣牛皮的地方，由於其名不雅，後來才改成了「評事街」。

參考：

- 《金陵瑣志八種》，南京十竹齋 1963 年刊本。
- 甘熙（1789-1853）《白下瑣言》，光緒庚寅（1890）築野堂刊本。白下為南京別稱。

二

《鳳麓小志》裏還有一些有關太平天國的史料，可是正如〈重印小啟〉裏所說：

> 《鳳麓小志》中「記倡義第九」一則，記述緞商吳長松勾結反動派張國樑等，陰謀發動顛覆太平天國的叛亂的史料……作為反面材料，這是有其參考價值的。

可是，構想從其中找一點有關大報恩寺琉璃塔的掌故，和它在曾國藩攻城時被燬的經過，卻一點也找不到。

南京以鴨著名，以前要想找一點有關這特產的可靠資料，頗不易得，《金陵特產風土志》裏卻有一些，而且說得原委很詳細。原來著名的南京鹹板鴨鹽水鴨，都是用外地所產的鴨來加工製成的，南京本境並不產鴨。他說：

> 鴨非金陵所產也，率於邵伯高郵間取之，么鳧稚鶩，千百成群，渡江而南，闌池塘以蓄之，約以十旬，肥美可食。殺而去其毛，生鬻諸市，謂之水晶鴨。舉叉火炙，皮紅不焦，謂之燒鴨。塗醬於膚，煮使味透，謂之醬鴨。而皆不及鹽水鴨之為無上品也。淡而旨，肥而不濃。至冬則鹽漬日久，呼為板鴨。遠方人喜購之以為饋。
>
> 市肆諸鴨，除水晶外，皆截以翼足，探其肫肝零售之，名為四件。

除了鴨以外，南京的「桶子雞」也是有名的。他說：

> 桶子雞者，冬日之珍饈也，味與初春鹽水鴨同。其腹中所有，菹而沽之，曰雜碎。操是菜者，半係回回人。

《金陵物產風土志》的作者不愧是道地的南京人，他能說出最好的南京鴨，不是銷行四方的醬板鴨，而是鹽水鴨。這是有季節性的食物，而且隔日就變味，不能致遠，所以外地人沒有機會嘗得到，也不知道這名字，徒讓醬板鴨享了盛名。

桶子雞類似廣東的白雞，是用熱湯浸熟的，也是我們家鄉的名產，同樣也不能致遠，所以除了當地人以外，外地人也不大知道。

作者所說將雞鴨腹中所有，菹而沽之，名曰雜碎，想必就是指滷鴨腸和近人所豔稱的「美人肝」。這實在是官僚們的巧立名目。當地人呼鴨腸最肥腴的部分為「胰子白」，從來沒有「美人肝」這煞風景的惡名。

《金陵物產風土志》裏又提到了許多小食醬菜，如「甑兒糕」、「醬萵苣」、「貼爐麵筋」之類，都是兒時吃慣了的。還有「蒲包乾」、「五香乾」、「秋油乾」、「茶乾」，都是各種味道不同的豆腐乾。這些家鄉特產久未嘗過，快讀一遍，彷彿過屠門而大嚼了。

《炳燭里談》三卷

原刊1964年12月19日《新晚報．下午茶座》〈霜紅室隨筆〉。

《炳燭里談》三卷，也是陳作霖所著，是《金陵瑣志八種》之一。這是他老年的作品。他自言「年逾七十，神志昏憊，不能復事蒐纂，而平生所閱歷，耳目所見聞……偶一憶及，隨筆錄之，積久成帙，人情風土，信而有徵」。

書中所記各事，除了若干有迷信色彩或是迂腐之見的以外，所記家鄉風俗沿革，頗有許多可供我這個讀書不多的遊子所參考，展讀一過，又彷彿面對一位鄉先輩，親聽他的傾談了。

關於大報恩寺的琉璃塔，在這裏找到了兩則小資料。一是與南京諺語有關的，一是塔上的燈影。

卷上〈江甯必無之事〉云：

> 昔日之江甯府地而極大者，為小教場；形勢最高者莫如琉璃塔。故土人舉必無之事以難人曰：小教場鋪地板、琉璃塔上綢套。

這兩句俗諺，可惜在我的記憶中，似乎不曾聽到有人說過。也許「余生也晚」，琉璃塔已燬，這句俗語也就不流行了。

另一則見卷中〈秦淮〉條：

> 前明燈船往來，以東西水關為十里秦淮，載諸《板橋雜記》矣。及予少時所見，則以月牙池為極盛，縣學前之泮

> 池也。報恩寺塔高數十尺，俯城牆而倒影，環塔有燈，朔望則燃之，卓然文筆，光照碧流，與燈船爭輝，為城中第一勝景。泛舟者必聚觀之。

月牙池所在地，就是今日秦淮河的夫子廟。琉璃塔的塔影既然能倒映入池，則相距一定不遠。只是所說「塔高數十尺」，未免說得太低了。

有一種青綠色的小籠鳥，廣東人稱為「相思」，上海人稱為「繡眼」者，家鄉話稱這種小鳥音近「必溜」，初不知這兩個字應該怎樣寫法，《炳燭里談》卷中「必利」條，所記就是這種小鳥，則應該寫作「必利」了：

> 九月間，有小雀由蛤變而來，俗名必利。雄者色青，謂之青公，籠而養之，至春日鳴聲清亮，一貫如縷者，最耐人聽。其雌而黃者，不能也，俗呼黃獃子，只供銜旗打彈之玩而已。

說「必利」是蛤所變，當然是中了月令的「雀入大水為蛤」之毒。所謂雌者只供「銜旗打彈」之玩，是說這種小鳥養馴了，可以放出籠外作種種小遊戲，有時算命占卦的也用它來銜紙牌，那就不僅家鄉一地為然了。

1965年

上官周的《晚笑堂畫傳》

原刊1965年1月8、9日《新晚報·下午茶座》〈霜紅室隨筆〉。

一

上官周的《晚笑堂畫傳》*，是愛好中國人物版畫者所熟知的畫冊之一。這書的初刻本成於滿清乾隆年間，現在當然很不容易見得到了。幸虧它一向為一般人所愛好，自乾隆以後就有了很多的翻刻本，雖然沒有初刻本那麼精好，但是仍未失去原來的面目，現在買起來還不大困難，價錢也不貴。除翻刻本之外，清末還有上海出版的石印本，雖然較之翻刻的木板本又遜一籌，也還可以「聊勝於無」。

前幾年，北京人民美術出版社曾將這書加以重印，是用原刻的木板本作底本，用膠版複印的，這比起石印本和粗劣的複刻本都更好了，書價也便宜，該是現今能買得到的《晚笑堂畫傳》最理想的一種版本了。

上官周在他的這部《晚笑堂畫傳》裏，一共畫了自漢朝到明初的人物一百二十人的畫像，主要的自然都是歷史上所載的帝王將相、忠臣義士之流，但也有古代有名的詩人文士。最奇怪的是明初的開國勳戚人物，在書中佔了三分之一的篇幅，一共有四十多人。我不明白上官周為什麼對明初的人物會這麼感到興趣？他雖然在自序裏仍稱明朝為「勝國」，但他自己已是康乾時人，怎樣也無法以「遺民」自居了。

上官周是福建長汀人，生於滿清康熙四年（公元一六六五年）。除了繪畫以外，又善詩文。這一輯《晚笑堂畫傳》是他晚年所作。「晚笑堂」是他晚年在家鄉所築的讀書樓，大約這些人物畫底成於其中，所以稱為《晚笑堂畫傳》。他的門人虔州劉屺在本書的跋語中說：

> 上官先生與先君交最深，余七八歲時即愛先生畫，時竊取而摹之惟肖，是得乎性之所近者。己未年，乃走汀州，並先生於晚笑堂上而從學焉。晚笑堂之對面有樓三楹，先生所築以娛老也，樓聚書千卷，窗櫺軒豁，先生作畫，暇則作詩讀書，尚友古人於其間，意興所至，慕之愛之而不得見，即執筆圖之，不必求其肖也，蓋從其三不朽中想像而出之爾。當是時，圖方得數人，今已得百二人，每人各撮其本傳之略於圖之左方，以付棗梨……

這篇跋文寫於乾隆癸亥（公元一七四三年），據上官周的自序所載，正是他的畫傳出版的一年，這一年他已經七十九歲了。

二

上官周的自序，對於他創作這些古人畫像的經過，有明白的敘述。原來《畫傳》裏最末部分的明朝開國功臣畫像，倒是最先畫的。他說：

日本京都書肆翻刻《晚笑堂畫傳》，現存香港中文大學圖書館葉靈鳳贈書室。

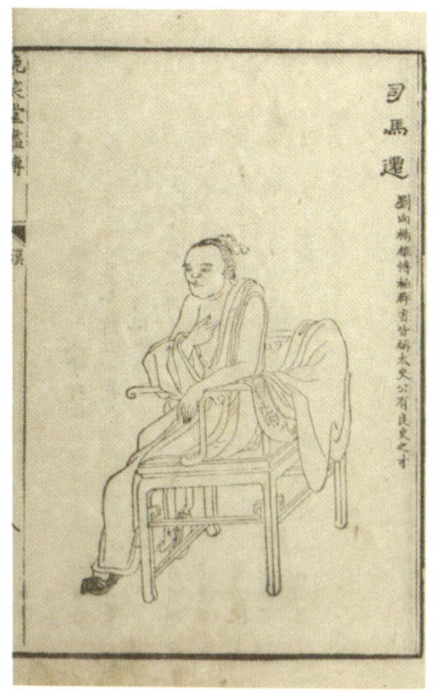

《晚笑堂畫傳》之司馬遷

余少時工寫人物，常摹仿有明一代開國勳臣，凡四十四人，藏棄篋衍者久之。

後來年老了，「息影邱園，杜門卻掃」，在讀書之餘，「沿自周秦以下，遇一古人有契於心，輒不禁欣摹之，想像之，心摹而手追之，積日累月，脫稿者又七十六人，合之得百二十人焉」。

這就是《晚笑堂畫傳》一百二十人畫稿的由來。後來他到廣東，帶了畫稿同去，就在廣東刻板印行，因此《晚笑堂畫傳》的初印本是在廣州印的，這時上官周已經七十九歲了。他在〈自序〉的末尾說：

日者天復假吾以年，攜卷入粵，小孫惠不欲沒老人之微勤，請付剞劂以昭來茲，余出所藏而授之，雖不獲金鑄子期，絲繡平原，然古人有言，其人在焉，呼之或出。披斯圖也，亦可為後賢頌詩讀書者之一助云。乾隆癸亥暮春清明後一日，閩汀上官周自題，時年七十有九。

上官周的這些人物畫的好處，是他畫得穩健通俗。在筆法上當然比不上陳老蓮的《離騷圖》和《水滸葉子》那麼高古勁遒，因此他的人物造型和章法也就比不上追摹陳老蓮的金古良和任渭長。但是《晚笑堂畫傳》的好處，就是他所畫的這些古人，都是根據文字資料所記載的特點，並且又符合一般人心目中所想像的形象，因此這書就成了許多人喜歡的人物圖籍之一。

當然，這些古代人物的畫像，可說全是想像的，因此特點只能求之於服飾。至於面貌，中國後世的肖像畫幾乎有了幾種固定的典型：帝王是怎樣，忠臣是怎樣，奸臣是怎樣，各有一定的規格。若要不看說明去指辨所畫的是某人，那就要看這個人的服飾了。如舞劍的女子必然是虞姬，手舉酒杯的文士多數是李白。《晚笑堂畫傳》的肖像方法就是如此。這可說正符合了一般人的需要。

在這一百二十人的畫像中，自然也有畫得具有特色的，如司馬遷，畫家就特地要表示他受了「腐刑」以後沒有鬚的特徵。還有柳柳州、李長吉、孟浩然，這幾個在詩文風格和生活上都有特點的文人，都是特別精心畫成的。最一般化的乃是那些女子的畫像，若不看說明，就很難猜得出誰是誰了。

參考：

- 《晚笑堂畫傳》，北京人民美術出版社1959年出版，但葉靈鳳入藏的是數年後所獲的一套日本翻刻本，《葉靈鳳日記》1968年10月10日記：「下午出門與黃茅、源克平喝茶。先在集古齋會齊，得朱省齋所贈日本翻刻《晚笑堂畫傳》一部，及翻刻《蕭尺木離騷圖》殘本一冊。皆甚難得。」

金古良的《無雙譜》

原刊1965年1月10日《新晚報．下午茶座》〈霜紅室隨筆〉。

金古良的《無雙譜》，也是一部有名的人物版畫圖籍。這書的原刻本很少見，常見的是清朝乾隆以後的重刻本，為「賞奇軒四種合編」之一。其餘三種是棋譜《官子譜》、畫竹譜《東坡遺意》、書譜《二妙》，都是薄薄的一冊。除此之外，有名的《喜詠軒叢書》也收有此書，不過這是據原刻用石印重印的，雖然開本很大，紙墨精良，但是徒具外形，反而沒有木板的翻刻本可取了。

金古良的《無雙譜》，共畫了自漢朝到南宋的人物四十人，比起《晚笑堂畫傳》少了三分之二，可是在成就方面，卻高超得多了。首先是他的人物畫比上官周更好，有點近於陳老蓮，在面貌衣飾和布置方面都花費了不少心機，其次所畫的人物也不僅以「名人」為限，這裏面有他自己的愛惡取捨，再其次每一幅畫像之後，還附有一幅小品，用來容納他自己寫的〈像讚〉。這種裝飾小品，每一幅都與畫中人的生平有一點關係，如張良的一幅就畫了一冊書，這是用了黃石公授給張良一卷書的典故。同時他更將這冊書畫成了「簡冊」的形式，並不是「線裝書」，這就頗具匠心了。

《無雙譜》中所畫的四十個人，沒有一個正統的皇帝，可見金古良心目中的「無雙」，是別有見地的。他只畫了一個非正統的皇帝，而且是一個女皇帝，這就是一向被正統派認為有「穢德」的武則天。金古良雖然仍稱她為「偽周皇帝武曌」，但仍忍

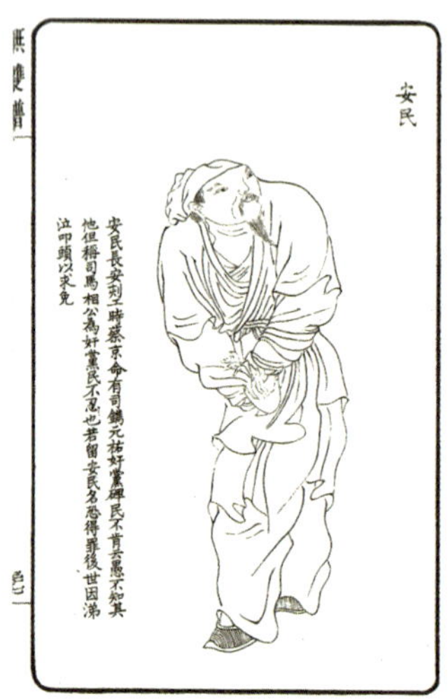

《無雙譜》的安民畫像

《無雙譜》（左）與《晚笑堂畫傳》中的諸葛武侯畫像

不住要說她：「明察善斷，故當時英賢亦競為之用」。

這幅畫像，畫武則天手執圭，頭戴平天冠，很有氣度。現代話劇《武則天》的舞台造型，顯然是從這裏而來。

還有一個宋朝的石刻匠人，也入選《無雙譜》四十人之列，與古來豪傑名賢分庭抗禮，這正是金古良獨具隻眼之處。這個刻工名叫「安民」，畫家敘述他的生平說：

> 安民，長安刻工，時蔡京命有司鐫元祐奸黨碑，民不肯，云愚不知其他，但稱司馬相公為奸黨，民不忍也。若留安民名，恐得罪後世。因涕泣叩頭以求免。

這是一個具有正義感的匠人。金古良肯為他畫了一幅畫像，與杜甫、陶淵明、武則天並列，是有見地，並且有勇氣的。鄭振鐸所編的《中國版畫史圖錄》，就選了這幅畫像。

《無雙譜》裏的司馬遷、諸葛亮、杜甫、李白、岳飛、文天祥，都比《晚笑堂畫傳》裏的同一人的畫像，在造型方面畫得有特色，並且深刻多了。

四川的漢畫像磚

原刊1965年1月11、12日《新晚報・下午茶座》〈霜紅室隨筆〉。

一

四川近年大量出土的漢畫像磚，是山東的漢畫像石之外使我見了喜歡的另一種我國古代雕刻藝術品。

本來，漢墓磚有圖像和文字的很多，但大都是一些幾何形的圖案和吉祥語，至多是磚側有朱雀玄武或是獵人車馬的小型畫像而已，像現在所見的這種尺許見方的大型畫像磚，在過去是極為少見的。

可是，近幾年來，尤其是寶成鐵路興工以後，在四川成都附近，便有大量的這類畫像磚從漢墓中出土。重慶市博物館所收藏的，就有八十餘方，曾在一九五七年編印過一冊《四川漢畫磚選集》，由文物出版社出版。聞宥•氏又另外編印過中英文本的畫像磚圖錄各一冊，於是除了山東的漢畫像石之外，這些四川的漢墓畫像磚，就為世人所知，也為藝術愛好者所重視了。

四川的漢畫像磚，與山東武梁祠孝堂山的那些畫像石，在題材、製作和風格上，都是有極大區別的。首先，武梁祠一類的漢畫像石，是由石工直接在石上依據畫稿刻製的，有些是浮雕，有些全是陰刻的線條，有些則在去地的淺「浮雕」上面，再施以陰刻的線條，總之是由石工直接刻製成的，因此每一幅是一件單獨的藝術品，可說沒有一塊漢畫像石是雷同的。

四川漢墓出土的這些畫像磚卻不然。它們不是由泥工或畫家直接在磚面上刻製，像後世所說的「磚刻」那樣，而是用模子印在混泥的磚坯上的，這製作過程類似過去洛陽出土的那些大型戰國空心墓磚，其上的鳥獸武士就是用模子逐個印上去的。

四川漢畫像磚的題材很豐富，有神話、吉祥、裝飾、祭祀、故事以及日常生活等類。由於是用模子印上去的，所以種類變化雖多，但是仍可以歸納成幾類。看來這大約是當時的墓葬風俗。這類畫像磚是可以成套購買的，自描繪神道墓闕以至服飾馬車等等的磚塊都有，然後按照指定的用途砌在墓中的某一地點。所以各墓出土的畫像磚，由於地點不同，雖是同一幅「車馬」或是「宴飲舞蹈」之類，在畫面上也略有大同小異之處，這正是由於這些墓磚來自不同的磚廠，畫像的題材規格雖同，但是底模不同，因此印製出來的就略有區別了。

正由於這些畫像磚所畫的圖像，要概括一般人在世時的生活各方面，所畫的都是典型的代表的畫面，這對我們後人來說，它們恰好保存了當時若干生活的真實面目。

參考：

- 聞宥（1901-1985），江蘇婁縣（今屬上海）人，畢生致力藏系語言文字和古文物研究。編有《四川漢代畫像選集》，1955 年上海群聯出版社出版，1956 年有北京中國古典藝術出版社修訂版。英文本見下文「參考」。

二

四川畫像磚的磚質，雖是經過燒製的，但是到底不同於畫像石，它是泥坯的，不宜於椎拓，因此畫像磚的拓本流傳不多。所幸者，這些畫像磚的出土，最早者距今也不過四五十年，又僻處四川，知者不多，傳拓更少，所以多數還保存了原刻的精神。若是像過去武梁祠畫像石那樣，終年不斷的任碑賈僱人椎拓，泥質易碎，恐怕早已模糊不堪了。

現在所見的在解放前出土的畫像磚拓本，以及解放從新出土各磚的初拓本，都是精神奕奕，鬚眉畢現，十分難得可貴。過去偶然得到一兩幅，一再展翫，愛不忍釋。

最近北遊，曾向北京的碑帖店覓購這類拓本，知道近年更不易得，因為這些磚石已歸入公家博物館，為了免於損壞，已經輕易不加椎拓。而舊有的拓本，也早已為愛好者搜羅殆盡了。這當然使我很失望，眼看就要像前人所說的那樣，「入寶山空手而返」了。

苗子大約知道了這種情形，在我離京的前夕，慨然將他所藏的那部《萃珍閣蜀磚集》[●]惠贈，這真使我喜出望外。我知道他一向也是喜歡這類拓本的，這次慨然割愛，實在使我心中不安，只好像魯迅所說的那樣，他日報之以「冰糖葫蘆」了。

《萃珍閣蜀磚集》，是曾敏所編（曾敏字祐之。聞宥的英文本《益州漢畫集》[●]徵引這書，將編者的名字誤作「曾敏祐」），一九四八年出版，共兩巨冊，所收的全是四川出土的漢畫像磚和一般有圖案文字的墓磚。它的最大特色是全部用原來的拓片匯集成冊，並不是複製品，所以是一部極可珍貴的圖籍。

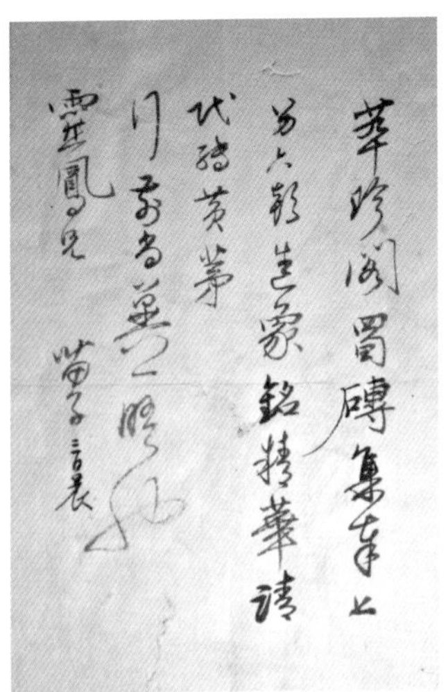

萃珍閣蜀磚集奉上
另六朝造象銘精華請
代轉黃茅
行前尚冀一晤也
靈鳳兄
苗子三日晨

《萃珍閣蜀磚集》扉頁所附黃苗子便條：「萃珍閣蜀磚集奉上，另六朝造像銘精華，請代轉黃茅，行前尚冀一晤也。靈鳳兄　　苗子三日晨」。

《萃珍閣蜀磚集》現藏香港中文大學圖書館葉靈鳳贈書室，此為漢畫像磚一頁。

四川漢畫像磚之中有名的品種，如漁獵、煮鹽、問經、宴飲、弄丸、西王母、神闕等等，《萃珍閣蜀磚集》都有原拓本，而且是名手的精拓，非常精彩。用這樣方法來編輯圖集，在現在看來簡直是太奢侈了。

四川漢畫像磚的畫面，比之武梁祠漢畫像石，更富於生活趣味，同時在畫風方面，看來也更接近當時漢代的一般繪畫技法，不似畫像石那麼「典型化」。我們只要將兩者的建築和自然風景描繪比較一下，就可以看出。將這些畫像磚與漢墓現存的壁畫排列在一起，再加以想像，將兩者融合在一起，漢代繪畫的筆墨風格如何，已可以如在目前了。

參考：

- 《葉靈鳳日記》1968 年 10 月 1 日記：「又翻閱苗子所贈《萃珍閣蜀磚拓本集》，皆是原拓，在此時此地，已是十分難得之物了。」
- 《益州漢畫集》，*Han Tomb Art of West China*，聞宥與美國加州大學教授 Richard Rudolph（魯德福）合著，University of California Press 1951 年出版。

黃蒙田的抒情小品

原刊1965年3月14日《新晚報．下午茶座》〈霜紅室隨筆〉。

《抒情小品》封面

讀了黃蒙田兄新出版的《抒情小品》•，有一件事情使我對他十分羨慕：那就是他曾經到過四川，而我則遙望著三峽和錦城，嚮往多年，至今還未能達到這個願望。

四川確是一個迷人的地方。歷史、風景、人物、物產，在在都足以使人看不完、說不完也寫不完。難怪作者在他的這部《抒情小品》裏承認對這個地方很有感情，一再回味當年在那裏的生活。他在那一篇〈蜀道〉裏，就談到自己在這「難於上青天」的地方，隻身行旅的苦和樂。現在的「蜀道」早已是坦途了，可惜我仍是只能在這裏讀著他的文章作臥遊。

作者是一個很注意生活趣味，而且很喜歡獨來獨往，獨自悄悄的去領略人生趣味的「觀察家」，因此他喜歡單獨旅行，獨自一個人上茶樓、逛街。書中的〈旅行〉、〈街景〉、〈早點〉、〈消夜〉等篇，都是抒寫他自己對於這些生活情趣的體驗和見解的。在那篇〈消夜〉裏，他又提到了四川，回味到重慶深夜街頭賣「炒米糖開水」的淒清滋味。

這種叫賣聲，我最近總算聽到了，那就是在歌劇《江姐》第一幕。那個時代，也正是作者旅居四川的時代。

作者不僅到過四川，也到過江南。使我高興的是，他雖然不是江南人，卻對江南的一切深具好感。江南風景之好，固然是有口皆碑了，難得是有些日常生活習俗，這是很有地方色彩的，作者也能接受。在那篇〈早點〉裏面，他就表示不慣於本省人每早的「一盅兩件」，而是喜歡用我們外省人的油炸花生和熱油條來吃粥，或是「長期用兩塊方形的燒餅夾油條，或者一隻烤白薯作為早點而吃得相當滋味」。

最使我讀了高興的，是作者在食品愛惡方面，有許多地方與我相同。在那篇〈蘿蔔〉裏面，作者敘述他非常愛吃蘿蔔，不論生熟都喜歡。這使我讀了非常高興。據我的經驗，廣東人對蘿蔔是不大有好感，至少是不愛吃，更不會生吃的，而我則恰恰相反，熟的固然喜歡，更喜歡的是生吃。街上有賣「上海青蘿蔔」的我總喜歡叫住買一兩個，並且趁機對賣蘿蔔的小販加以「訓話」，告訴他這是天津的特產，並不是上海的，主要的是買來生吃，或者用鹽醃，從沒有「上海人用青蘿蔔煲豬肉湯」這一回事。家中的孩子們見慣了，每逢我在門外買青蘿蔔，他們就在裏面竊笑，知道那個小販又要聽我的「訓話」了。

《抒情小品》共收了小品四十五篇，接觸的方面頗廣，作者自謙這不過是抒寫個人興趣之作，然而正因為如此，才使我們讀來倍感親切有趣。

參考：

• 黃蒙田：《抒情小品》，香港：香港上海書局，1965 年。

初版十六萬冊的《生命泉》

原刊 1965 年 3 月 18 日《新晚報・下午茶座》〈霜紅室隨筆〉。

翻開楊朔先生的散文集《生命泉》•，一看那版權頁，初版的印數竟是十六萬三千冊，此外還要加上一千四百冊的精裝本，實在將我嚇住了。現在在國內，一本散文集的銷路竟也大成這樣！

《生命泉》封面

當然，這數字比起《青春之歌》和《紅岩》一類作品的印數，還是有很大距離的。但是想到出版者對於像《生命泉》這樣的散文集，初版就決定印十六萬多冊，若是在舊社會，我們不免要說這個出版家「有眼光」或是「夠膽量」。可是在今日的國內，這決定決不是這麼單純，憑了個人的估計來決定的。可以想像得到，負責出版工作的人員必定經過鄭重的討論和批准，這才決定這個印數的，而且在國內現在節約紙張的原則下，這印數必定是為了實際的需要，減至無可再減的。

可是，一印就是十六萬三千冊，不怕國內的朋友們讀了見笑，文藝書有這樣的印數，這數字在我們看來簡直是天文數字，是夢想也不敢想的印數！

而且《生命泉》並不是孤單的例子。那麼，為什麼會有這樣大的銷路？文藝書為什麼也這樣受歡迎呢？

我們自然首先就想到作者和他的作品本身。以《生命泉》的作者楊朔先生來說，他一向是一位才華煥發的作家，算來我已經有二十多年不曾見過他了。抗日戰爭期間，他從西北游擊隊根據地寄給我們報紙的那些戰地通信，寫得多麼精彩動人，當時大家已經推許他是散文能手，那時還是年輕人，現在至少也該是五十以上的人了，文章寫得更為精煉成熟，自然是意料中事。

但更重要的是生活充實，知道為誰而寫，這才是作品的真正生命，也正是在今天中國能獲得廣大讀者歡迎的原因。以這部《生命泉》來說，作者自己在〈附記〉裏敘述這一輯散文寫成的經過道：

> 這兩年，國際反帝鬥爭更加複雜尖銳，我又經常奔跑在亞非兩洲，參加鬥爭，常常是在鬥爭間歇當中，抓起筆來，寫一些自己的見聞感想。

生　命　泉　　书号 1764

作　家　出　版　社　出　版

（北京朝内大街320号）

字数 50,000　开本 787×1092毫米 $\frac{1}{36}$　印张 3 $\frac{2}{9}$　插頁 2

1964年6月北京第1版　1964年6月北京第1次印刷

印数：（平）000001—163000册　（精）0001—1400册

定价（3）0.30 元

北京新华印刷厂印刷　新华书店发行

《生命泉》版權頁標明平裝印數為163,000，精裝1,400。

這些在鬥爭間歇當中寫成的作品，他自己謙遜說寫得很有缺陷，可是我們讀者讀來，只有感到作者那一枝筆，像詩一樣的美麗，又像鋼鐵一樣的堅強有力，更像火把一樣的能照亮我們的眼睛，烘熱我們的心。

這本書要印得這麼多，實在不是偶然的。

參考：

- 楊朔（1913-1968），山東蓬萊人，小說家、散文家。《生命泉》1964 年由北京作家出版社出版。

《生命泉》和〈西江月〉本事

原刊 1965 年 3 月 19 日
《新晚報‧下午茶座》
〈霜紅室隨筆〉。

《生命泉》裏著實有幾篇好文章，令我特別喜歡的有兩篇，一篇是〈紅花草〉，一篇是〈西江月〉。

作者楊朔先生這幾年雖然經常在國外活動，但是《生命泉》裏所寫的卻不盡是國外的事，有好幾篇都是寫國內的。〈紅花草〉和〈西江月〉寫的都是井岡山的故事。

〈西江月〉是他的井岡山寫懷之二，其一是〈海羅杉〉。我看〈西江月〉簡直可以加上一個副題：「毛主席〈西江月〉詞本事」。未讀楊朔的這篇〈西江月〉時，只覺得那首〈西江月〉詞寫得氣概豪放，可是不知道那意境所指的是什麼，現在讀了《生命泉》裏的這篇〈西江月〉，所寫的正是這首詞的本事；這一來更加明白這短短的八句所寫的是什麼，並且寫得多麼寫實，又多麼美麗而且豪放。

且說詞裏的那兩句：「黃洋界上炮聲隆，報道敵軍宵遁」，原來寫的是當年山上的一連守軍，用僅有的一門迫擊炮，向山下圍攻的敵人放了一炮，竟將兩團敵軍嚇壞，認為紅軍的主力回山，漏夜就逃走了，這就是「黃洋界上炮聲隆，報道敵軍宵遁」！

作者是藉了一位「老金同志」的口述，來寫出這一段「本事」的。作者說：

> 要不是我在當日戰場上聽人談起當年的戰績，講解著那首詞，真猜想不到裏頭還那樣富有喜劇色彩哩！

他說：我們正站在黃洋界哨口最前沿的懸崖上，風雲撩撥著衣襟和鬢髮，井岡山管理局的一位老金同志指點著山上山下殘存著的壕塹說：現在讓我領你們回到一九二八年間……

就這樣，作者就藉了這位老金的口述，說出了那一場「敵軍圍困萬千重，我自巋然不動」的戰役，最後更憑了那一發迫擊炮，將膽小如鼠的敵軍嚇得「宵遁」了。

若不是讀了這篇〈西江月〉，我們怎樣會知道這首詞的背景，原來還有這一段本事。

另一篇〈紅花草〉，寫的是井岡山的一個革命女性蕭淑女的「不尋常的歷史」。這是真人真事。但是我們若是將它當作用第一人稱寫的小說來讀，這真是一篇非常出色的小說。由此可以知道：最好的情節都是發生在真實世界中的，最好的故事也都是真人真事。

我在昨天曾經很驚異《生命泉》的印數之多，現在想想，就憑了這兩篇，就已經足夠吸引比那印數更多的讀者了。

杏花雨

原刊1965年3月21日
《新晚報·下午茶座》
〈霜紅室隨筆〉。

「沾衣欲濕杏花雨，吹面不寒楊柳風」。

杏花雨，楊柳風，正是江南仲春二月天氣最迷人的光景。不過我在這裏要說的杏花雨，卻不是「杏花春雨江南」的杏花雨，而是寫在紙上的「杏花雨」，因為我正讀了浩然用這作題名所寫的一篇創作。

《杏花雨》封面

《杏花雨》寫的根本不是杏花雨，而是發生在大風雨中的杏花村裏的一個故事，是農村公社化以後所發生的一件新人新事。

主要人物一共四個人：青年社員宋春林、新媳婦和她丈夫，還有那個老頭兒，是他們的家公。此外還有一個關鍵性的「人物」，是一匹生了病的馬。

宋春林是中學生，是新下鄉的知識青年。社裏的一匹馬生了病，要牽到城裏去看病。宋春林自己並不是飼養員，他體貼那個老飼養員走不動路，自己討了這份差使，牽了這匹病馬到城裏給獸醫看病。看完病回來，不料在途中遇上了一場暴風雨，路途不熟，迷失了路，又擔心已經有病的牲口著了雨會更病，在黑夜的摸索中尋到了杏花村的一個農家來躲雨。

宋春林發現這農家只有一個年輕的女人，而且從門板上貼的囍字看來，還是新嫁娘。一問果然如此，結婚才四天，這天晚上大風雨，她的丈夫和家公都出外照料村中房屋和水壩去了。她的工作完得較早，所以先回來了。

宋春林是知識青年，見到對方是個年輕女人，有點不自在，女人卻落落大方，將來人當作客人看待，熱忱的招待他。

這篇小說要寫的是公社化以後的農村集體主義思想。「老頭」回來後，知道家裏來了客人，摸清楚了情況以後，就毫不客氣的指責他們為何不趕緊煮藥餵馬，反而自己先烘衣服做飯。他指出馬已經病重，遲了就要出事，又是公物，應該先照顧，自己衣服濕和肚餓都是可以次一步解決的問題。

那個丈夫回來後，更因為河對面有汽車在風雨中出了事，急急的忙著叫妻子烙麵餅，以便送過河去給被困的旅客充飢。

新的農村生活，就是這種處處想到集體，處處照顧別人。這教育了宋春林，於是他也自告奮勇的幫著游水過河去送麵餅了。

更動人的是那個新媳婦。她因為老頭兒囑咐，病馬灌了藥之後，天晴就該牽了牠去溜，以便藥力發生效用，可是風雨老是不止，她便趁丈夫和宋春林過河之際，自己不睡覺，牽了馬在磨棚裏兜圈子，想使牠的病早一點好。這使得宋春林回來，找不到馬，以為逃走了，嚇了一大跳。

參考：

- 浩然：《杏花雨》，上海：上海文藝出版社，1963 年。

我的一冊《山湖草原》

原刊 1965 年 4 月 3 日
《新晚報．下午茶座》
〈霜紅室隨筆〉。

自從我在這裏介紹了楊朔的《生命泉》和其他的作者一些散文集後，就一連收到好幾個讀者的來信，對我的這項工作加以鼓勵，並且說了不少過分的誇獎話，使我讀了止不住要臉紅。這些優秀的作品，是不待我來介紹就早已獲得無數讀者的喜愛的。我不過將我個人讀後的喜悅，寫出來與大家共享而已。

《山湖草原》封面

最近澳門有一個讀者來信，說他看了朋友借給他的李若冰的《山湖草原》•，問我看過這本書沒有。他說朋友的這本書是從香港買回去的，是一九六四年九月的再版本，已經印到十一萬二千冊，比起《生命泉》的十六萬冊，也相差不遠了。

我願意很高興的告訴這位不相識的朋友，我有一冊《山湖草原》。我的這冊《山湖草原》，還是去年十月中旬路過漢口買的，還是初版本，是初版六萬冊之中的一冊。我那天到漢口新華書店去買這本書時，有兩件事情使我不易忘記。那天正是老赫下台和我們試爆了第一顆原子彈的第二天。我起身特別早，人特別高興，走出旅館到街上去逛，決定順便到新華書店去買幾本書。我去得太早，還沒有到營業時間，書店還沒有開門，可是店門外已經有人在排「長龍」。我很驚異書店的生意為什麼這樣好，未屆營業時間就已經有這麼多的買書人在排隊。入境隨俗，我惟有也在隊尾站了下來。過了一會，有一個也在門外等候開門的書店店員，大約從我的服裝上看出我是新來的外地人，便走過來問我是準備買什麼書的，我告訴他是想隨便看看買幾本文藝書的，他笑著說那就不用排隊，因為排隊的都是等候配售毛主席選集甲種本的。

我這才知道自己鬧了笑話，連忙走開。就是在這一天，我買了這冊《山湖草原》，又買了報告文學第三輯《南柳春光》。這在北京不曾買到，卻在漢口買到了。

在漢口赴廣州的車上，我讀了《山湖草原》之中的一篇：〈初入柴達木盆地〉。我不曾到過作者所到的這些地方，但是整個大西北，我們這個國家的古邊疆，一向是我夢想也要去遊一遊的地方，從前是一片白草黃砂，只有地下才蘊藏著我國古代文化寶藏，現在則遍地活躍著為祖國邊疆新建設大顯身手的好兒女，已經出現了一個新天地，童話一樣的新天地了。

為了要想找一個時間好好的讀一下，李若冰的這冊《山湖草原》至今還放在我的書架上，未曾再讀下去。

參考：

• 李若冰：《山・湖・草原》，北京：中國青年出版社，1964 年 7 月初版，9 月第二版的印數為 60,001-112,000。

好兵歐陽海的故事

原刊1965年4月5日《新晚報．下午茶座》〈霜紅室隨筆〉。

作家出版社出版的農村文學讀物叢書《報告文學》第三輯《南柳春光》•，其中有一篇白嵐等人集體寫的〈歐陽海〉，寫的就是好兵歐陽海的故事。

這是一九六三年十一月十八日，發生在湖南省境內的京廣鐵路上的一個驚心動魄的感人故事：解放軍的一個班長，為了要挽救迫近眉睫的一次火車出軌慘劇，奮不顧身的去推開橫在路軌上馱了炮架的一匹軍馬，勇敢的犧牲了自己。

《報告文學》的編者在序言上說：「《報告文學》寫的都是真人真事。咱們讀它，不光為了故事有趣……要把它當作鏡

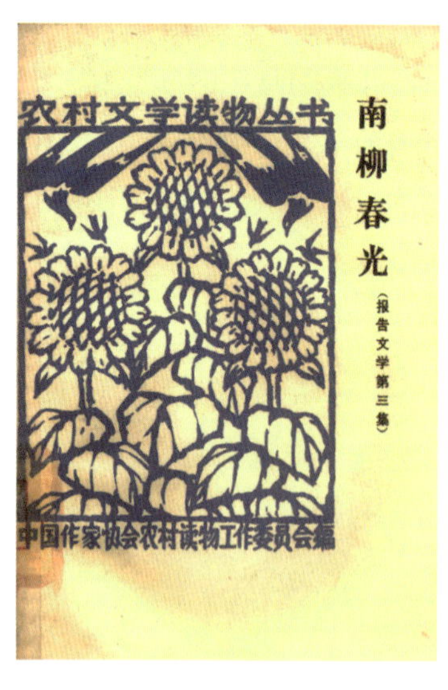

《南柳春光》封面

子來照一照自己，把文章裏的先進人物、模範事跡作為榜樣來學習。」這個好兵歐陽海的故事，就是適合這樣要求的一篇好文章。

我恰是躺在京廣車的臥鋪上讀的。那時是十月下旬，天氣晴爽，車窗外風景如畫，我讀著：

> 巍峨壯麗的衡山，頭頂紅松，插入茫茫雲海，蜿蜒碧透的湘江，水卷白浪，流過蕩蕩秋泉。兩岸，輕風細雨，草木無塵。山茶墨綠，江楓火紅，金橘耀眼，翠葉生輝。雨霧的深秋，給祖國南方繪上了使人熱愛的色彩。
>
> 京廣線上，北上武漢的二八八次列車，正在這江山如畫的原野上飛馳……
>
> 蒼綠發藍的山嶺上，露出了衡山白塔。前面是危險彎道——峽谷。司機精神一振，探身窗外，冒著撲面的疾風斜雨，向前瞭望，一隊解放軍騾馬炮兵，正迎面走來……。

這就是好兵歐陽海故事發生的環境。由於有一匹馱了炮架的軍馬受了驚嚇，衝到路軌上，站在那裏不肯走，火車已經劈面駛來，風馳電掣，一時無法停止。它若是撞倒軍馬，鋼鐵的炮架橫在鐵軌上，就要造成出軌翻車的慘劇。

> 五十米，馬不動！四十米，馬不動！三十米，馬，還是一動不動。一場災難，眼看無法避免！……

窮孩子出身、在苦難戰鬥中生長、用毛澤東思想武裝了自己的頭腦的二十三歲的歐陽海，他這時正擔任這一隊正在演習的炮兵連收容工作，眼看慘禍就要發生，就奮不顧身的衝上路軌用力推開了馱有炮架的軍馬，使得列車不致出軌，可是他自己卻已經血染車輪了！

這就是歐陽海的故事。我躺在京廣線火車的臥鋪上讀到它，一看窗外，火車正駛在湖南境內，忍不住連忙坐起身，默默的對這個好兵表示我的敬意。

參考：

- 農村文學讀物叢書：《南柳春光》，「報告文學第三集」，中國作家協會農村讀物工作委員會編，北京作家出版社 1964 年出版。

魯迅捐俸刊印《百喻經》

原刊1965年4月8日《新晚報．下午茶座》〈霜紅室隨筆〉。

《百喻經》是一卷簡短的佛經，我國六朝僧人所譯，裏面共有一百個小故事，像《伊索寓言》那樣，讀起來很有趣味。一九一四年，魯迅在當時北京教育部任職時，曾捐俸銀洋六十元，由金陵刻經處用木刻刊印過一百部。這事現在當然有許多人知道了，但在過去則知道的人很少，見過這書的人更少。因為他用的名字不是魯迅，而是「會稽周樹人」，版本又是木板線裝的，因此一般愛好新文藝的人大都不知道這書。

我至今還不曾見過魯迅原刻的這種版本《百喻經》。第一次知道有這件事情，已是他用種種筆名在上海《申報．自由談》寫雜文的時期，為了施蟄存提出年輕人不妨讀讀《莊子》與《文選》，以增加作文的辭彙問題，魯迅曾寫了許多短文加以抨擊，施蟄存也有答覆，都發表在〈自由談〉上，十分熱鬧。在有一篇的答覆裏，施蟄存忽然說：既然叫青年讀《莊子》與《文選》是有罪的，我只好不再開口，低頭去欣賞案頭的精刻本《百喻經》了。（大意如此）

我起先不懂，後來才知道，這一箭就是暗射魯迅捐資刊刻《百喻經》的。

其實，《百喻經》在當時早已有過排印本，不過許多人都像我一樣，不曾去注意罷了。這是由北京的北新書局出版的，年代大約是一九二五年左右。雖是排印本，裝訂卻仍是磁青紙封面、白宣紙題簽的線裝書。內文是用鉛字排印的，而且加上了標

實義在其中　智者取正義　戲笑便應棄
尊者僧伽斯那造作癡花鬘竟
百喻經卷下

會稽周樹人施洋銀六十圓敬刻此經連圈計字
二萬一千零八十一個印送功德書一百本餘貲
六圓撥刻地藏十輪經
民國三年秋九月金陵刻經處識

《百喻經》末頁有關魯迅出資印經的說明

1958 年文學古籍刊行社版《百喻經》封面

點。書名也改了，不叫《百喻經》，改叫《癡華鬘》。據說這正是《百喻經》的本名。大約就由於這麼將書名一改，許多人更不知道兩者原是一書了。

北新版的《癡華鬘》，前有魯迅寫的介紹，可知排印此書出版，他也與聞其事的。此外好像還有錢玄同的序言。標點者是品青•或章衣萍•。由於手邊沒有原書，這一切都說不真切了。

前幾年，文學古籍刊行社曾將這書加以重印，用的就是標點斷句本，再將書名改為《百喻經》。我買了一冊，年輕時候不大喜歡看的書，這一次卻看得津津有味了。

《百喻經》裏的小故事，有許多很富於人情味。我最喜歡的是那個嫉妒的妻子，從鏡裏見了自己的影子，以為是丈夫買了妾回來，怪他即使買妾，也該買個年少的，為什麼買了一個同她一樣老的回來云云，讀之可發一噱。這書對於我國六朝以來的傳奇筆記文學頗有影響，可知魯迅當年捐俸刊印這書，並非只是為了「印送功德書」而已。

參考：

- 王品青（？-1927）河南濟源人，北京大學畢業，《語絲》撰稿人，與魯迅、周作人來往密切。
- 章衣萍（1902-1946），安徽績溪人。北京大學畢業，曾任上海大東書局總編輯，與魯迅籌辦《語絲》月刊。

「丸善」和「萬引」

原刊1965年4月28日《新晚報·下午茶座》〈霜紅室隨筆〉。

記得郭沫若先生曾寫過一個短篇，題目是〈萬引〉•，寫的是一個買書人在一家書店裏偷書的故事。背景用的是一家日本書店，規模很大，而且是賣外文書的。我推測他所寫的一定是日本從前的「丸善書店」•，即「丸善株式會社」。那篇小說裏的主人公因為沒有錢買而想偷的幾本書，好像是德文哲學書，不知是尼采還是康德，因為手邊沒有郭氏的原文，記不清了。「萬引」是日本話，即在書店裏偷書之意。

郭老的「萬引」，主題寫的當然不是「偷書」，但他在小說裏所寫的那家書店規模之大，架上庋藏的豐富，實在使我當時讀了神往。

日本這一家專售外文書的書店，聽說現在仍存在，可說馳名已久。它在魯迅、周作人、郁達夫諸先生的文章裏，是時常被提起的。周氏兄弟的一些外文書，好像都是從這家書店買來的。就是我自己也曾同他們的函售部有過來往。那還是一九三〇年前後的事情。那時我正熱衷於藏書票的搜集，既參加了日本齋藤昌三氏主持的一個「藏書票俱樂部」，再想看看歐洲出版的有關藏書票的著作。但這是冷門書，在上海的西書店裏是買不到的，我便寫信到日本向「丸善」去問。他們的服務組織真好，很快的就有了答覆，並且開來了有關藏書票的參考書目，以及他們店中現有的幾種。當時我就寫信請他們將現存的幾種用「國際C. O. D.」•方法寄了來。現在我架上還有一冊法國出版的薄薄的藏書票年鑑，就是從他們那裏買來的。這是我離開上海時偶然帶在身邊，歷劫尚存的殘書之一，其餘的早已不知失散到什麼地方去了。

日本是一個出版事業非常發達的國家，因此他們的書店經營也是第一流的。從前在上海所見的「內山」和「至誠堂」就已經可見一斑。書籍雜誌總是隨意堆在那裏，任你翻閱，很少會有店員走過來追問你要買什麼。

當然，暗中監視的人大約也是有的，否則就不會有郭老所寫的那篇〈萬引〉的故事了。

我不曾去過日本，更不曾到過「丸善」。但是提到這家有名的書店，仍使我不禁悠然神往。

（昨晚聚仁先生招飲，在座的有幾位日本朋友，他們都是對中國新文藝感到興趣的，問起了郭先生，又提起了「丸善」，歸來就信筆寫成了這篇。）

參考：

- 丸善，Maruzen，目前在日本多個大城市都有分店。
- 〈萬引〉故事中主人公要偷的是一冊日文譯 Alfred de Vigny 的 *Chatterton*。
- C. O. D.：Cash on Delivery，貨到付款。

書店街之境

原刊 1965 年 4 月 29 日
《新晚報．下午茶座》
〈霜紅室隨筆〉。

已經七八年不曾回上海了。上海的一切，變化一定非常大。不說別的，單是書店街 —— 四馬路的變化，就怕不是我現在所能夠想像得出的。而在從前，這一條馬路上的每一家書店，以及店門前的每一塊磚石，差不多都給我踏遍了。

記得一九五七年回到上海，第一件心急的事情就是去逛四馬路。自以為一踏上了那一條馬路，我就是閉了眼睛也可以走，用手摸一摸那門面，不用眼睛看也可以知道是哪一家書店的。

當時我的心目中所存留的四馬路印象，還是一九三七年以前的印象，我簡直天真得認為走上那一條熟得無可再熟的馬路，即使遇到劈面走來的正是我自己，也毫不會令我驚異。完全忘記了時間已經隔了二十年，而且是天翻地覆的二十年。在這二十年中間，上海受過戰爭的洗禮，受過地獄生活的洗禮，現在脫胎換骨，翻了一個大身，已經是一個嶄新的上海。這一條四馬路早已不是我心目中的從前四馬路了。

只有望平街轉角處的那一座寶塔式的屋頂還可以辨認得出，我用這作標誌，站在那裏向前後左右細細看了一下，這才如夢初醒，當時曾經狠狠的將自己嘲笑了一頓。

現在眼睛一霎，又過了七年多，單就這條書局街來說，變化一定已經非常大。新華書店在哪裏？古籍書店在哪裏？還有，專賣美術圖籍和外文的那些專業書店在哪裏？攤開我心上的那一幅上海地圖來尋找，早已模糊一片，我已經完全迷了路，什麼也找不到了。

那一次回到上海，除了四馬路以外，我又特地去了一次北四川路底。目的之一就是想看看內山書店。我已經知道內山書店不可能仍開設在那裏的，但是仍無法說服自己不去看看，那裏也是閉了眼睛也不會走錯的地方之一。下了車一看，一家藥房，一家人民銀行的服務處，就是當年內山書店的所在地。我站了一下，彷彿仍看見光頭的「老闆」笑嘻嘻的在收拾架上給顧客翻亂了的書，坐在一張籐椅上悠然吸著紙煙的正是魯迅先生。

在靜安寺路上閒步，曾無意中發現一家專賣外文書的舊書店，開設在食物館「綠楊邨」的隔鄰。這是解放後新開的一家舊書店。想到自己存在上海失散得無影無蹤的那一批藏書，滿懷希望的急急走進去，在架上仔細搜尋了一遍，仍是空手走了出來。我安慰自己，可能是整批的送進了圖書館，幾時該到圖書館裏去看看。

《洪水》和出版部的誕生

原刊1965年5月1至6日《新晚報·下午茶座》〈霜紅室隨筆〉。

一

創造社出版部在上海開始籌備，是一九二六年的事。招股籌備期間的辦事處，設在南市阜民路全平的家裏。那是一座兩上兩下上海弄堂式的房屋，不過卻沒有弄堂而是臨街的。全平的家人住在樓下的統廂房，另外再租了樓上的亭子間。那裏就是出版部的籌備處，同時也是《洪水》半月刊的編輯部。

在這間亭子間裏，沿牆鋪了兩張床，成直角形，一張是我的，一張是全平的。窗口設了一張雙人用的寫字枱，這就是我們的工作地方了。

上海南市的老式弄堂房屋，即使是亭子間，也有四扇玻璃窗，對著大天井。另外一面的牆上還有一扇開在後面人家屋脊上的小窗口，因此十分軒朗，不似一般亭子間的陰暗。不過當時白晝在家的時間並不多，總是在外邊跑，大部分的工作總是在燈下的深夜裏進行的。

我那時還是美術學校的學生，本來住在哈同路民厚里的叔父家裏（最初的創造社和郭先生的家，都在這同一個弄堂內），為了要參加《洪水》編輯部的工作，這才搬來同全平一起住。白天到學校去上課，中午在學校附近的山東小麵館裏吃一碗肉絲湯麵或是陽春麵當午膳，傍晚才回來，在全平家裏吃晚飯。不過，我那時的興趣已經在變了。雖然每天照舊到學校上課，事實上畫的已經很少，即使人體寫生也不大感到興趣，總是在課室裏轉一轉，就躲到學校的圖書館去看書或是寫小說。

那時上海美專已有了新校舍，設在西門斜橋路。雖說是新校舍，除了一座兩層的新課室以外，其餘都是就什麼公所的丙舍來改建的。這本來是寄厝棺材的地方，所以始終有一點陰暗之感。圖書館有一長排落地長窗，我至今仍懷疑這可能就是丙舍的原有設備，裏面設了桌椅，有一個管理員。書當然不會多，來看書的學生更少。我就是在這麼一個冷清清的地方，每天貪婪的讀著能夠到手的新文藝出版物，有時更在一本練習簿上寫小說。我的第一篇小說，就是在這樣的環境下寫出來的。

當時的上海美專真不愧是「藝術學府」，學生來不來上課，是沒有人過問的，尤其是高年級的學生，只要到了學期終了時能繳得出學校規定的那幾幅作品，平時根本不來上課也沒有關係。不過，學費自然是要按期繳的，可是我後來連這個也獲得了豁免的便利，因為我的「文名」已經高於「畫名」，就是校長開展覽會，也要找我寫畫評了。

二

當時就在這樣的環境下，白天到美術學校去作畫、看書和寫文章，晚上回到那間亭子間內，同全平對坐著，在燈下校閱《洪水》的校樣，拆閱各地寄來的響應創造社出版部招股的函件。

這些函件，正如平時來訂閱《洪水》或是函購書籍的來信一樣，寄信人多數是大學生、中學教員以及高年級的中學生。但也有少數的例外，如柳亞子先生，他住在蘇州鄉下的一個小鎮上，創造社的每一種出版物，他總是一定會寄信來訂購一份的。

當時有幾個地方，新文藝出版物的銷路特別大，北京和廣州不用說了，此外如南邊的汕頭、梅縣和海口，往往一來就是十幾封信，顯示這些地方愛好新文藝的讀者非常多。後來這些地方都成了革命運動的中心，可見火種是早已有人播下了。

也有些個別的特殊情形，使我到今天還不會忘記的，如浙江白馬湖的春暉中學，河南焦作的一座煤礦，寄信來訂閱刊物和買書的也特別多。後來上海的一些書局還直接到焦作去開了分店。

當時創造社出版部公開招股，每股五元，那些熱心來認股的贊助者，多數是愛好新文藝的青年，節省了平日的其他費用來加入一股，因此拆開了那些掛號信以後，裏面所附的總是一張五元郵政匯票。

招股的反應非常好，我們每晚就這麼拆信、登記、填發臨時收據。隔幾天一次，就到郵政總局去收款。這些對外的事務，都由全平一人負責。他那時顯然已經很富於社會經驗，在外面奔走接洽非常忙碌，我則還是一個純粹的學生，只能勝任校對抄寫一類的工作。

我已經記不起出版部預定的資本額是多少，總之是來認股的情形非常踴躍，好像不久就足額，或是已經到了可以成立的階段了，全平就忙著在外面找房子，準備正式成立出版部。後來地點找到了，不在南市，也不在租界上，而是在閘北寶山路上，那就是後來有名的三德里 A 十一號了。在這同一條弄堂裏，有世界語學會，有中國農學會，還有中國濟難會。這些都是當時的革命外圍團體。後來一個反動的高潮來到，眼見他們一個一個遭受搜查和封閉，最後也輪到我們頭上，出版部也第一次受到搜查，接著就來封閉，並且拘捕了包括我在內的幾個小夥計。

三

在出版部還不曾正式成立以前，這就是說，還不曾搬到三德里新址，仍在阜民路的時期，在那年的歲暮或是年初，總之是舊曆過年前後，郭老又從日本回來了一次。特地到阜民路來看我們，並且留下來在全平家裏吃晚飯，而且還喝了點酒，興致特別好。

晚飯以後，大家在客堂裏圍了桌子擲骰子玩，玩的是用六粒骰子「趕點子」或是「狀元紅」那一類的古老遊戲。這正是我記得那時間是在舊曆過年前後的原因，否則是不會擲骰子的。

參加擲骰子的，還有全平的姊妹。大家玩得興高采烈。郭老每擲下一把骰子，在碗裏轉動著還不曾停下之際，他往往會焦急的喚著所希望的點數。若是果然如他所喚的那樣，就興奮的用手向坐在一旁的人肩上亂拍。我那晚恰坐在他的身邊，因此被打得最多。我想古人所說的「呼幺喝六」的神情，大約也不外如此。不過，那晚的桌上卻是空的，我們並不曾賭錢，只是在玩。

創造社的幾位前輩，我除了從達夫先生後來的日記裏知道他有時打麻將以外，像郭老和成仿吾先生，我就從不曾見過他們做過這樣的事情。全平是個「社會活動家」，大約會兩手。至於那時的我，是個純粹的「文藝青年」，彷彿世上除了文藝，以及想找一個可以寄託自己感情的「文藝女神」以外，便對其他任何都不關心了。

出版部的籌備工作漸漸就緒之際，阜民路儼然已經成了一個文藝活動的中心。許多通過信的朋友，來到了上海，一定要找到我們這裏來談談。僻處南市的這條阜民路，並不是一個容易找的地點，但是當時大家都有那一份熱情。彼此雖然從未見過面，只要一說出了姓名，大家就一見如故。可見那時創造社所具有的吸引力。

意外的來客之中，令我至今還不曾忘記的是蔣光慈。那是一個風雪交加的晚上，外面有人來敲門，說是要找我們。我去開門，門外的來客戴了呢帽，圍著圍巾，是個比我們當時年歲略大的不相識的人。他走進來以後，隨即自我介紹，這才知道竟是當時正在暢銷的那本小說《少年飄泊者》的作者。

當時蔣光慈還叫蔣光赤，剛從蘇聯回來，那一本在亞東書局出版的《少年飄泊者》已經吸引了無數熱情青年。他剛到上海，就在這樣嚴寒的夜晚摸到我們這裏來，實在使大家又高興又感激。

四

閘北寶山路 A 十一號的地點租定了以後，創造社出版部就正式開張了。可惜我無法在這裏寫下開張的日期，以及當天的情形。反正那時是不會有什麼「雞尾酒會」的，同時在不曾正式開張之前，有些讀者尋上門來買書的，也早已照賣了。

出版部的招牌是橫的，掛在二樓，好像是紅地白字。不用說，招牌字是郭老的大筆。他從那時起，就已經喜歡寫字了。

三德里的房屋，是一種一樓一底的小洋房，每一家前面有一塊小花園，沒有石庫門，一道短圍牆和鐵門，走進來上了石階，就是樓下客廳的玻璃門，這裏就是我們的門市部，辦事處則設在樓上。這一排小洋房共有十多家，租用的多數是社團。出版部的A十一號是走進弄堂的第二家。第一家住的是老哲學家李石岑，當時正在商務印書館編輯一種哲學月刊。我們的右鄰是一位女醫生，沒有男子，只有一個女伴與她住在一起，不過時常有一個男子來探訪她們。

這是一個古怪的人家，因此這家右鄰的動靜時常引起我們這一群年輕人的注意。那位女醫生和同住的女伴都已經年紀不小了，可是脂粉塗得很濃，每天在家都打扮得像是要去作客吃喜酒一樣。那個時常來探訪她們的男子也是中年人。這兩個婦人的生活很神秘，有人說她們是莎孚主義者。兩人感情好像很好，可是有時又會忽然吵嘴，而且吵得很厲害，會牽涉到許多小事，有時會深更半夜忽然這麼吵了起來。

站在我們這邊通到亭子間的吊橋上，是可以望得見她們的後房的。有時晚上實在吵得太不成話了，哭哭啼啼，數來數去老是不停，這時性情剛烈的詩人柯仲平就忍不住了，總是拿起曬衣服的竹竿去搗她們後房的玻璃窗，並且大聲警告，叫她們不可再吵。

由於隔鄰而居，已非一日，平時出入也見慣了，因此這一喝往往很生效，她們總是就此收場不再吵了。

這些有趣的小事情，四十年仍如昨日，我還記得很真切。去年遊西安，知道柯仲平正在西安，曾設法去找他，想互相談談彼此年輕時候這些有趣的經歷，相與撫掌大笑。不料他恰巧出門去了，滿以為且待以後再找機會相見，哪知回到香港沒有幾天，就從報紙上讀到他的噩耗，緣慳一面，可說是最令人心痛的事。

五

阜民路全平家裏的那一間亭子間，也就是《洪水》編輯部和創造社出版部籌備處的所在地，我在那裏住過的時間並不長，大約不到半年，出版部已正式成立，大家就一起搬到了閘北三德里。

然而在那間亭子間裏所過的幾個月的生活，卻是我畢生所不能忘記的。因為正是從那裏開始，我正式離開家庭踏入了社會；也是從那時開始，我第一次參加了刊物的編輯工作，並且親自校對了自己所寫和自己付排的文章。在這以前，我不過曾在《少年雜誌》投稿被錄取過，又在《學生雜誌》上發表過一篇較長的遊記〈故鄉行〉而已。

然而這時卻不同，我不僅正式參加了《洪水》的編輯工作，給這個創造社同人的新刊物設計了封面，畫了不少版頭小飾畫，而且自己還在上面發表了文章，這意味著我已經正式踏上「文壇」了。因此一面興奮，一面也非常感激，那些日子的情形實在是我怎樣也不會忘記的。

更有，也正是在那間亭子間裏，年輕的我，第一次嘗到了人生的甜蜜和苦痛的滋味。當時也曾寫過幾篇散文發表在《洪水》上，抒寫自己心中的感情，後來這些散文曾用《白葉雜記》的書名印過單行本，其中有一篇的一節這麼寫道：

> 回想起我搬進這間房子裏來的日期，已是四月以前的事了。那時候還是枯寂的隆冬，春風還在沉睡中未醒，我的心也是同樣的冷靜。不料現在搬出的時候，我以前的冷靜竟同殘冬一道消亡，我的心竟與春風同樣飄蕩起來了。啊啊！多麼不能定啊，少年人的心兒！

這種郁達夫式的筆調，現在重讀起來，自然不免有一點臉紅。然而想到這是將近四十多年前的少作，自己那時不過二十一二歲，而且再回想到那時的心情，我不覺原諒了我自己。

那時正是我們要從這間亭子間搬到三德里新址去的那幾天，當時我個人實在有種種理由捨不得離開這地方，可是事實上既不能不搬，而且我們的房東早已先期搬走了，只剩下全平一家人，整個樓上也只有這間亭子間還有我和全平兩人。可是我實在捨不得離開這間亭子間，這正是我要寫那篇文章的原因。我曾繼續這麼寫道：

> 這一間小小的亭子間中的生活，這一種團聚靜謐的幽味，的確是使我淒然不忍遽捨它而去的。你試想，在這一間小小的斗方室中，在書桌床架和凌亂的書堆隙地，文章寫倦了的時候，可以站起來環繞徘徊……

六

若不是重讀自己這樣的少作，我幾乎忘了我們的全平，有一年就是那麼神秘的失了蹤，從此天南地北，誰也不曾再見過

葉靈鳳為周全平《夢裏的微笑》繪畫的部分插圖

他，誰也不再知道他的消息。這位《夢裏的微笑》的作者，可說是《洪水》和「創造社出版部」最忠心的保姆。就是我和柯仲平等人，當出版部被淞滬警察廳封閉，並將我們拘捕以後，若不是靠了他在外面奔走，我們這幾個小夥計也早已不在人世了。可是新的一代文藝工作者，大約很少會知道《夢裏的微笑》這本書（其中還有我的插圖），更不知道全平其人了。

在我的那篇寫於一九二六年的〈遷居〉裏，其中有幾句是寫到了他的像貌的。這怕是僅有的資料了，現在特地重錄在這裏以作紀念：

> 我們工作的時間，多半是在夜晚。在和藹溫靜的火油燈下，我與了我同居的朋友——這間屋子的主人，對面而坐，我追求著我的幻夢，紅墨水的毛筆和令人生悸的稿件便不住地在我朋友手中翻動。我的朋友生著兩道濃眉、嘴唇微微掀起，沉在了過去的悲哀中的靈魂總不肯再向人世歡笑。雖是有時我們也因了一些好笑的事情而開顏歡笑，然而我總在笑聲中感到了他深心的消沉和苦寂，我從不敢向他問起那已往的殘跡……

這裏所寫的生著兩道濃眉的朋友，就是全平。關於他的那些所謂「已往的殘跡」，我至今仍不大清楚，因為始終不曾正式向他問過，他也不曾向我談過，但不外是愛情上的一些不如意事，也就是他的《夢裏的微笑》所寫的那些本事了。

全平是宜興人，辦事和組織能力特別強，同伴之中是沒有一個能及得上他的。若是沒有他，創造社出版部是根本不會誕生的。他曾到過廣州，籌備出版部廣州分部的工作，住過一些時候，因此早期南方的文藝工作者，也許會有人同他見過面的。

全平同郭老的感情特別好。有一年江浙軍閥內鬨，發生了內戰，他的家鄉受害慘重，當時有一班進步人士曾組織了調查團去調查這次的戰禍，郭老也去參加了，就是由全平陪了同去的，郭老後來曾在《民鐸雜誌》上寫了一篇紀行的長文。

《洪水》的出版和創造社出版部的誕生，我雖然曾經躬與其事，可是時隔四十年，記憶到底有點模糊了，姑且這麼信筆的記了一些下來。我相信再過幾年，怕連這些也記不出了。

參考：

• 全平作、葉靈鳳畫：《夢裏的微笑》，上海：創造社，1925 年。

愛書家謝澹如

原刊 1965 年 5 月 16 日
《新晚報·下午茶座》
〈霜紅室隨筆〉。

瞿秋白先生在上海時，除了住在魯迅先生家中以外，有一段時間，是住在謝澹如˙先生家裏的。這一段掌故，最近在《大公報》的副刊〈古與今〉上，已經有人專文談過了。

謝澹如的家，在上海南市。在當時上海鷹犬密布之下，瞿秋白先生的安全，是隨時會發生問題的。他不住在租界上，偏偏要住在南市。這個抉擇，不僅夠大膽，而且是十分明智的。因為澹如家中富有，在南市有自己的房屋，四壁圖書，人又生得文靜，戴了一副金絲眼鏡，儼然是一位「濁世佳公子」，沒有人會注意到他家裏的往來人物。因此瞿秋白先生住在他的家裏，雖然地點是在當時中國官廳範圍內的南市，反而比外國人管轄下的租界更為安全。

澹如不僅曾隱蔽過瞿秋白先生，有一批很重要的革命文獻，也是由他經手收藏，得以逃過劫難。解放後完整無恙的交還給有關方面，曾經受到了褒獎。

澹如在解放後任上海魯迅紀念館館長。一九五七年我經過上海，特地到大陸新邨去找他。大家本是年輕時代的朋友，曾經朝夕相見，這時一別二十年，一見了面，歲月無情，彼此都改變了，幾乎認不出，但是細看了一眼，隨即相對哈哈大笑，喜出望外，想不到仍有機會可以見面。當時澹如的身體很不好，說患著很嚴重的胃病。因此後來參觀魯迅故居，要樓上樓下的跑一陣，為了不想辛苦他，特地辭謝了他的陪伴。

澹如是一位愛書家。自從有新文藝出版物出版以來，不論是刊物或單行本，他必定每一種買兩冊，一冊隨手讀閱，一冊則收藏起來不動。這當然很花錢，可是當時他恰巧有這一份財力。他又喜歡買西書，不論新舊都買，尤其喜歡買舊的，因此當時上海舊書店中人，沒有一個不認識他的。

我們的交情就是這樣訂下來的。他當然是創造社出版部的股東，又是通信圖書館的支持人。凡是有關「書」的活動，總有他一份。我也正是如此。在當時上海那幾家專售外國舊書的書店裏，若是架上有一本好書被人買了去，那不用問，不歸於楊，即歸於墨，不是他買了去，就一定是我買了去。

有一時期，他自己還在虹口老靶子路口開了一家專售外國書的舊書店。從愛跑舊書店到自己下海開舊書店，澹如的書癖之深，可以想見了。

參考：

- 謝澹如（1904-1962），上海人。《大公報》1965 年 5 月 15 日第十版〈古與今〉王爾齡〈瞿秋白和茶館陣地〉一文開頭便提到：「瞿秋白最後一次在上海居住期間，除了末期寄居魯迅家外，大部分住在紫霞路六十八號謝澹如家裏（此屋後來在一九三七年被日本侵略者炮火所毀）。」

澹如的書和我的書

原刊1965年5月17日《新晚報．下午茶座》〈霜紅室隨筆〉。

昨天說過的愛書家澹如在上海南市紫霞路的家，這就是瞿秋白先生曾經寄居過的地方，在「八一三」抗日戰爭中，已經燬於日軍的炮火。他的那一份藏書，不知可曾搶救出來？可惜那次在上海再見到他時，不曾向他問起這事。

他買新出版的書，不論是單行本或是定期刊物，照例每一種買雙份。而且有新出版物必買，這樣繼續了有十多年，這十多年，是一九二五年到一九三七年那一段時期，這時正是上海新文藝出版事業最蓬勃的時代，也是革命高潮迭起的時代。澹如所購存的這一份單行本和期刊，是非常完整的，因此在參考資料價值上極大。尤其是當時各地出版的進步刊物，他購藏得最完整。這在其時還不覺得什麼，時間一久，就成了重金難覓，非常可貴的文獻。因此他的這一份藏書若是不曾搶救出來，且不說在金錢上的損失，在文獻參考價值上的損失，就已經無法估計了。

前幾年彷彿在報上讀過，他曾經將自己收藏的一批早期秘密發行的進步刊物，捐獻給國家。也許他的藏書曾有一部分免於兵燹之厄，那將是不幸之中的大幸了。

他當然也藏有不少西書，但在文獻價值上，當然不能與他那一份完整的期刊和新文藝書相比。

至於我自己的那一份藏書，後來卻在那一次戰爭中完全失散了。我在一九三八年春天離開上海，經過香港到廣州，是隻身出走的，幾乎一本書也沒有帶。後來再過了幾個月，家人也避禍到香港，只是將我書桌上平時經常參考或是新買的幾十本書，給我順手帶了來，其餘都留在上海。

在這幾十本帶到香港來的書籍，全是西書，而是多是關於書誌學的。我從廣州到香港來接家人和孩子，將他們安頓好，再回廣州去時，曾經從這幾十本書之中，挑選了十幾本帶到廣州去。後來日軍在大鵬灣登陸，廣州瞬即淪陷，這十幾本書連同我的全部衣物，又在廣州喪失了。

我留在上海的全部藏書，後來也完全失散。失散的經過，我至今仍不大清楚。總之是，我們離開上海時所拜託保管的親戚，他們後來也離開了，再轉託給別人。在那兵荒馬亂的時代，這麼一再轉手，下落遂不可問。後來有許多朋友曾在上海舊書店裏和書攤上買到我的書•，可知已經零碎的分散，不可究詰了。

參考：

- 《葉靈鳳日記》1946 年 5 月 19 日記：「（施蟄存來信）謂曾在（上海）舊書攤上見過我的英文書，如此看來，存在上海的書雖然未喪失，至少已非完璧了。」

教老虎上樹

原刊1965年6月1日《新晚報·下午茶座》〈霜紅室隨筆〉。

怎樣寫文章一類的書上，有一句教人寫文章的老話：不要寫你自己不知道的東西。這句話當然是對的，因為既是自己不知道的東西，怎可下筆來寫。這是提醒初學寫文章的人，最好揀自己懂得、知道得清楚一點的東西來寫，可以避免發生錯誤。

不過，若是對新聞記者來說，這條戒律就行不通了。新聞記者寫紀事、寫報道，題材的選擇權不在自己，社會上、世界上發生了什麼，他就要寫什麼。中國爆了第二顆原子彈，這是大新聞，記者不可能是原子彈專家，但他不能不寫。英國通過了成人同性戀是合法的行為，這又是有趣的好新聞，記者未必贊成這條立法，更不會對「同性戀」有研究，但他也仍要寫。

這時「不要寫自己不知道的東西」這條戒律就不適用了。但他如果是一個認真的新聞記者，我認為他應該記住另一條戒律：「不要假充內行」。這就是說，可以寫自己完全不知道的東西，但是一開頭就應該告訴讀者，自己對這個問題是外行，決不冒充內行。然後你就可以放膽說你自己對這個問題所聽到的、所知道的一切。這樣你的報道就對得住自己，也對得住讀者。

總之是，自己的筆下要說真話，知之為知之，不知為不知，坦白的說真話，小學生也可以談原子彈，老太婆也可以談原子彈。

不僅新聞記者該如此，一般寫文章也該如此。我認為這是寫文章的一個重大訣竅。可惜一般的教人怎樣寫文章的書上，從不曾教人這一點，或是捨不得教人。像是老貓不肯教老虎上樹一樣，要留下一點「絕招」來防身。這一來就害人不淺，使人時常讀到明明是在說謊，卻裝出儼然這是真事的可笑文章。

譬如說，四十年前，上海當然早已也有汽車，如果有人要我寫這問題，我要寫的將是自己有時連花一個銅板坐三等電車也要考慮。總是喜歡步行，老老實實的說那時從不曾坐過汽車，決不怕「失面子」，要胡謅一通，說自己同汽車怎樣怎樣云云。因為我覺得那時一個文藝青年，能夠懂得鄙視當時那些高等華人的一切享受，肯拖著破了的皮鞋在馬路上走，是一件可以驕傲的事。

所以我認為寫文章的大戒，還不是「不要寫自己不知道的東西」，而是「不要說自己不曾說過的話，自己不曾做過的事情也不要說做過」。這樣你即使對原子彈是外行，你也可以大談特談，沒有什麼不對之處。

這是將上樹的「絕招」也教給你了。

《A11》的故事

原刊 1965 年 6 月 18 日
《新晚報・下午茶座》
〈霜紅室隨筆〉。

《A11》是當年創造社出版部刊載新書消息的一個小刊物，八開四面。這個有點古怪的刊物名稱的由來，是因為當時出版部是開設在上海閘北寶山路三德里 A 十一號的，因此就採用了這個門牌號數作刊物名稱。

提議出版這個刊物，以及對這件工作最熱心，並且實際負編輯責任的，是潘漢年。他那時也是出版部的小夥計之一，負責刊物訂戶的工作，同許多讀者聯絡得很好，因此感覺到有出版一個這樣刊物的需要，所以一直對這件工作非常熱心。

這是三十年代的事情。那時新文藝出版事業正在開始，即使在上海，專門出版新文藝書籍的新書店還很少，更沒有《出版消息》這一類的半宣傳小刊物出版。不像後來那樣，許多較具規模的書店，都有自己編印的宣傳刊物，按期報道本版新書消息，分贈讀者。因此《A11》出版後，頗受讀者歡迎。

這個小刊物是非賣品，最初好像是個半月刊。到門市部來買書的人，可以隨手拿一份。若是外埠讀者，只要寄了郵費來，就可以按期寄奉。第一期印了二千份，就這麼一銷而空。

《A11》的內容，並非是純粹的新書消息，它還刊載一些短小精悍的雜文，以及讀者的來信，因此很快就變成了一個正式的小刊物。這正是它受到讀者歡迎的原因。

除此之外，當時創造社幾位巨頭的通信，以及他們譯作的斷片，也偶爾會出現在上面，但主要的還是那些《語絲》式的雜文，以及潑婦罵街式的社會短評，這些都是出自潘漢年的手筆。北方的胡適、劉半農，還有當時正在受人注意的張競生，都是經常被攻擊的對象。

當時上海出版刊物，是不必登記備案，更無須送檢查的。然而這並不是說就沒有人在暗中注意。因此這個小刊物就由於鋒芒太露，很快就被人認為是另有背景的，在「黑名單」上有了名字。有些外埠讀者開始寫信來說郵寄收不到，有些在校的學生為了看這個小刊物發生麻煩。

一九二六年八月間，創造社出版部被上海警察廳下令封閉，這個小刊物也成了罪狀之一。

啟封後，《A11》就不曾再繼續出版，但它後來又以另一面目與讀者相見，成了一個正式的刊物，那就是在光華書局出版的《幻洲》半月刊。

《幻洲》創刊號封面，
葉靈鳳設計。

讀《話舊談新錄》

原刊 1965 年 6 月 20 日《新晚報・下午茶座》〈霜紅室隨筆〉。

南苑文叢最近又出版了一部新書，是柳岸的《話舊談新錄》。這是一部文史小品和讀書隨筆的合集。他談到了歷史人物和近代人物，也談到了小說中的人物。前者如霍去病、王莽、沈括、岳飛、林則徐、吳梅村等等，後者如《水滸》裏的宋江，《三國演義》裏的諸葛亮和曹操，還有《紅樓夢》裏的探春、晴雯、劉姥姥和焦大等人。

《話舊談新錄》封面

作者是有他自己一貫的見地的，因此不論是一個丫鬟晴雯，還是明太祖朱元璋；是詩人袁枚的筆記，還是洪秀全的詩文，都有他自己的看法，有時借古喻今，有時又借今喻古。作者雖然在〈後記〉裏自謙「沒有什麼大道理」，其實這些文章都是令人讀了覺得很有道理的。

「開卷有益」，這句話實在不錯。我是很欣賞漢朝大將霍去病墓上的石刻的，去年在西安，曾想到他的墓上去看看，雖然不曾去得成，卻在西安省立博物院裏看到從他的墓上搬來保管的石刻。其中如「馬踏匈奴」像，就是特別紀念他的戰功的。我總以為霍去病在西北有那麼多彪炳的戰功，又是赫赫有名的「借問大將誰，恐是霍嫖姚」。總以為他的年紀一定不會很輕的，一向也不曾留心過他的傳記，現在讀了這冊《話舊談新錄》裏的那篇〈衛國英雄霍去病〉，這才知道他去世時年僅二十四歲！作者說他自己「好讀書，不求甚解」，看來我簡直比他更甚了。

屈大均的《廣東新語》，是我愛讀的一部好書。我比他幸運，他要向「藏書家求借一觀」，我卻自己有一部，也是康熙時天水閣刊版的，可惜不知與他所讀過的那部如何？因為這書經過乾隆間的禁燬，有不少雖是康熙版，卻是後來用舊版重印的。

〈鄧廷楨詞贈林則徐〉，從鄧氏寄贈林則徐的兩首小詞上，發揮了兩人的私交，同時也說明了兩人的抱負和遭遇的挫折。鄧氏是我的鄉先賢，曾見過國內拍攝的《林則徐》電影，有林氏送他上船，到福建去上任的鏡頭，白髯拂胸，一副憂時憂國之情，很使人看了感動，這大約就是他贈給林則徐的那首〈換巢鸞鳳〉時的心情了。

最近遊黃山歸來的朋友，曾帶來了劉伯承將軍所講的一個有趣的老虎故事，已有人寫入了文章，我提議柳岸先生的這冊《話舊談新錄》將來再版時，應該將這則老虎故事補入那篇〈袁枚的幾則老虎故事〉之後，證明這畜生無論是紙的真的，都是沒有什麼可怕的。

參考：

- 柳岸：《話舊談新錄》，香港：香港南苑書屋，1965 年。（柳岸是黃永剛的筆名）

月天的《故事海》

原刊 1965 年 6 月 28 至 30 日《新晚報．下午茶座》〈霜紅室隨筆〉。

一

我久想讀一讀印度古代的那部故事集《故事海》•，可惜買不到這部書。我曾記起過從前見過許地山先生藏有這書，是英譯本。他是研究佛經文學和梵文的，自然不能不備有這部印度古典文學的泉源作品。

許先生去世後，遺書都存在香港大學的馮平山圖書館內。十多年前我經常到那裏去看書，見到這部《故事海》仍在他的藏書架上，總想找一個機會細細的讀一遍，一直因循未果。後來聽

《故事海》英譯本封面

說他的全部藏書，包括那些很難得的道教著作，一起賣給了澳洲一家大學新設立的中文學院*，這一來自然更不容易有機會讀到這部書，自己心裏很懊悔錯過了機會。前些時候讀國內新出版的季羨林先生譯的《五卷書》，這也是與《故事海》相似的故事集，不過規模較小。季先生在譯序裏也提起了月天的這部《故事海》，又挑起了我要讀這部書的願望。我再向當年負責保管許先生藏書的有關方面去打聽，這才知道當年賣到澳洲去的只是中文藏書，至於西文藏書則大部分仍在這裏，於是趕緊託人去詢問借閱，終於借到了許先生舊藏的這部《故事海》，多年的宿願終於實現了。

月天的《故事海》，根據梵文音譯的英文，是作：

Somadeva: *Katha Sarit Sagara*

我不懂梵文，將作者的名字 Somadeva 譯成月天，是根據季羨林先生所譯的。許地山先生所藏的這部英譯本，是相當珍貴的，是一九二四年倫敦一家書店出版的限定版，共十巨冊，印了一千五百部，編有號碼。許先生所藏的這一部，編號第一千五百，該是所印的最後一部了。這個譯本後來是否重印過，我不大知道。不過多年以來，我一直想買這書，好像從不曾在外國書報刊物上發現過這書的廣告。

這部《故事海》的英譯本，因為是限定版，排印紙張都十分講究，裝訂也堅固大方。每一冊上有許地山先生自己的簽名，還有一個圓形的「面壁齋」圖章，這是他的齋名。在正文的第一頁上，他還用紅筆寫了「故事海」三字。他一定也很喜歡這部書。由於是限定版，在當時買起來一定也花了不少錢。

原來的英譯者是塔萊（C. H. Tawney）。這個版本則是經過潘塞（N. M. Penzer）的整理和注釋，卷首並附有英譯者的生平和湯白爵士（Sir R. C. Temple）的介紹。

二

《故事海》的編著者月天，他的身世不詳。在這個故事集的卷末，附有他自己的一首小詩，曾簡略地敘述了自己的身世，後人所知道的，也就僅此而已。

他自述曾任喀什米爾的阿郎達王的宮廷詩人，為皇后蘇雅伐蒂講故事，這才寫成了這部《故事海》。據考證，阿郎達王在喀什米爾的統治時期，是在公元十一世紀，他在一〇八一年自殺。在位期間，父子爭位，是一個血腥混亂的統治。大約也正因為如此，皇后蘇雅伐蒂才那麼對聽故事感到興趣。她在阿郎達王火葬時，也投火殉夫而死。

生於十一世紀的月天，是一個婆羅門。正像一切流傳下來的古代故事集那樣，我們與其說月天是《故事海》的著者，不如說他是這個故事集的編者。因為這些故事，大部分都是各有來源的，有的在當時流傳已久，有的則採自其他的故事集，有的由他整理、改編、加工、匯集在一起，形成了這個故事的大海。

《故事海》的主要來源，據月天自己的介紹，是取材於印度古代的一部更大規模的故事集，名為《大故事》（*Brihat Katha*）。這些都是寫在貝葉上的手鈔本。據說在上古時代曾被人焚燬了六十萬葉，到他的時代只存下十萬葉。這些材料，都採入了他的《故事海》。

至於《大故事》本身，後來也另有一個單行本是由卡希曼特拉（Kshemendra）整理匯集的，改稱《大故事花束》（*Brihat Katha Man Jari*），但是它的篇幅，不及《故事海》的三分之一。

《故事海》命名的原因，據月天自己的解釋，他說他這部故事集，已經將印度自古代流傳下來的故事都匯集在一起，正如大海匯集了所有的河流一樣。他說，一切發源於聖山喜瑪拉雅山的冰雪河流，以及來自其他高山的河流，奔騰而下，或早或遲，都要匯流到一起，匯成一個大海。他的這個故事集也正是如此，匯集了印度自古代流傳下來的大情人的故事，帝王和政治變化陰謀的故事，戰爭謀殺、背叛出賣的故事，鬼怪符籙、吸血鬼和幽靈的故事，寓言和真實的動物故事，此外還有乞丐、方士、賭徒、醉漢和娼妓的故事。

《故事海》全書共分一百二十四章。這一百二十四章又分為十八卷。他依據《故事海》的定義，稱每一章為一個「波浪」，又稱每一卷為一個「高潮」。英譯本十巨冊，每冊平均有三百頁以上，因此共有三千多頁。

三

《故事海》的內容，是在故事之中又包含故事，往往一個大故事之中包含了十幾個小故事。有些故事追溯源流，可以上溯至公元前二千年，因此印度古代民間流傳的故事，以及經典裏所載的故事，其精華可說全部集中在《故事海》裏了。

古代的印度，無愧是許多故事的老家。這些故事從印度流入了波斯，再從波斯傳到阿拉伯人的口中和紙上。到了中世紀，文化便由中東流入君士但丁堡和威尼斯，這才開始被歐洲人接觸到了。從這以後，鮑迦邱的《十日談》，詩人喬叟的《坎特伯利故事集》，以及法國拉封歹的那些寓言詩和小故事，有不少都是從印度故事裏取材的。

它們流入我國子書、笑話和話本的經過，則是由於佛經譯本的介紹。因為有許多佛經故事，也輯入了《故事海》，如《佛本行集經》，甚至有名的《五卷書》裏的故事，都可以在《故事海》裏找得到。

更有名的《一千零一夜故事》，在十八世紀初年通過加爾蘭的譯本最初傳入歐洲時，有不少歐洲人認為其中的故事和描寫，都是加爾蘭自己寫了來託名譯自阿拉伯文的，甚至後來對褒頓爵士更有名的譯文也頻頻懷疑。直到後來，他們在一些印度古代故事集裏找到了一些故事，正是《一千零一夜故事》裏的本源。這才知道阿拉伯人所說的故事淵源有自，對加爾蘭和褒頓爵士的譯文不再懷疑了。

這些故事，也是源出於月天的《故事海》。

潘塞整理過的這種十巨冊的《故事海》英譯本，確是花費了不少心血的。十冊之中，九冊都是本文，第十冊則是全書的索引。有按照故事的內容和人名的兩種索引，此外還有一個總索引，因此如果要查閱一個故事，在總索引裏一查即得，這是非常有用的。

此外，每一冊的卷末還附有幾篇附錄，都是討論故事裏所涉及的一些印度古代風俗，如裸體壓勝，傘的形式和用途的變化，以及婚姻風俗等等。在本文之內，又隨處附有注譯，引經據典，考證故事裏的一些地名。我國趙汝适的《諸蕃志》和《齊民要術》、《古今圖書集成》，都被引用了。

英譯者塔萊（一八三七——九二二），是劍橋大學出身，後來在加爾各答大學任教多年，因此有機會研究梵文。他的《故事海》的最初譯文，是在一八八〇年在印度出版的。

參考：

- 《故事海》：*The Ocean of Story*：C. H. Tawney 據 *Somadeva's Katha Sarit Sagara*（*Ocean of Streams of Story*）英譯，共十卷，1924 年倫敦出版，只供私人訂閱。書前有湯白爵士的序。
- 許地山部分藏書現存澳洲坎培拉澳洲國立大學（The Australian National University）。

碑版石刻愛好者的喜訊

原刊 1965 年 7 月 1 日
《新晚報．下午茶座》
〈霜紅室隨筆〉。

從明天起，在本港大會堂八樓將有一個很難得的我國古代藝術專題展覽會：西安碑林拓片展覽*。

我說這個展覽會很難得，是有兩個原因的。

第一，西安的碑林是我國聞名世界的一個古碑集中保管地點。它不是近代創立的，它在宋朝就已經有了，裏面集中了我國自秦漢以來的古碑一千多塊，其中有許多在書法藝術、在歷史價值上，都是極可珍貴的。現在將其中的精華拓片，集中在一起，來作專題展覽，這在國內也是難得的，可是我們在這裏竟有機會能見到了，所以很難得。

第二，更難得的是：碑林裏的那些在歷史上有名的古碑，或是在書法藝術上有名的古碑，當然在過去早已有拓本流傳在外，許多愛好金石碑版和書法的人，大都藏有若干拓本，甚至在過去也曾經有類似的拓片展覽（多年前，李啟嚴先生和我，曾經聯同已故的馬季明先生、羅原覺先生*，舉辦過一次漢畫拓本展覽）*。但是這一次的「西安碑林拓片展覽」，卻完全不是如此的。過去的拓片展覽，是金石收藏家一人所藏，或集數人所藏，僅就各人所有者選擇若干來公諸同好。可是這一次的「西安碑林拓片展覽」卻不同，這是專題展覽，是由主辦者為了這次展覽會，特地聘用拓碑的好手，細心從碑林的千餘塊古碑之中挑選若干塊各方面的代表作，特地椎拓出來的。大部分連同碑額、碑陰、碑側、碑座都一起拓了下來。

這是過去的碑版收藏家所未見過的面目，也是個人力量無法辦得到的。可是這一次卻使我們有機會可以見到了，所以我說這次的展覽會是一個很難得的展覽會。

更有，這個拓片展覽會雖說是「西安碑林拓片展覽」，內容其實並不僅限於碑林的古碑拓片。此外如西安大雁塔的褚書〈聖教序〉和〈記〉，還有世界聞名的大雁塔門楣石飾畫，這些名跡的拓片也包括在內。還有近年西安西郊基建工程中出土的漢墓畫像石、六朝墓誌、唐永泰公主陵的畫像石，這些新出土的文物，都是從未與世人見過面的，這些也有拓片參加展覽。

那些新出土的南北朝墓誌拓片，都是真正的「初拓」，連同墓誌石蓋，一套一套的拓出來，毫髮畢現，精彩絕倫。這樣的拓

葉靈鳳在拓片展覽看昭陵六駿之一的拓本

片，可說是過去的碑版收藏家寤寐以求的，現在我們居然有機會見到了，這就更為難得了。

參考：

- 西安碑林拓片展覽 1966 年 7 月 2 至 7 日在香港大會堂高座八樓展出。
- 李啟嚴，著名收藏家，因藏宋拓群玉堂懷素千字文帖，故齋號「群玉齋」。馬季明，即馬鑑（1883-1959），浙江省鄞縣人，文史學家、收藏家，1937 年應許地山之邀任教香港大學中文系，香港淪陷後回到內地，1946 年來港任教香港大學中文系。羅原覺（1891-1965），原名澤堂，廣東南海人，古書畫及文物收藏家。
- 漢畫石刻拓本展覽，1955 年 4 月 18 至 24 日在馮平山圖書館展出，據《華僑日報》1955 年 4 月 19 日報道：「各拓本係由本港著名學者及收藏家馬鑑教授、羅氏敦復書室、葉燕鳳博士、及李氏群玉齋等借出展覽。」

喬伊斯的舊賬

原刊 1965 年 7 月 10 日《新晚報・下午茶座》〈霜紅室隨筆〉。

在報上讀到一個愛好近代西洋文學的年輕人的文章，在那裏介紹英國的詹姆斯・喬伊斯，指責上一輩研究西洋文學的人有失職守，除了若干古典作家以外，對於那些西洋近代新作家，如喬伊斯等人，從來不見介紹云云。

這指責是失實的。對於近代西洋文學的介紹工作，三十年代的中國文壇，介紹工作做得不夠，翻譯工作也沒有系統，這是事實。但當時的工作者，雖然留下來的成績不好，但是已經盡力而為，卻也是事實。那時以上海為中心的新文藝出版界，環境不好，工作條件不好，從事翻譯介紹的工作的人修養不夠，所得不

1922 年初版《優力栖斯》

足生活，還要隨時遭受官家的迫害和出版家的剝落。但是在這樣困難的環境下仍做了不少很難得的工作，所以我說他們已盡力而為，實在不便苛責。

也許今日的年輕人不大有機會讀到抗戰以前的新文藝單行本和刊物，便以為在西洋文學的介紹範圍內，過去彷彿是一片空白，這實在是武斷的。過去的成就，已如上述，雖然成績不符理想，但是當時站在崗位上的工作者，可說各人已盡了自己的力量了。

我喜歡讀西洋文藝作品，但是並非專門研究西洋文學的。不過，以詹姆斯．喬伊斯為例，今日的年輕的西洋文學愛好者，大約不會想到以他的第二部大作《守屍禮》[•]來說，單行本還未正式出版，先由倫敦「法布法布」書店以小冊子的形式，將其中的一節先行排印出版時，我們就已經讀過，而且介紹過了。這都是一九三〇年前後的事情。今日的年輕文藝愛好者若是不曾有機會知道，倒也是可以原諒的。

還有他的那部更有名的《優力栖斯》，我至今還藏有那種藍面方形的巴黎版。這是這部書在英美還是禁書時代的限定版。我想即使在英國，現在仍藏有這樣版本的《優力栖斯》的人已經不多，更不用說在這地方了。然而這部書，實在說不上是一部什麼了不起的書。喬伊斯的作品，影響大於實質，終是旁門左道，不是文壇的主流。——這樣的話，在過去是不便說的，可是經過三十年的磨煉，現在是該這麼下定論的時候了。

何況，像喬伊斯這樣的作家，他的時代早已過去了，年輕的文藝愛好者不知道也說不上有什麼損失，更不必去翻什麼文壇上的舊賬了。

參考：

- 《守屍禮》，指 *Finnegans Wake*，通譯《芬尼根守靈夜》。喬伊斯的這部小說寫作延續十多年，期間部分內容斷續在文藝刊物和以小書形式發表，至 1939 年由倫敦 Faber and Faber（文中稱「法布法布」）出版。

刮目相看的《中國美術》

原刊1965年8月10、11日《新晚報·下午茶座》〈霜紅室隨筆〉。

一

日本講談社出版的大型圖冊《中國美術》三卷*，是他們正在出版中的《世界美術大系》的一部分。大系全書共二十四卷，外加別卷一冊。《中國美術》共佔了三冊。

這三冊《中國美術》是值得特別介紹的，因為它是足以令世人刮目相看的出版物。

第一：這三冊《中國美術》裏的一千多幅彩色和單色圖片，全是由我國供稿的，全是由我國文物出版社聘請中國攝影專家，按照出版計劃的需要，特別攝製供稿給日本講談社的。

第二：三冊《中國美術》裏所介紹全部中國藝術品，從銅器、陶瓷以至繪畫，全部都是現藏國內的藏品，沒有一件是已經落流海外或是到了外國人手上的。所介紹的藏品之中，有許多都是解放後新發現新出土的。這些新藏品已經填補了我國古代藝術史上的許多空白點，銜接許多失去的環節，解決了許多懸置已久的疑問。

當然，我國古代藝術品，流失到外國人手上的已經很多，而且其中有不少都是難得的精品，就是流失到日本的也不少。但是從這三冊《中國美術》所介紹的作品看來，現藏國內的我國藝術寶藏，仍是無比的豐富和優秀，仍以壓倒的優勢面目與世人相見。這是我們可以自豪的，然而這也只有在新中國才可以達到的成就。試想，這十多年以來，若不是由於我們大力而且嚴厲的執行了保護祖國文化遺產政策，又不知有多少舊存的和新發現的文物會流失到別人手上去了。

據講談社的介紹，這三冊《中國美術》能夠在日本出版，全是由中日文化交流協會和中國人民對外文化協會全力贊助，才能夠實現的。通過了這兩個團體的推薦，由我國文物出版社負起了供給全部資料圖片的工作。據講談社在〈出版說明〉上介紹，文物出版社為了執行這個任務，曾經組織專家多人，在全國各重要博物館挑選代表作和精品，攝製圖片，又用專機飛往敦煌大同麥積山龍門等著名佛教藝術遺跡中心，攝製那些雕塑和壁畫圖片。因此這三冊《中國美術》全部是由我國供給資料和圖片，而且是特別為這部書準備的。這件工作所花費的人力和物力當然不少，但是為了兩國文化交流和友好關係的發展，文物出版社自然樂意全力以赴了。

這一部令人刮目相看的《中國美術》，第一卷在一九六三年年底出版，第二卷在一九六四年五月出版，第三卷也在最近出版，已經功德圓滿了。

二

三冊《中國美術》，第一冊主要介紹的是三代銅器至隋唐為止的我國古物，這包括戰國漆器和楚墓文物，秦漢石刻、工藝品、青瓷和唐三彩等。

第二冊的內容是介紹我國的石窟藝術，包括了雕像、塑像和洞內的壁畫。採錄圖片的範圍，遍及敦煌千佛洞、雲崗石窟、龍門石窟、炳靈寺、麥積山，以及陝西、山西、四川等地的其他石窟，內容非常豐富。

第三冊的內容是介紹我國的繪畫藝術，從古代的以至現代。起自五代顧閎中的〈夜宴圖〉卷，以至新中國的國畫、油畫和版畫家的作品。

日本的美術製版印刷技術，是早已馳譽世界，達到了國際水準的。這三冊《中國美術》的製版印刷和編排，因為開本大、圖片又是特別攝製的，無論單色或是彩色的效果都十分好，清晰玲瓏，奕奕有神，看來實在賞心悅目，定價又不算貴，折合港幣算起來，三冊一共只要一百幾十塊錢就可以買到了。

三冊之中，我覺得內容最精彩的是第二冊，即介紹我國各地石窟藝術部分。因為第三冊的繪畫部分，那些歷代名跡，大都已經有機會在一些專集畫冊上見過了；第一冊的銅器漆器和石刻

收錄於《中國美術》第一冊的商代「人面方鼎」

陶瓷，除了石刻和陶俑以外，對我的吸引力都不大，因此看來看去，認為內容最好的是第二冊。

敦煌壁畫和彩塑，在國內一直還沒有圖版較大的彩印專集出版，第二冊《中國美術》在目前可以填補了這空虛，因為關於敦煌部分，它就有六七十幅圖片，大部分都是尺寸很大的彩色版。敦煌僻處西陲，一般人都不大有機會能親身去參觀，對著這一輯圖片，已經可以過屠門而大嚼了。

除了敦煌雲崗龍門之外，炳靈寺和鞏縣等處的石窟圖片，都是比較少見的，這一卷裏卻有不少特地攝製的。卷首還譯載了我國閻文儒的專文〈石窟寺院的藝術〉。

第一卷所載的古銅器和漆器，屬於新出土的最多，有許多形制都是以前從未見過的，如那座「人面方鼎」（圖版四十五），四面有四個人臉，很大，每一個臉幾乎佔據了鼎的一邊，而且是寫實的，並非裝飾化的面具。據考證這是殷代後期的製品，是一九五九年在長沙附近出土的，這是以前從未著錄過的一件古器物。還有楚墓出土的漆器樂器和木偶人，這些都是過去編著我國美術史的人從未見過的東西。

參考：

- 講談社《世界美術大系》第八至十卷為《中國美術》，1963 至 1965 年出版，葉靈鳳似未入藏。

兩種「全集」本的中國美術

原刊1965年8月14日《新晚報·下午茶座》〈霜紅室隨筆〉。

除了《世界美術大系》之外，日本出版的其他世界美術全集，其中也有關於中國美術的專冊。

日本已出版的《世界美術全集》[•]共有兩種。一種是平凡社版，在戰前早已出版，一九五〇年將舊版略加改編、換入若干新材料，重行出版。這部全集裏的《中國美術》部分，共佔四冊。

另一種《世界美術全集》，是角川書店出版的。這是戰後新編的，一九六二年著手出版，到目前還未出齊，全集共三十九冊，中國部分佔了六冊，現在已經出版了五冊，尚有最末一冊《明清》部分未出。

平凡社的《世界美術全集》，戰前的版本，是正集三十六冊，別集十二冊。從前在上海時買過一套，是向內山書店買的，早已連同存在上海的其他藏書全部失散了，因此其中關於中國美術部分的內容是怎樣，已經記不起了。

這次只是買了他們戰後改版的中國部分共四冊。第一冊《秦漢六朝》，第二冊《隋唐》，第三冊《宋元》，第四冊《明清和近代》。他們是在一九五〇年改版的，因此其中也採用了一些新中國的資料，有些我國新發現新出土的文物圖片。在「近代」的最末部分，還簡略的介紹了一下新中國的藝術活動，選刊了蔣兆和、李樺等人的作品。

這四冊《中國美術》，每冊除了文字說明外，有彩圖十六幅，單色版一百二十多幅，外加本文的插圖約二百幅。在印刷製

日本平凡社《世界美術全集》中國古代美術卷第一冊扉頁

《世界美術全集》中國古代美術卷第一冊內一頁

版方面當然及不上角川書店新編的那麼精好，但他們有許多圖片，各建築物陵墓和石刻，所採用的都是戰前的舊攝影，有的原跡早已毀壞了，有的變化很大，因此很有參考價值。

角川的《世界美術全集》裏的《中國美術》，由於是新編印的，圖片的編排和印刷都非常精美。圖版大，製版好，印刷又精，每冊原色版有三十幅。他們採用我國的新材料較多，因此內容自然比平凡社版的更為精彩了。目前已經出版到第五冊《宋元》部分，還有一冊《明清》部分未出。

這兩種「全集」版的《中國美術》編輯方針與講談社的「大系」編輯方針不同。「大系」版的三冊《中國美術》，圖片全是由我們供稿的，所介紹的也以現存我國國內者為限，但是平凡社和角川書店的兩種，則兼收並蓄，包括歷來流失到國外的我國美術品在內，因此也有他們的特點。

參考：

- 《世界美術全集》的中國古代美術卷四冊，現存香港中文大學圖書館葉靈鳳贈書室。《全集》由日本平凡社出版，中國美術卷昭和 27 年（1952）初版，葉靈鳳所藏為昭和 29 年（1954）初版二刷。

滙豐百年史

原刊 1965 年 9 月 9 日
《新晚報．下午茶座》
〈霜紅室隨筆〉。

今年是香港上海滙豐銀行創業一百周年。本港居民應該記得在今年三月間，他們曾舉行一連串的慶祝節目，銀行建築物上所裝飾的燈彩和廣告，繼續了一個月之久。

這家銀行，上海人和外江人都稱它為「滙豐銀行」，可是在本港人的口中卻稱為「上海銀行」。抗戰初期，上海人大量湧到香港來，由於當時上海正有一家業務非常發達的上海商業儲蓄銀行，簡稱「上海銀行」，它的主要營業方針是吸收小額存款，

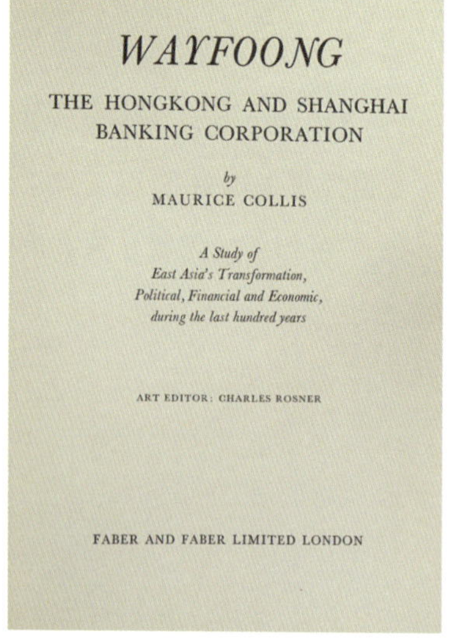

《滙豐》封面和書名頁

因此同小市民的關係很密切。這些人初到香港，要找上海銀行提取他們從上海匯來的款項，詢問本地人，往往被領到滙豐銀行去，弄得驢頭不對馬嘴。

直到近年，由於他們自己正了名，好像香港人口中說慣的「渣甸」，已改用昔日上海的舊稱「怡和」一樣，「滙豐」一名在這裏已漸漸通行，除了少數古老的本地人以外，已經不大稱它為「上海銀行」了。

為了配合紀念創業一百周年，他們請英國研究遠東歷史著名的柯利斯（Maurice Collis），為該行寫了一部歷史，最近已由英國「法布爾」書店出版，書名就是「滙豐」二字的英文音譯：*WAYFOONG*●，附了一個副題：「近百年來東亞政治、財政、經濟變革的研究」。

柯利斯曾寫過不少關於東南亞和滿清歷史的著作。有一本《洋泥》，是敘述鴉片戰爭的，還寫過一部馬可波羅的傳記。這部《滙豐》，由於銀行本身供給了他不少獨有的資料，內容相當豐富，還附有幾十幅插圖，有些圖片都是彩印的，並有專責的藝術編輯，十分隆重其事。

創業於一八六五年三月的「滙豐」，到今年恰恰是一百年。在滿了整整一個世紀的今天，回顧一下這間銀行的歷史和活動，不僅對他們自己來說是重要的，就是對我們中國人來說，也是重要的，因為過去的一百年間差不多每一個中國人都不免直接或間接受到這間銀行的支配和壓力，直到一九四九年十月一日，誠如本書最末一章所說的那樣，中華人民共和國宣布成立，中國的經濟主權歸回到中國人民自己手裏，滙豐在中國大陸建立了一百年的業務，不得不宣告結束，今後惟有以香港為基礎，向海外別的落後地點另謀新的發展了。

參考：

- 《滙豐》：Maurice Collis: *Wayfoong, the HongKong and Shanghai Banking Corporation*, London: Faber and Faber, 1965。
- 《洋泥》：Maurice Collis: *Foreign Mud*, London: Faber and Faber, 1944。

畢加索早年逸話

原刊 1965 年 9 月 18 日《新晚報・下午茶座》〈霜紅室隨筆〉。

畢加索年輕時候，在巴塞隆拉投考美術學校。入學試的科目非常繁重，要交出指定題材的速寫素描靜物人體等等多幅，一切都要合乎學院派的標準。一個參加入學試的學生，通常要花費一個月的時間，才可以完成這些入學試卷。

可是畢加索去投考時，僅用一天的時間便繳卷了。

這情形自然使得學校的考試審查委員會很詫異，他們開會審查這個考生的試卷，雖然明知他僅用一天的時間就完成了這些試卷，但是審查結果，卻無法不取錄，因為他雖然只用了一天的時間，卻一切都畫得合乎標準。

這間美術學校的教育，完全是學院式的。可是學院式的功夫，二十歲的畢加索，卻早已做得比老師們更為到家，因此他入學不到半年，已經覺得徒然浪費時間，一無所得，便實行退學回家了。

畢加索早年的作品，帶著洛特力克、梵谷訶等人的影響。這些作品，多數是粉畫和蠟筆畫，是他的所謂「青色時期」以前的作品。這些作品，留存在西班牙國內的還很多，現在大約每一幅都可以價值鉅萬。可是畢加索第一次到巴黎去，帶了幾幅自己的作品同去，為了應付日常生活費用，每一幅賣六十法郎，也沒有人肯要。

他的作品，接著就轉入了所謂「青色時期」，畫的全是流浪人、老人、飢餓的兒童。除了人物以外，背景總是一片陰沉的青色，幾乎沒有別的什麼。

為什麼會出現這樣青色的調子呢？

有一種最可笑的傳說，說他這時窮得買不起顏色，用賤價買到了一批沒有人要的青色油彩，因此畫來畫去都是青的調子。這種傳說當然是不可靠的。

又有一種不同的傳說，說畢加索這時在巴黎與詩人約科布•合住一間房，只有一張床。約科布在一家公司任職，他夜晚睡覺時，畢加索便在燈下作畫，到了早上，約科布起身去上班了，畢加索這才有空床可以休息。由於這時的作品都是在黯淡的燈光下畫成的，所以出現了「青色時期」。

這解釋很羅曼諦克，當然也不可靠。

為什麼會出現「青色時期」？我們只能說，這是畢加索在生活壓迫和思想苦悶之下所表示的反抗。

參考：

- 「青色時期」也稱「藍色時期」，指 1900 至 1904 年間畢加索沉鬱的畫風。
- 約科布，指法國詩人 Max Jacob（1876-1944）。

撼震世界的十日

原刊 1965 年 11 月 10 日
《新晚報．下午茶座》
〈霜紅室隨筆〉。

在外甥家裏小坐，他從書架上取出了一本小書遞給我說：

「舅舅，你看，你從前存在上海的那麼多的書，這是由我保存下來的唯一的一本。」

我一看，是一本英文本約翰．李德的《撼震世界的十日》•。這是美國版，想來是我在一九三〇年代所買的。那時年紀輕，讀書比現在認真，或者可以說比現在熱情。我拿在手裏翻了一下，第一頁上寫了幾時開始讀的日期，幾時讀完，在最末一頁上也有記載，書中有好些地方還劃了記號，寫下了自己的意見，在最末一頁上還寫了許多口號。

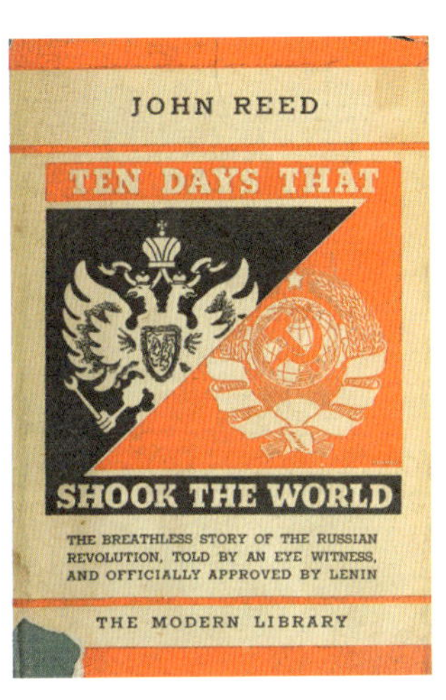

《撼震世界的十日》封面

外甥指著那些口號向他的愛人說：

「舅舅在年輕時候是非常熱情的。」

我臉上一紅，趕緊將那本書合了起來，遞還給他說：「還是由你保存作紀念罷。」

我本來很想向他要回這本書的，或是買一本新的同他交換。但是想了一下，還是還了給他。當年成千上萬的書都失散了，每一本都有一個故事，每一本都有我的青春歲月的痕跡，現在既然都風流雲散了，偶然留下來的這一本，拿回到手上，徒然增加自己的精神擔負，還是留在下一代的年輕人手上罷，留在他們的手上會比留在我的手上更有意義。這正是我終於將這本書還給他的原因。

約翰·李德是目睹十月革命的人，他是美國新聞記者，一九一七年正在俄國，因此有機會親身經歷了那驚天動地的一幕，《撼震世界的十日》就是他親身見到的十月革命過程的記錄。他是列寧的朋友，列寧很推重這本書，曾為他寫過一篇序，成了革命報告文學的經典著作。在三十年代，這是時常被人推薦的一本好書，因此當時我也讀了。

約翰·李德的這本書完成於一九一九年，第二年他就因病去世，死在蘇聯，當時他還很年輕，只有三十四歲。死後葬在紅場，這是葬在紅場的唯一的一個美國人。他死在十月十七日，今年是他逝世四十五周年紀念，最近曾在一個刊物上見到一張照片，是一對青年男女站在紅場上他的墓碑前憑弔，很有意思，特地借來在這裏轉載。

這幾天莫斯科正在舉行十月革命四十八周年紀念，像約翰·李德這樣偉大的國際主義先知先覺，是特別值得我們懷念的。

參考：

- 《撼震世界的十日》：John Reed: *Ten Days that Shook the World*, New York: Random House, 1935。入現代叢書（Modern Library）一種。

方信孺的《南海百詠》

原刊 1965 年 11 月 20 日
《新晚報．下午茶座》
〈霜紅室隨筆〉。

宋人方信孺的《南海百詠》，是談嶺南掌故者必定要引用的一本書。可是刻本很少見，從前人所據的都是鈔本。後來學海堂在清末有了重刻本，流傳極廣。但是到了近年，連學海堂光緒壬午年的重刻本，也不易得了。

最近，在北京琉璃廠的中國書店架上見有一冊，標價很便宜，僅人民幣一元，我想買，阿英*兄在旁見了，卻說他有兩部，叫我不必買，可以送我一部，並說連清人樊昆吾的《續南海百詠》也有，可以一併給我看看。

第二天果然就親自送來了。

學海堂的這冊《南海百詠》，所據的底本是甘泉江氏所藏影鈔元本。書後有道光元年五月嘉應吳蘭修跋，謂本書初刻於元大德間，以後就一直未有人重刻，「黃泰泉《廣東通志》多引之，而吳任臣作《十國春秋》，厲樊榭作《宋詩紀事》，皆不及見，則明季以來，流傳已尠，故四庫未著錄」。他曾經借用江鄭堂先生的鈔本來校正自己的藏本。這裏所說的江鄭堂先生，大約就是前面所說的甘泉鄭氏了。

《南海百詠》的詩，全是七絕，第一首詠的是〈番山〉，最末一首詠的是〈劉氏山〉，每一首詩前略作說明考證。吳蘭修氏說這些詩「每題各疏緣始，時有考證。如辨任囂城非子城，盧循故居非劉王廩，石門非韓千秋覆軍處，皆足以正《嶺表異錄》、《番禺雜志》諸書之失，不僅以韻藻稱也」。

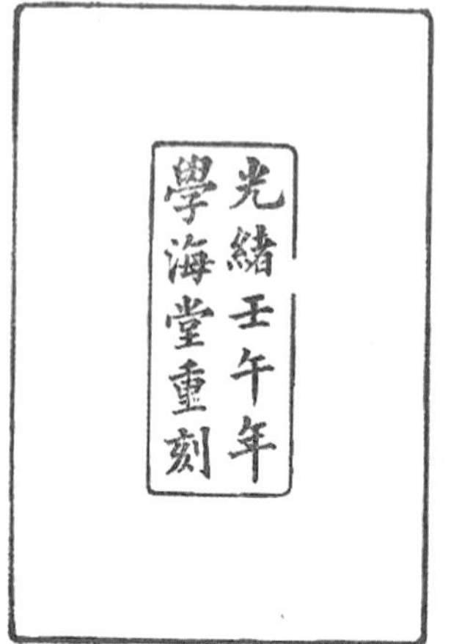
光緒壬午年
學海堂重刻

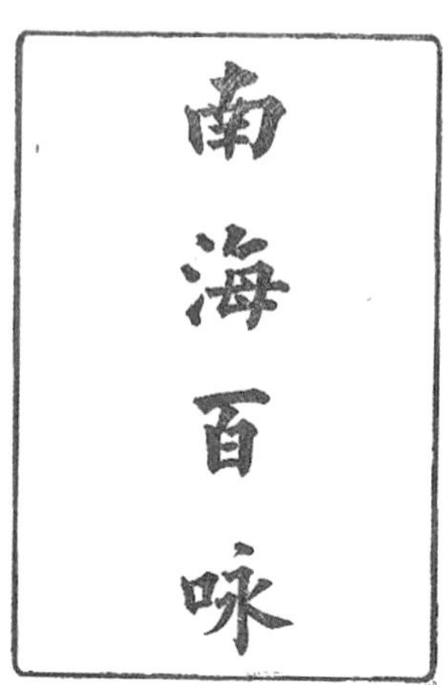
南海百咏

光緒壬午年（1882）刊本《南海百詠》

南海百咏
番禺漫尉莆田方信儒孚若撰
番山
番禺二山也（山海經作賁禺）今在州學之後者政爾一
大磐石有亭榜以番山而禺山則漫不可考
按番禺志云番山在北禺山在南國初前攝
南海簿鄭熊所作番禺雜志云番山在城中
東北隅禺山在南二百許步兩山舊相聯屬
劉龑鑿平之（龑魚檢切又丁籠古田二切劉氏所謂高祖始霸南越者也龑字乃其自撰）就番
積石為朝元洞後更名為清虛洞而以沉香
為臺觀於禺之上至圖經則謂番山在今府
學後禺山在清海軍樓雉堞下見番在南而
禺在北矣又元祐間林棐作兼山樓記亦謂
番山在通判南廳之後禺山在州廨治事廳
之東紹聖間章楶作務學記亦以為學在番
山之前是皆與今說同然番禺志古書也熊
為潘美客當時猶親見亭觀之舊宜以此二
說為正況漕司貢院之東有神祠至今尚以

《南海百詠》一頁

方信孺曾任「番禺尉」，這些詠古詩就是在任上所作。在現在讀來，由於是宋人的作品，一字一句都可資考證，所以被人引用得最多。

如有名的六榕寺塔，《南海百詠》不載，這是由於在作者的時代還沒有六榕寺。集中所詠的「淨慧寺千佛塔」，就是今日六榕寺塔的前身。

今日的香港新界大埔，古稱媚川都，是宋以前南方採珠之地，已見於《南海百詠》。詩云：

> 漭漭愁雲弔媚川，蚌胎光彩夜連天，幽魂水底猶相泣，恨不生逢開寶年。

詩意所指，是說媚川都本是南漢劉氏採珠之地，擾民而產量不多，宋朝滅了劉氏以後，在開寶年間就下令停止採珠。原注說：「至今東莞縣瀕海處，往往猶有遺珠。」

宋朝還未析置新安縣，因此媚川都（即今日新界大埔一帶）在當時是隸屬於東莞縣的。現在從《東莞縣志》和《新安縣志》裏，還可以讀到有關南漢珠池媚川都興廢的史料。

參考：

- 《葉靈鳳日記》1965 年 9 月 30 日記：「阿英來，以《南海百咏》及《續南海百咏》見贈。」阿英（1900-1977），原名錢德富，筆名阿英、錢杏邨，安徽蕪湖人，文學評論家、文學史家。

《南海百詠續編》

原刊 1965 年 11 月 21 日
《新晚報．下午茶座》
〈霜紅室隨筆〉。

《南海百詠續編》四卷，瀋陽樊昆吾著，是繼方信孺的《南海百詠》，仿其體例寫成的一部詠事詩。初刻於滿清道光年，書前有當時廣東名士張維屏、黃培芳的序言。

著《南海百詠》的方信孺是福建莆田人，著這部《南海百詠續編》的樊昆吾又是東北瀋陽人。這兩部關於嶺南古跡名勝的紀事詩，都出於外鄉人之手，倒是很有趣的一件事。

樊氏的詩，分成四卷八類，每一卷兩類，第一卷名跡、遺構。第二卷佛寺、道觀。第三卷神廟、祠宇。第四卷塚墓、水泉。他的詩也是七絕，注解和考證較方氏的《南海百詠》詳細，

南海百詠續編卷一
瀋陽樊　封昆吾著
後學李定源本之
受業馮　健松齋
受業張正璧華堂　校刊
姪孫樊　淙聲甫
名蹟
空心樓
在省垣西北隅堅碉峻聳形如犄角灰槽礮眼
上下密排斜壓西山為西北兩面最要之險汛
順治庚寅王師恢粵克城奏績處也
南海百詠續編　卷一　一
百道梯衝破郭門內援空盼范承恩登陴莫踏城頭草
刼火無灰血有痕
順治三年十二月我總兵佟養甲副將李成棟等攻
克廣州執城主朱聿鐭暨其臣蘇觀生誅之明年撫
定各郡邑尋　授養甲為總督成棟為提督以安
輯諸路成棟故降寇時萌怨望五年江西鎮將金聲
桓叛踞南昌使人通於成棟會肇慶乏餉成棟陰嗾
諸悍卒誘執養甲而奪其印綬遣人迎明永厤於南
甯遂據肇慶為行都自進爵惠國公於是廣東復陷
冬成棟出師援贛州敗歿於信豐永厤以杜永和為
總督守廣州羅成曜為總兵守韶州其勢頗張六年
四月調尚耿兩藩於海州五月入　覲改封尚可
喜為平南王耿仲明為靖南王各統所部配以微兵
同取廣東並　諭以奠定之日即藩守茲土於是

道光刻本《南海百詠續編》

並且並不重複，這是可取之處。又由於成書於道光末年，已入我國近代史範圍，有些地方讀起來，就倍感親切了。

卷一詠〈黃木灣〉詩，原解題云：

> 黃木灣在郡東波羅江口，即韓昌黎南海神廟碑所稱扶胥之口，黃木之灣是也。土語訛為黃埔，為省河要津，近為夷人停泊所矣。

他指出黃埔即黃木，這是很難能可貴的。原詩云：

> 黃木灣頭寄畫橈，高荷大芋接團蕉；怪他蟹舍春風緊，鶯粟花開分外嬌。

鶯粟花即鴉片。由於作者寫這首詩時，已在鴉片戰爭以後，所以慨乎言之。他在詩後的小注裏說：

> 阿芙蓉即鶯粟漿和砒石而成者也，夷人持以流毒中原，其禍至烈。聖天子仁育萬物，欲挽澆風，起而禁之，誠轉移之大機。而奸商狃於肥己，多方撓亂。大司馬莆田林公，竭盡忠誠，卒之鮮濟。茲則斬山為屋，架樹成村，百弊叢生，阿芙蓉之毒不止遍布東南已也。

黃木灣就是有名的南海神廟所在地。南海神廟的波羅樹銅鼓等遺物，已見於方氏的《南海百詠》，所以他在這裏不再重複。但他能考證出黃埔即黃木，又指出鴉片之害，可說是有心。

又，卷一所詠的「招安亭」，在香山縣，乃是當時兩廣總督百齡受降大海盜張保仔、鄭一嫂的地點。這是歷來談張保仔掌故的人所未知的。（編按：此段為原專欄所無，唯見於《讀書隨筆》第一冊所錄。）

第三卷第四卷的祠宇和塚墓部門，記載了當時廣州的許多名宦的祠堂和墳墓，這些現在大都已拆毀湮沒了。憑了他的詩，多少還可以尋出一點遺跡，尤其是耿之信•等人的遺聞，他記載的更多。這些遺跡，現在有些還存在，因此他的詩和詩注都成了有用的參考資料。

參考：

• 查《南海百詠續編》似無提及耿之信，多處提到的是清初三藩之一尚可喜之子尚之信，可喜叛清，之信意見多與不合，後降清。《南海百詠續編》卷一〈五羊驛〉條即述尚之信事甚詳。

讀《當代文藝》

原刊 1965 年 12 月 3、4 日《新晚報・下午茶座》〈霜紅室隨筆〉。

一

讀了新出版的《當代文藝》[•]創刊號。

在報上見了這個刊物的廣告，心裏就是一喜。近年來這裏產生了不少的文社，有這麼多的年輕的文藝愛好者，在這個社會裏對抗一下少年犯罪者，對抗一下「披頭四」，實在是一件值得鼓勵的好事。在我們的預料中，早就應該有一個比較集中一點的刊物了。總比那些自己排印的或是油印的會刊更有意義。雖然我明知《當代文藝》並不是這些文社的機關誌，但是我倒希望這個刊物的出版，能夠起一點帶頭作用，像他們在這一期上所披露的「我們對各文社的呼籲」那樣，能夠將這些文社組織起來，使得大家互相呼應，結伴一起向前走。

就這一期的《當代文藝》本身來說，我不大喜歡這一期的封面設計，甚至不喜歡那整個「形式」，覺得有一點像《西點》、《茶話》一類的綜合刊物，配不上它的內容。若是容許我將「形式」與「內容」分開來看，我覺得《當代文藝》的內容比它的外衣像樣得多了。

那一批「聞其名今得見其人」的作者群像，雖然有人覺得有一點「那個」，但我認為問題倒不在該不該刊登照片，而是在編刊的手法。這一期的「作者群像」，編得有一點像是「同學錄」，我想我的老朋友徐訏先生、李輝英先生、易君左先生這幾位見了，一定有啼笑皆非之感。

還有，對於徐訏先生，我當然不僅久聞其名，也久見其人了，但是對於這一期《當代文藝》上所刊的那一幅畫像，卻令我有「三日不見，刮目相看」之感。我們的《風蕭蕭》的作者，怎樣完全變成像是另一個人了？

發刊詞不知是哪一位執筆的？作者想必是一位虔敬的教徒吧？不然，為什麼要將《當代文藝》與「聖誕」拉上關係，而且要「願聖潔的燭光引導我們的路」呢？

由文藝女神委納斯，由人類文化上的先知先覺，由智慧的火炬引導著我們前進，豈不是更為適合嗎？

在這一期的小說之中，我先讀了吳麗婉的那篇〈這一個晚上〉，編者說她是曾經數易其稿寫成的，她的努力果然不曾白費，這倒是一篇很能抓住了人性和無可奈何的感情的小說。我自

《當代文藝》創刊號封面

己年輕時候就很喜歡寫這樣的東西。

倒是編者特別推薦的那篇翻譯短篇〈蓆〉，我讀了倒並不覺得怎樣感動。那最後才打開的幾張蓆子，大的是父親用來紀念夭折的孩子們的，這一點「小感情」並不會一定激動每一個讀者要為這個情節流淚。

二

《當代文藝》的主編是徐速先生，據許多朋友見告，在這裏屬於台灣系統的作者之中，他的文字是屬於比較可看的一個。可惜我還不曾看過《星星，月亮，太陽》，因此連忙翻開〈殺妻記〉看了。這是一個中篇的上半。就已經刊出的這一部分看來，故事性很強，文字簡潔。他的風格有一點近於沈從文，但是沈從文的文字非常富於魅力，語彙和造句都有他的獨特風格，簡直像是海明威，因此若是想向這一個方向走，那一枝筆還應該更下苦功才行。

〈殺妻記〉的末尾有幾句編者的按語，是這樣的：

> 因篇幅關係，本文只好發表一半，謹向讀者致歉。查本文下期進入高潮，故事奇峰突起，變化莫測，切幸讀者及時注意！

這簡直是電影預告的口吻，太不像是「文藝」了。我不知這位作此按語的「編者」是誰，我若是「主編」，我就一定行使權力將這樣不倫不類的按語抹去。

以此類推，目錄上的那兩句標語：「當代名作，文藝長城」，也大可以刪去。文藝刊物總應該像一個文藝刊物，刊物的名字稱為《當代文藝》則可，若是自稱自己的作品全是「當代名作」，那就有一點失態了。至於自稱「文藝長城」，這就更要使得讀者們忍不住要問：「這些當代名作要防禦的是什麼呢？」

還有，那幾則「香港文訊」一類的文字，以後還是省去的好。尤其是那幾句對聯式的標題，簡直近於惡趣了。

徐訏先生的那首小詩，編者說他「徐先生馳騁文壇數十年，到頭來還是『鑄成了今夜的淒涼』」，倒使我頗有同感。我們若是斷章取義，可以明白鑄成他「今夜的淒涼」的原因，乃是由於「為多年前一念之錯」。看來這個問題，有點要牽涉到他不久以前在一篇短文裏所說的文學為誰服務的問題了。

近幾年來，這裏的文藝氣氛很活躍，這是可喜的現象，但是品流複雜，又很容易被市儈所操縱。使得許多年輕人容易流入自大，好像今天發表了一篇作品，明天已經是「名家」，後天便「踏入了世界文壇」，這實在是對於自己，對於自己的寫作都沒有什麼益處的舉動，還是用功的讀書，用功的寫作，腳踏實地往正路走好一些。

末了，我願意提醒編者一句，這裏的《文匯報》每星期三有一個文藝周刊，因此發刊詞裏所說：「幾十家報紙幾乎沒有一個純文藝副刊」這句話，至少應該修正一下。

參考：

- 徐速主編的《當代文藝》於 1965 年 12 月創刊，1979 年 4 月停刊。香港《工商日報》1965 年 12 月 1 日第 6 版有〈當代文藝創刊號出版〉報道。

我的芳鄰的新著

原刊 1965 年 12 月 12 日《新晚報 · 下午茶座》〈霜紅室隨筆〉。

我的芳鄰•，自然是指我在這裏的紙上的芳鄰，〈西窗小品〉的作者。「她」最近將發表在這裏的作品選印了一個集子，就題為《西窗小品》，是《南苑文叢》之一。

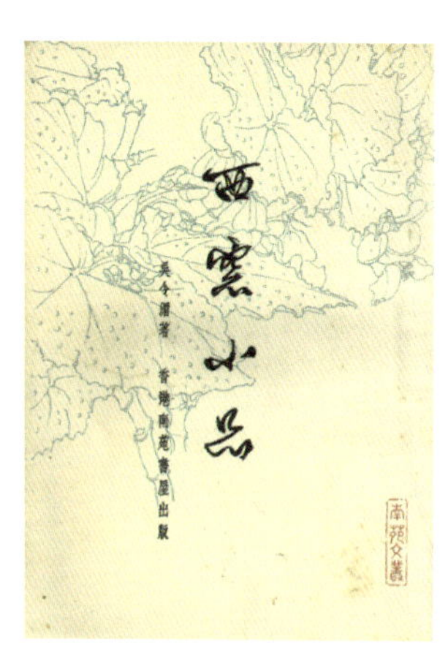

《西窗小品》封面

我本是〈西窗小品〉的讀者，日來將這本集子翻了一下，發覺有好多篇都是不曾讀過的，如「時光倒流」那一輯，就有好多篇像是不曾拜讀過的，敢情是我平日讀報讀漏了？後來想了一下，去年我曾出門去旅行了一次，有將近一個月的時間不曾讀過「我們的報」，那幾篇一定是那個時期內發表的。現在有機會重讀，真是「收之桑榆」了。

作者頗談了一些我所熟悉的人物。他有三篇是談到達夫先生的，可是談的卻是他的舊詩，這正是我最生疏的一環。我自己從前也很喜歡讀舊詩，年輕時候曾發奮讀過上古秦漢三國直至明清的一些舊詩總選集，後來也喜歡黃仲則龔定盦那一派的詩，因此達夫先生發表了他的舊體詩後，也使我喜歡，但也只是限於喜歡而已，我是從不敢作進一步嘗試之想的。

《西窗小品》的作者在這方面與我頗有同好，所不同的是，對於中國舊體詩，他不只是讀者，而且還是作者。這就使我忍不住有點羨慕了。

作者不僅喜歡舊體詩，也喜歡新詩，他在本集裏有一篇〈懷雨巷詩人〉，談的是新詩人戴望舒。對於望舒，我知道的當然比他更多，但這盡是限於「人」的方面，若是要談到他的詩的得失，我實在無從下筆。因此我覺得這篇〈懷雨巷詩人〉，寫得很言簡而意深，尤其是在此時此地，誠如他所說：「末流所及，今天海外的一些現代詩，就更加使人莫名其妙」。

這些情形好像該由望舒負責，其實「但開風氣不為師」，他是無須負這個責任的。從我這個詩的門外漢看來，望舒的詩，他的意境和遣詞用字，是在西洋詩的修養之外，再加上中國舊詩詞的影響，融合為一，這才可以寫得出像〈雨巷〉那樣的詩句。海外「末流」的一輩，有幾人能摸觸得到他在文學修養上的邊緣。

讀詩、喝茶，這是作者的嗜好與我相同之處，但也有大不相同的，那就是他「醉名甚大」，能時時變成「一條蟲」，我則無此本領。更有，他不吃「三六」，對於臭豆腐「敬而遠之」，我則「魚與熊掌」，二者甚願兼得，這就是「口之於味」，彷彿「人心之不同如其面」了。

作者的文字寫得清新流麗，喜歡用三個字、四個字的短句，來加強他的語氣，更有那種樂觀積極的觀點，都是他的特長，構成了使人愛讀我的這位「芳鄰」作品的因素。

參考：

- 「我的芳鄰」指同在《新晚報．下午茶座》寫專欄的吳令湄，也就是羅孚。《西窗小品》1965年由香港南苑書屋出版，作者署吳令湄。

南苑文叢的新書

原刊 1965 年 12 月 13 日
《新晚報．下午茶座》
〈霜紅室隨筆〉。

南苑文叢最近出版了兩冊新書，一是昨天在這裏談過的我的芳鄰的《西窗小品》，另一冊是黃蒙田的散文集《春暖花開》。

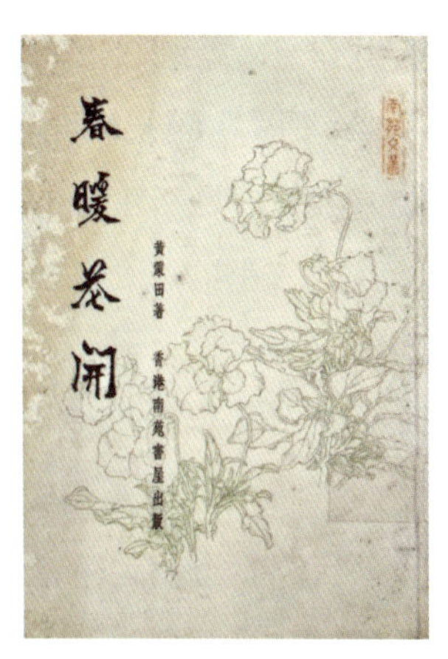

《春暖花開》封面

《春暖花開》裏所收的那些散文，都是作者近年遊山玩水，觀賞花鳥書畫，陶冶性情之作。然而所寫的並不全是一己的閒情逸致，有濃厚的生活色彩，更有樂觀的時代氣息。當然，其中也有一些是對於過去苦難歲月的回憶，但這是他站在幸福的大路上的回顧，並不迷戀，也不惋惜，而是為了同伴們更能領略美好的前景，這才引證了來作比較和警惕的。

作者遊屐所及的地點，大部分我都曾經去過，有幾次還是結伴同遊的，因此他所抒寫的感想，往往能引起我的共鳴，加之他也是美術愛好者和文藝愛好者，在生活趣味上也有許多地方相同，因此讀著他的作品，有時會使我倍感親切。

作者是嶺南人，但是對於江南和北方的一切，有濃烈的愛好，更有深厚的理解。集中的那篇〈南國早春〉，寫的固然是鄉土風光，〈山水手卷〉也是嶺南的手卷，但是〈湖畔抒情〉，他卻是站在我們江南三萬六千頃的太湖邊上，被這一幅煙水朦朧的水墨大繪卷所陶醉了。還有〈荷湖〉和〈小橋流水人家〉寫的都是我們的江南，有的甚至是我的家鄉。他所讚賞陶醉的一切，也正是我一向讚賞陶醉的一切。更高興的是，我的家鄉的玄武湖，居然將他迷住了。這使我讀了他的文章，不得不引為異鄉知己。

《春暖花開》裏面，談到了真正北方的，除了那篇〈春暖花開〉之外，是〈生命的色彩〉和那篇〈柿子和銀杏〉。前者讚頌了我們首都的綠化工作，後者的第一節描繪了北方秋天柿林的美景。

城市的綠化工作，現在已經不是個別城市的市政工作，而是成為有全盤計劃的國家重點建設工作之一。不要說首都北京了，我們旅行途中所經過的過去任何一處「窮鄉僻壤」，任何一條鄉村公路，無不到處是苗圃，路的兩旁綠樹成蔭。「林蔭路」在過去是一個矜貴的名詞，現在卻成為普遍的現象了。

作者在〈生命的色彩〉裏特別歌頌了那些長期默默工作的造林人員，他們才是綠化戰線上的英雄人物。這一抉發使我們領悟到自然的主宰是人，是我們自己。過去幾年戰勝自然災害是好例子，這麼迅速大規模綠化首都的成就更是更明顯的例子。

參考：

- 黃蒙田：《春暖花開》，香港：香港南苑書屋，1965 年。

毛姆等到了這一天

原刊1965年12月18日《新晚報．下午茶座》〈霜紅室隨筆〉。

九十一歲的英國老作家毛姆，由於病後跌了一跤，處於昏迷的彌留狀態中者已經好幾天，醫生早已斷定他沒有康復的可能。及電訊傳來，他已經在家中安然去世了。

毛姆生病後本來是送進了醫院的，但他在晚年一再向他的家人和秘書表示一個願望，希望有一天要死的時候，最好任他死在自己的家裏。這一次在他彌留之際，醫生曾允許將他由醫院再搬回家中，大約是知道他已無生望，特地成全他這人生最後的一個願望。

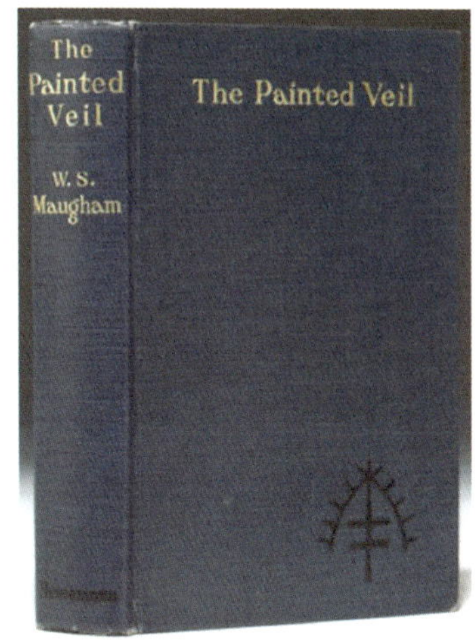

毛姆的《在中國屏風上》(1922) 和《面紗》(1925)，倫敦 William Heinemann 出版。

毛姆晚年的家，是在法國避寒勝地尼斯。他自己建了一座別墅，可以眺望地中海。他自己對於這個家很感到滿意，除了出門旅行之外，就住在這地方，這次也就是在這裏「壽終正寢」的。

他近年的健康已經不大好，因此對於這樣在病魔侵擾中繼續活下去，早已感到有點不耐煩。毛姆在晚年是非常明智達觀的，對於「死」的問題，他曾經這麼說過：

> 生命的終結，這好像在黃昏時讀著一本書。你繼續讀下去，不覺得光線愈來愈暗。可是當你停了一會再讀時，你便突然發覺已經黑了；這時天色已暗，你即使再低頭看書，你將不再看到什麼，書頁已經成為全無意義的東西。

他在七十歲生日時，曾說自己的心情好像一個「整裝待發」的旅客一樣，什麼都準備好了，只要一接通知，隨時就要起程。他在這樣的心情下不覺又等待了二十年，直到現在才接到「起程」的通知，難怪他要說有點要感到厭倦了。

毛姆曾寫過以香港為背景的小說*，也寫過以中國為背景的小說*。他到過中國內地和香港，前幾年還再來過香港一次。他是路過這裏到日本去的，因此逗留的時間不長，許多愛讀他作品的人都不曾有機會見到他。

在當代英國作家之中，毛姆是一個享盛名最久、擁有大量讀者的作家，他在舞台和銀幕的觀眾也很多。可是他的作品譯成中文的卻不多，許多人知道他的名字，還是由於他有好幾種作品改編攝成了電影。

有些批評家說他的劇本比他的小說寫得更好。他在舞台上的成功倒是事實，但我個人反而喜歡他的短篇和散文。他是膺服契訶夫的，因此短篇很有契訶夫的風味，是一個說故事的能手。

毛姆去世後，英國文壇上老成凋謝，要再舉出一個像他這樣擁有廣大讀者，文字平易，為人沖謙明智，有個性而不怪僻的作家，已經很不容易了。

參考：

- 毛姆以香港為背景的小說是《面紗》：*The Painted Veil*，倫敦 William Heinemann 1925 年初版。
- 毛姆以中國為背景的作品是 *East of Suez*（《蘇伊士之東》，但這是部戲劇），也有一些小說裏有中國姓名的人物，如 *Ah King*（《阿金》），另有 *Letter*（《信》，戲劇），以及中國遊記 *On a Chinese Screen*（《在中國屏風上》）。

1966年

六六年的新通書

原刊1966年1月5日《新晚報·下午茶座》〈霜紅室隨筆〉。

夏果兄到深圳去看四川歌舞團，回來帶了一本廣東人民出版社出版的一九六六年新通書相贈。

廣東人俗稱通書為《通勝》，這是因為「書」字音近「輸」，遭到忌諱，所以改稱《通勝》。可是現在首先要打破迷信，不論古今中外的迷信，都在打破之列，因此不再有人迷信稱通書為《通勝》了。

《新通書》雖是薄薄的一冊，定價人民幣一角四分，可是內容卻非常豐富。它一版就印了七十五萬冊，可見銷路之廣。

我們的農曆新年，一向迷信最多，因此《新通書》針對這一點，一面提倡保存農村傳統的好習慣，一面主張破除迷信。有一篇附錄〈講科學破迷信〉，就指出地底下並沒有陰曹地府和閻羅王，有的只是值錢的礦產，以及地心裏面熱度極高的岩漿。根本沒有「陰曹地府」，自然也不會有所謂閻羅王了。

農曆臘月的「送灶」風俗至今仍非常普遍，這裏也指出「灶有灶神」完全是瞎說。既沒有灶神，自然更沒有「灶君上天奏好事」的可能了。

這篇破除迷信的短文又指出「風水」、算命看相測字之類，以及生辰八字的不可靠。這全是封建統治階級製造出來的騙人花樣，使人相信「宿命論」，富貴在天，各有前因莫羨人，這樣就安於自己的貧窮生活，不去奮鬥，更不會反抗和革命了。

今年的《新通書》，比去年的又增加了許多新參考資料。最特出的是「民兵政治軍事知識」，解釋用步槍怎樣打飛機，武裝游泳最好採用什麼姿勢，怎樣拋擲手榴彈。這些都是實行「全民皆兵」的基本知識。

《新通書》裏附有一些擬好的新春聯，供城市和農村居民貼用。我覺得特別擬得有意思的是：「春光無限好，祖國日月新」、「生產隨春長，風光逐日新」、「革命千秋業，江山萬代紅」這幾副，通俗而有意思，又保存了春聯的傳統風格。用這來替代「國恩家慶，人壽年豐」之類，真是太恰當了。

更別致的是，在日曆部分，也每月代擬了一副春聯，都是七言的，如「紅旗三面山河壯，公社千秋氣象新」、「形勢今朝無限好，江山明日更多嬌」，都是擬得極好。

《新通書》的主要對象是農村，因此所附的農業畜牧常識資料最多。這對我們來說，並不是沒有用，而是增加了許多農村知識。

《丙午年新通書》封面

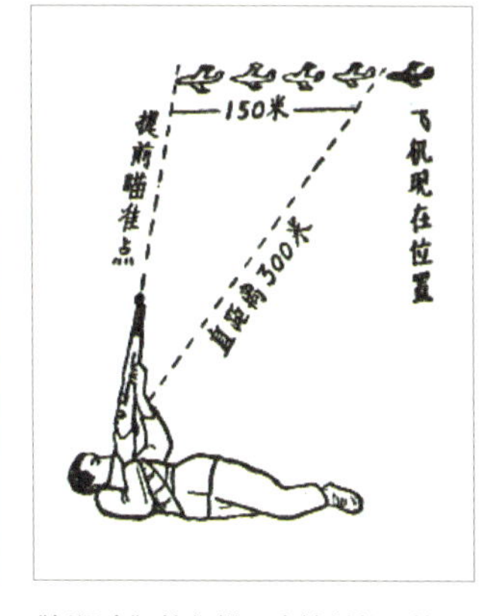

《新通書》教怎樣用步槍射擊飛機

今年該是文藝年

原刊1966年1月6日《新晚報・下午茶座》〈霜紅室隨筆〉。

我希望香港的一九六六年，是一個文藝年。我本來想說是一個文藝復興年，但是許多人過去都說香港是文藝的沙漠，既然如此，何來復興？只好籠統的說是「文藝年」了。

其實，我是一向反對說這裏是文化沙漠的。有中國人在的地方，就有優秀的文化傳統。這裏的居民百分之九十九是中國人，即使再遭扼殺和染色，除了殖民地文化之外，土壤裏仍遍布中國文化的種子，今年的驚蟄雷聲雖然還未響，但是有些種子已不耐寂寞的鑽出來了。

《海光文藝》1966年1月號封面

《明報月刊》創刊號封面

去年十二月創刊的《當代文藝》，今年一月號已經出版了。內容有了一些改進，封面也比創刊號更漂亮。〈編後語〉上說了不少神經過敏的話[●]，其實那全是多餘和過慮。文藝同「政治」是根本無法完全脫離關係的，問題只是看這是一種怎樣的「政治」。文藝是人寫出來的，人總不能沒有國籍和自己的國家，有了國家自然就不能不有「政治」了。過去的文人逃遁和隱逸，全是自欺欺人之談，千萬不要被他們所騙。

在報攤上巡視了一下，已有十年出版歷史的《文藝世紀》，今年也改了新裝，聽說從下一期起，還準備擴充篇幅。這對於愛好文藝的讀者來說，真是一個喜訊。

《明報》出版部也在今年創刊了一種大型的《明報月刊》。可惜我只從朋友的手上借過來翻了一翻，驚鴻一瞥，內容雖然是綜合性質的，但這到底是今年新創刊的一個刊物，它理合分沾我的一份高興。

還有出版了十多年的《海光》，本是一個介紹地理知識和科學知識的刊物，從今年起，也改組成為一個文藝刊物，稱為《海光文藝》[●]，以新面目與讀者相見了。

創刊號的《海光文藝》，封面雖然略嫌古板一點，但是內文的編排卻十分新穎脫俗，內容的文學藝術氣味甚濃，卻沒有沉悶的學院氣味，這倒是很難能可貴的。

隨便在報攤和書店裏看了一下，就發現了這許多新面目的刊物，可能還有新創刊或是革新的，被我遺漏了，但我希望一九六六年是香港的文藝年，該不是盲目的樂觀，是有客觀事實作據的。再加上過去一兩年出現的那許多文社，雖然有不少還未走上研究的正軌，但這到底是未可輕視的一支文藝新軍。有著這些有利的條件，香港的文藝愛好者，若果能抓緊當前這大好形勢，扭轉過去那些逆流，使得今年不只是文藝年，而且是文藝上的豐收年，那就太令人高興了。

參考：

- 關於《當代文藝》「〈編後〉語上說了不少神經過敏的話」，1966年1月1日出版的《當代文藝》元月號頁166的〈編後〉如是說：「輿論界對我們的批評也來了，時報，天天，以及新晚報的霜崖先生。聽說霜崖先生就是當年在上海和魯迅大開筆戰的名老作家，從行文運字看來，果然名不虛傳，老而彌辣。……但是有一點我們要向霜崖先生的朋友解釋，順便也向廣大讀者聲明的。因為那位霜先生的貴友竟給敝主編頭上糊里糊塗地戴上一頂染著政治顏色的帽子。不過，手法很舊，不外乎又是造謠社那套老把戲。說來可笑可嘆，當別人搞派分系時，咱們這一代人還是未成年的『細佬哥』；當別人成王稱帝時，咱們正流落在香港屋簷下，成為無依無靠的無牌難民。這種心情絕非書齋裏的霜老前輩所能了解的了。……」
- 《海光文藝》1966年1月創刊，1967年1月停刊，合共出版十三期。創辦人唐澤霖是六十年代從內地來香港的出版人，由黃蒙田和羅孚任編輯。

勗《文藝世紀》

原刊1966年2月6日《新晚報．下午茶座》〈霜紅室隨筆〉。

上次曾經說過，一九六六年的香港，在出版方面來說，好像是個文藝年。繼《海光文藝》創刊之後，聽說籌備已久的伴侶社的《文藝伴侶》，也已經決定了創刊的日期，而老招牌的《文藝世紀》，從最近的一期起，更擴充篇幅，增加內容了。

《伴侶》和《文藝伴侶》的創刊號

《文藝世紀》是一個已經有了十年歷史的純文藝刊物。一個銷路並不特別大，一直維持著一定水準的文藝月刊，在這裏居然能支持了十年，簡直可以說是一個奇跡。如果說這個刊物已經有了什麼成功，我覺得它的存在就是最大的成功。十年樹木，經過十年的灌溉，無論有人說香港是什麼文藝沙漠，經過這樣長期的培育，撒下去的種子總有一些已經落地生根，發芽長成了。

我當然不想說，最近那幾種文藝刊物的創刊，以及近年來當地那些文社一類組織的風起雲湧，是受到了《文藝世紀》的啟發，但是對於《文藝世紀》同人來說，眼看由於孤軍作戰，逐漸出現了不少同路人，不能不感到一種安慰和鼓勵。路是人走出來的，《文藝世紀》的十年辛勤，總算已經踏出了一條路了。

由於《文藝世紀》從二月號起已經宣布增加篇幅，看來他們已經決定不放過眼前這大好的形勢，要加強他們的工作，為這裏和海外的文藝愛好者服務。我覺得在目前已經出版的和籌備中的那幾種文藝刊物，性質都是比較偏重輕性的。在這種傾向之下，《文藝世紀》應該更多負一點正面的責任，務必要滿足一些青年文藝愛好者的要求。他們可能不只要求要讀一篇好的創作，更想知道怎樣才是一篇好的創作，以及怎樣才可能寫出一篇好的創作。《文藝世紀》應該在這方面負起批判指導的任務。

還有，近年這裏不少青年文藝愛好者，學習寫作，拿起筆來總有點「無病呻吟」，形成了一種新的風花雪月主義。這是西方流行文學的流毒。這樣寫下去，連好的「課卷」也寫不出，遑論文藝創作。這全是多年來缺乏正確的批判和誠懇的啟發工作的緣故。今後的《文藝世紀》，應該在這方面也多負一點責任。

同年青的文藝愛好者談認真學習寫作的問題，往往會吃力不討好，甚至還要招怨的。但是要將文藝愛好者從「都市傳奇」，從流行小說的歧途上拉回來，對《文藝世紀》來說，這是責無旁貸的，任是怎樣吃力也應該堅持擔負下去。

參考：

- 伴侶雜誌社主要成員包括雙翼（吳羊璧）、王鷹、吳山（王鷹的丈夫）等，一九六〇年代分別出版了兩本文藝雜誌——《伴侶》半月刊及《文藝伴侶》月刊，以及一系列的文藝叢書。因《伴侶》銷路極佳，雜誌社同人在 1966 年 4 月創辦《文藝伴侶》，但只出版了四期便結束。

古代埃及的貓

原刊 1966 年 2 月 19 日《新晚報．下午茶座》〈霜紅室隨筆〉。

貓在古代埃及，是受到特別敬重的。皇后雕像的頭上，往往會蹲著一隻貓。相傳有名的克麗奧巴特拉女皇，就是一頭貓轉世的。因此她的那種高貴、雅嫻、美麗的迷人儀態，都是從貓那裏得來的。

埃及人不說貓似克麗奧巴特拉女皇，而是說女皇似貓，彷彿我國唐朝人不說六郎似蓮花，而說蓮花似六郎那樣，可見他們對於貓的看重。

《貓與人的故事》Collier Books 1961 年版封面

美國人佛郎西斯．克拉基，編過一部《貓與人的故事》•，輯錄了近代名家所寫的關於貓的文章，從小說、散文、童話，以至詩歌都有。其中有小泉八雲的〈畫貓的孩子〉，是一篇童話；〈冰島漁夫〉的作者綠蒂的〈瀕死的貓〉，是一篇關於流落街頭的病貓的淒涼故事。還有湯姆森的一篇〈藝術家談藝術作品上的貓〉•，其中就特別提到了反映在古代埃及雕刻作品中的貓。

他說，從不曾見過後代的藝術家，有像埃及藝術家對於貓的研究那麼認真的。他說將古代埃及雕刻家所作的貓的作品仔細研究之後，發現他們所表現的貓的形象，與我們今日所見的貓大不相同。那些古代埃及遺留下來的貓的石雕和銅像，往往將四條腿雕得特別長，像是獵犬的腿一樣。

埃及人的藝術形象，看起來好像總有點誇張，可是事實上往往是寫實的。因此湯姆森認為古代埃及雕刻家將貓的四條腿雕得特別長，不會是由於誇張，一定是有事實根據的。

他研究了一下貓在古代埃及人現實生活中的情形，發現古代埃及人用貓捕魚，用貓捕鳥，像後世用獵犬打獵一樣。現代的貓，雖然也會捕鳥，甚或在河邊以爪撈魚，但那全是為了牠們自己取食，可是古埃及人卻豢養了貓來獵鳥捕魚，因此湯姆森認為古代埃及的貓一定與今日我們所見的貓有一點不同。他們將貓的四條腿雕得那麼長，乃是寫實而非誇張的。

還有，古代埃及雕刻或是壁畫上的貓，貓頭總是特別小，這也是一個特徵。貓頭雖小，那一雙眼睛卻顯得特別神秘，看來具有智慧，是人類所不能理解的一種智慧。

大約由於古代埃及的貓在形態上具有這些特徵，因此成為被人崇拜的對象了。

參考：

- 《貓與人的故事》：*Of Cats and Men: A collection of stories, essays and poems about cats by distinguished authors*, compiled by Frances E. Clarke, New York: Collier Books, 1961。另有 The Macmillan Co. 1957 年版。
- 〈藝術家談藝術作品上的貓〉：Arthur Tomson: "An Artist on the Cat in Art", from *Century Magazine*.

讀《大華》創刊號

原刊 1966 年 3 月 20 日《新晚報．下午茶座》〈霜紅室隨筆〉。

最近，有幾位喜歡研究文史，熟悉近代中外掌故的朋友，創辦了一個半月刊，取名《大華》*，第一期已經出版了，承他們惠寄了一份，使我很舒適的消磨了一個夜晚。

《大華》半月刊第一期封面

第一期所講到的那些近五十年來的我國人物，自《洹上私乘》的袁寒雲以降，如陸小曼、徐志摩、周作人等人，多數是曾經見過，甚或相識的。但是其中所談的有一個人物，使我特別感到興趣，乃是西鳳先生在那篇〈五羊城中一怪人〉裏所說的「大同共和國國王」劉大同。

我在上海唸書的時候，最初是住在我的叔父家裏的，這就是我時常說起的被人稱為「革命黨」的三叔。他雖然很窮，卻交遊廣闊，什麼三山五嶽的人物都相識。有一天，忽然有一個朋友來找他，是一個過氣的小軍閥，帶了一個很年輕的廣東姨太太，潮潮氣氣，此外還有一個生了一把大鬍子的老頭兒，紅光滿面，這人就是劉大同了。

我所以特別記得他的原因，是因為就在這天晚上，那個小軍閥在一家北方館子裏請吃晚飯，我也叨陪末座。這是一九二五年左右的事情，這位「大同共和國國王」，果然詩酒風流，十分豪放，當場就吟了好幾首詩，還給大家寫字，我也得到了一葉扇面，寫的是一首七絕，現在只記得其中的兩句：「春雨春風入酒樓，吟詩句句帶新愁」，以下的兩句已經記不起了，想必是他自己的作品。

他的書法倒不錯，像是用魏碑再加上黃山谷那一派的結體，寫得十分跌宕生姿，所以至今還留下了印象。自然，那一葉扇面早已不知流落到什麼地方去了。

這一切過去的事，若不是看了《大華》這一期的那篇文章，我當然不會想得起的，讀了西鳳先生的這篇文章，才知道他原來是這樣一個「出賣風雲雷雨的狂士」。

自然，除了這一篇之外，這一期的《大華》自然還有好些談論近人掌故的有分量的文字。如果不以人廢言，末一篇〈花隨人聖盦摭憶補篇〉，倒是頗有些資料的。前幾年，我曾將《花隨人聖盦摭憶》翻過一翻，原書就是向《大華》的主編人林熙先生借來的，還是抄本，據說這是最完整的本子，比目前市上的排印本要多了十多萬字。

近年，這類談掌故軼聞的刊物，在這裏很流行，但大都有一點背景和色彩，雖是談掌故，在取捨上也大有文章可做。因此像《大華》這樣，為談掌故而談掌故的刊物，不存什麼成見，內容自然會比其他的更為可觀了。

參考：

- 《大華》由文史掌故家高伯雨（1906-1992）以「林熙」之名主編，1966 年 3 月 15 日創刊，1968 年 2 月第 42 期停刊；休刊兩年後，至 1970 年 7 月復刊，改為月刊，1971 年 7 月停刊，共出五十五期。

我的讀書

原刊 1966 年 5 月 1 日《新晚報．下午茶座》〈霜紅室隨筆〉。

我的讀書，這就是說，除了學校的課本以外，自己私下看書，所看的又不是現在所說的「課外讀物」，而是當時所說的閑書，據自己的記憶所及，是從兩本書開始的。這兩本書的性質可說全然不同。一本是《新青年》，是叔父從上海寄來給我大哥看的；一本是周瘦鵑等人編的《香豔叢話》•，是父親買來自己看的。這兩本書都給我拿來看了。

這是一九一六年前後的事情，家住在江西九江。我那時只有十三四歲，事實上對於這兩種書都不大看得懂，至少是不能完全理解。但是至今還記得這些事情的原因，乃是到底也留下了一點難忘的印象。一是從那一期的《新青年》上，讀到了魯迅的〈狂人日記〉，自己讀了似懂非懂，總覺得那個人所想的十分古怪，留下了很深刻的印象。

另一難忘的印象是《香豔叢話》留下來的，這是詩話筆記的選錄，其中有一則說是有畫師畫了一幅〈半截美人圖〉，請人題詩，有人題云：「不是丹青無完筆，寫到纖腰已斷魂」。現在想來，這兩句詩並不怎樣高明，而且當時自然還不會十分明白為什麼要「寫到纖腰已斷魂」。可是不知怎樣，對這兩句詩好像十分賞識，竟一直記著不曾忘記。

就是這兩本書，給我打開了讀書的門徑，而且後來一直就採取「雙管齊下」的辦法，這樣同時讀著兩種不同的書，彷彿像靄理斯所說的那樣，有一位聖者和一個叛徒同時活在自己心

《香豔叢話》第一、二卷封面

《吟邊燕語》封面

中，一面讀著「正經」書，一面也在讀著「不正經」的書。

這傾向可說直到現在還在維持著，因為我至今仍有讀「雜書」的嗜好。愈是冷僻古怪的書，愈想找來一讀為快。若是見到有人的文章裏所引用的書，是自己所不曾讀過的，總想找了來翻一翻，因此書愈讀愈雜。這種傾向，彷彿當年一開始讀書就注定了似的，實在很有趣。

父親的手上沒有什麼書，我有機會讀到更多的書，是到了崑山進高等小學的時期。住在叔父家裏，這就是寄《新青年》給我大哥的那位三叔，我在那裏讀到了《吟邊燕語》•、《巴黎茶花女遺事》一類的小說，也讀到了《南社叢刊》•。學校裏也有一個小小的圖書室，使我有機會讀到了一些通俗的名人傳記。書籍世界的大門，漸漸的被我自己摸索到，終於能夠走進去了。

參考：

- 《香豔叢話》，周瘦鵑 1914 年編刊的一部「雜誌」，以合訂本的形式發行，初刊為卷一及卷二，於網上所見，最後一號為卷五。內容主要是輯錄古今中外「冶豔」詩詞及其故實。周瘦鵑（1895-1968），出生於上海，為鴛鴦蝴蝶派（或稱禮拜六派）才子佳人式言情小說的代表人物。
- 《吟邊燕語》是林紓就藍姆（Charles Lamb）《莎士比亞戲劇故事集》的譯述（署魏易同譯），1904 年商務印書館出版。
- 《南社叢刊》，南社的「機關刊物」。南社是清末支持革命的文學團體，主要成員包括柳亞子、陳去病、高旭等，以線裝本形式出版社員詩文創作，前後共出二十二集。

一百例的一例

原刊 1966 年 5 月 5 日《新晚報．下午茶座》〈霜紅室隨筆〉。

有一個機床廠的技師，花費了一個多月的時間，寫成一篇〈專用機床的驗收技術條件〉，共有九千多字，是一篇洋洋的大文章。其實是將過去的許多驗收產品報告的內容照抄、東拼西湊而成。後來他自己想想也覺得不大對，便坐在辦公室裏鬧了一場「革命」，將這份文件由九千字刪成了六千字。

北京版《對立統一規律一百例》封面

他認為這該差不多了，送給科長去看，科長問他可曾向本廠的工人徵求過意見？他一想這不錯，應該向他們徵求一下意見。哪知不問猶可，愈問愈發現自己的這個文件問題很大，「同其他的文件重複，我們根本用不著」。

他明白了，知道這篇報告的毛病在什麼地方，「是拼湊了一大堆枯燥無味的條文，使人不得要領，完全是形式主義。於是就用快刀砍亂麻的辦法，砍掉了五千多字，僅留下了有用的八十八個字」。

這個機床廠的技師說：「從九千字到八十八個字，使我親身經歷了一個對煩瑣哲學革命的過程。」

這是新出版的《對立統一規律一百例》•之中所舉的一個例。它雖然並非專為文藝寫作者而設的，但我覺得，活用起來，這個例對我們怎樣精煉我們的文字寫作，很有用處。

大家都知道寫文章要不怕修改，要捨得「刪」。魯迅先生也教人如此。寫好了的稿子，最好放在抽屜裏過一夜。第二天拿出來再看，一定會發現有許多可以修改的地方。有些句子的意思不大明顯，有些字用得不大恰當，有些字是多餘的。

然而有許多人卻不是如此。故意要將文章拉得很長。一千字的「題材」，本來縮成七百字最好，他卻偏偏要拉成三千字，使人讀來淡而無味。這樣的文章是怎樣也寫不好的。

就我自己來說，有時寫的稿子是等著要用的，排字房的工友在等著，根本不可能放在抽屜裏過一夜。這時我只好將一句話在心裏想了又想，照應著上文，幾乎連下幾句都想定了，這才將中間的一句寫出來。這樣自己再重讀一兩遍，儘可能的刪掉不必要的字，補救無法慢慢仔細刪改的缺點。

當然，若是寫小說，我們當然不可能將一篇九千字的小說刪成八十八字。但是，對於我們自負能用八十八個字的題材，寫成一篇九千字小說的人，《百例》中的這個例子該有很大的用處。這就是說，我們不要貪多，要精煉，不要捨不得刪改。

參考：

• 哲學研究編輯部編：《對立統一規律一百例》，北京：人民出版社，1966 年。另有同年上海人民出版社版。

毛澤東詩詞英譯本

原刊 1966 年 5 月 31 日
《新晚報・下午茶座》
〈霜紅室隨筆〉。

最近這裏新出版了一部毛澤東主席詩詞的英譯本，譯者是黃雯先生。他所翻譯的是第一批發表的二十七首詩詞，另在後面加了很詳細的注釋。

這部《毛澤東詩詞》的英譯本，印刷編排得都很完善。除了譯文之外，還附了每一首詩詞的原文。書中另有兩幅插頁，一幅是毛澤東主席的照片，坐在籐椅上，悠然若有所思，背景是蒼

《毛澤東詩詞》英譯封面

黃雯醫生遺像（見嶺南大學香港同學會編印 1963 年 11 月《嶺南通訊》）

蒼莽莽的群山，附近還有幾株野草，已經開了花，看來這照片是在秋天拍攝的。

另一幅插頁是毛澤東主席的手跡，寫的是他詠六盤山的〈清平樂〉。後面有上款是「一九六一年九月應寧夏同志囑書」。

黃雯先生是醫生，但他多年以來，在醫學教學和行醫的餘暇，就從事中國詩詞的英譯工作。對於這份工作，他還有自己的見解，不僅要求在字面和意義上力求保持原作的面目，還要注重原作的韻律。他所翻譯的唐人律詩和絕句，已經獲得好評，這一輯二十七首毛澤東主席詩詞的英譯，更是他晚年薈萃心力之作。因為毛澤東主席的舊體詩詞，採用的雖是傳統的形式，但是同時又使用了一些新名詞，更將若干舊詞句舊典故賦以新的意義，這就使得翻譯工作更不容易。

但是黃雯先生由於有很好的舊學根底，又有新的認識，對於毛澤東主席的這些舊詩詞有很深的理解，因此能夠克服了這些翻譯上的困難，不致誤解原作的本意。

這些譯文，不僅能表達了原作的意義，而且每一首譯詩本身，也是很好的英文詩。原來黃雯先生自己也是詩人，也用英文寫詩，早已出版過一部英文詩集《在兩個世界之間》。

一九五七年秋天，我曾經與黃雯先生有過在一起旅行的機會，共同乘京廣車北上。那時他的健康已經不大好，到北京後就進了醫院去休養。聽說後來就提早回來了。

黃雯先生已經在一九六三年九月間去世。這一輯毛澤東主席詩詞的英譯，可說是他最後一項重要的文藝工作。

我國舊詩詞的英譯，是一項很困難的工作，尤其是毛澤東主席的這些詩詞，舊瓶裝了新酒，譯起來更困難，但是黃氏的譯筆卻應付得很裕如，這不僅可供愛讀「毛詩」的人把玩欣賞，就是對於有志嘗試中國文藝作品英譯的人士，也是一部可供借鏡的作品。

參考：

- 黃雯（1895-1963），早年留學英國，1947 年以研究《黃帝內經》專著，獲劍橋大學授予醫學博士學位（據 1947 年 6 月 8 日《工商日報》），1929 年在上海創立黃雯醫院，抗戰期間在廣州行醫，曾任廣東省衛生處處長、廣州市衛生局局長，1946 年來港行醫。業餘從事中國詩詞英譯，出版有《唐詩宋詞選 *Poems from China*》（1950 年香港古籍編譯社），並著有中英雙語詩集《在兩個世界之間 *Between Two Worlds*》，1956 年香港學生書店出版。
- 《毛澤東詩詞》英譯本：*Poems of Mao Tse-Tung*, translated and annotated by Wong Man. Hong Kong: Eastern Horizon Press, 1966.

《萬里行記》的讀後感

原刊 1966 年 9 月 14 日
《新晚報．下午茶座》
〈霜紅室隨筆〉。

曹聚仁先生出版了一部新書：《萬里行記》•。這是收集他近年所寫的旅行憶舊文字而成。

將近五百面的篇幅，內容可以說得上夠豐富。以我的推測，年輕的讀者，也許對這本書的興趣不會太大，可是對於中年人和老年人，這部書的吸引力一定很大。且不說他在書中所寫到的那些地方和人物，有不少都是你我所走過所認識的，更關切的乃是他由少而壯，由壯而老所生活的那個時代，也正是我們自己所生活過的時代。而這個時代，由新趨向舊，眼前正要被一個更新的革命時代所替代。在這更換新天地之際，我們讀著像《萬里

《萬里行記》封面

行記》這樣的一本書，撫今思昔，回想每個人自己身歷其境的一切，自不免會有一些感慨。但是若能將過去與現在作一個對比，明白歷史進展的軌跡，知道要過去的一定要過去，會發生的一定會發生，那就不僅能用樂觀的眼睛看新的事物，就是對自己的餘年也會充滿了自信和興趣。

因此這是一本可以供我們這一輩的人溫習一下過去的一切，並且趁這機會檢討一下自己的一本好書。我們怎樣打發了我們自己的光陰，我們在自己所生活的這個時代中有過什麼功過？對於眼前的這個時代，我們是躲在一邊，站在一旁，還是鼓起餘勇跟著一起前進呢？這似乎都是我們這一輩的人現在應該考慮的一些問題了。

也許這樣的問題，有時會覺得並不迫切，可是一旦讀了像《萬里行記》這樣的書，你就會感到這都是一些迫不容緩的問題了。

就作者曹聚仁先生自己來說，他讀過萬卷書，行過萬里路，壯年有志於史地之學，注重邊事，想做顧亭林，想做斯文赫定，羨慕鳥居龍藏[*]，推崇宋明理學家。可是歷史的車輪將他個人的人生計劃輾碎了，一場抗戰將他帶上了戰場，粉碎了千萬人的家園，也粉碎了無數人的人生藍圖，他的那一份自然也不會例外。接著一個又一個的歷史高潮，席捲了全中國，使他的那些壯志，都成了他現在筆下的回憶資料了。他自己感慨的說：

> 到了如今，萬事莫如睡覺好，什麼都付之臥遊；所以這幾年，我的筆下，差不多都是回憶的東西呢。

曹先生近年的身體不大好是事實，若說到年紀，還說不上老。他已經讀過萬卷書，行過萬里路，我希望他在眼前的飽睡臥遊之際，能開始讀他的一萬零一卷的書，走他的一萬零一里的路。

參考：

- 曹聚仁（1900-1972），浙江浦江人，記者、學者、編輯。1950 年代曾任職香港《星島日報》。《萬里行記》，香港三育圖書文具公司 1966 年出版。
- 斯文赫定：Sven Anders Hedin（1865-1952），瑞典地理學家、探險家、旅行作家。鳥居龍藏（1870-1953），日本人類學家、考古學家、民俗學家。

新的讀書人[•]

原刊1966年10月27日《新晚報·下午茶座》〈霜紅室隨筆〉。

怎樣讀毛主席的書，怎樣學習毛主席的思想，我想以好工人尉鳳英[•]為例，她給我們說得最明白。尉鳳英是工人，但是同時也是今天千千萬萬的新的讀書人之一。她的學習日記可以提供我們應該怎樣讀毛主席的書最好的實例。

尉鳳英在一九六三年三月的一天日記上說：

> 毛主席著作是我們精神的食糧，是我們工作的動力，一時不學就沒有方向，沒有力量。越學方向越明，越學眼睛越亮，越學革命勁頭越足。
>
> 毛主席著作用到哪，哪就有力量。用到革新上，就能試驗成功；用到對待困難上，就能戰勝困難；用在改造思想上，就能克服非無產階級思想，提高無產階級覺悟。

有人無知的說我們種田也要用毛澤東思想，造機器也要先讀毛主席語錄。一點也不錯，我們就是要如此。因為正如尉鳳英在這裏所說的那樣：「毛主席著作用到哪，哪就有力量」，因此可以使得試驗成功，可以戰勝困難。

就這樣，我們智慧而又勇敢的科學技術工人就在學習毛澤東思想之後，取得了「苯」，拿到了石油脫臘的革新技術！

他們為什麼能夠如此呢，尉鳳英在另一天的日記裏肯定的說：

> 外國人是人，中國人也是人；外國人一個腦袋，兩隻手，我們也是一個腦袋，兩隻手；哪一點也不比他們少。而且我們還有光輝的毛澤東思想作指導，這是哪一個國家也辦不到的。為什麼外國人能幹的事情，我們就不能幹呢？能，一定能！一萬個能！

是的，能，一萬個能！不僅他們能幹的我們一定也能幹到，就是他們幹不到的事情，我們靠了毛澤東思想作指導，也能夠幹到。他們找了一百年還摸不到「合成苯」的門子，我們八年就找到了！

讀了毛主席的書，還可以使人有一種新的美德。尉鳳英在一九五八年的一天日記上寫道：

> 有人半開玩笑地說：「你做了好事為什麼連個名字都不留？」我說：「農民在田野裏種千萬石糧食，風吹雨淋，哪一粒糧刻有自己的名啊！礦工們在煤層裏挖千萬噸煤炭，千辛萬苦，哪一塊煤上刻著他們自己的名啊！」

從前的「無名氏」，做了「好事」不留名，是因為自信「天菩薩」會知道，因此「但求天知，不求人知」。現在呢？尉鳳英說得非常明白：

> 「毫不利己，專門利人」。人活著就是為了做個有益於人民的人，這是無產階級的世界觀。我要永遠做一個這樣的人。

> 只有成為一個「純粹的人，一個有道德的人，一個脫離了低級趣味的人」，才能夠不把名利放在心上，把為人民默默的做一點事情，看成是自己義不容辭的責任。

這就是我們今天新的讀書人，新的讀書人的美德。

參考：

- 同年9月9日〈霜紅室隨筆〉有另一篇題目相同的文章。
- 尉鳳英（1933-），遼寧撫順人，瀋陽東北機器製造廠工人，1966年10月22日《人民日報》發表〈向毛主席的好工人尉鳳英同志學習〉。同年上海人民出版社出版《毛主席的好工人：尉鳳英》，本文所引日記見該書〈尉鳳英同志學習毛主席著作心得和日記摘抄〉。

大班的殘夢

原刊 1966 年 11 月 27 日《新晚報・下午茶座》〈霜紅室隨筆〉。

詹姆斯・克拉費爾，是一個軍人出身的英國小說家，有一時期曾在好萊塢替美國電影公司寫電影故事，最近以早年的香港為背景，寫了一部長篇小說，題為《大班》。

《大班》封面

這部小說長得可以，共有七百多面。除了少數地名和歷史人物以外，其餘的人名都是假名，不用說，大部分的故事都是虛構的。他要寫的是那些有野心的大商人怎樣左右了當時英國對滿清的貿易政策。這些商人就是他所說的「大班」。這些大班之中的首領名叫史特隆，是一家大商行的首腦。七百面的這本長篇小說，就是以這個人物為中心，這麼寫下去的。

作者克拉費爾聲明這個史特隆是個虛構的人物，他給他所經營的商行題了一個「尊貴行」（Noble House）的假名。但是只要讀過鴉片戰爭歷史和早年香港歷史的人就知道，作者所寫的乃是初期的渣甸行和它的經營者。他們都是英國在海外殖民地所建立的商業王國的王子們，事實上左右了英國對外貿易政策。

當英國取得香港之初，許多商人都是反對的，認為既然不惜興師動眾，同滿清翻了臉，結果只取得這樣一座小島，有點不值得，而且還要用放棄舟山群島作交換條件，因此議論紛紛。但是也有人主張要香港的，渣甸的那幾個創始人就是如此。

這倒是當時的事實，因此《大班》的作者就以這個主張攫取香港的大班為中心，編造了他的這麼冗長的一個故事。他從英國商務監督義律同滿清欽差大臣琦善私訂了《穿鼻草約》，擅自答應將香港島割讓給義律，使得義律有藉口可以派兵登陸，武裝佔領了這座小島寫起，一路寫下去，寫了這些殖民貿易者之間的傾軋競爭的情形。當然，此外還有洋奴、買辦、康白度、鹹水妹。這些人靠了大班用鴉片榨取中國人民血汗的餕餘來生活，給大班建造了這座「東方的天堂」。

《大班》雖是一九六六年十月新出版的一部小說，事實上正像作者在書中所寫的那個「大班」一樣，這樣剝削人民血汗的人物和他所代表的貿易方式，已經一去不復返了，他所代表的時代也已經結束，成為歷史的陳跡了，因此這部小說雖是新出版的小說，但是我們讀起來，彷彿仍是讀著四十年代以前，那些到上海兜一個圈子，住上幾天，搜羅一點材料，就回去寫那些以中國為背景的那一類的小說，同樣也是一個舊的寫作時代的尾聲了。

這些小說，是不會再使讀者們感到濃厚興趣的了。

參考：

• 《大班》：James Callvel: *Tai-Pan*, London: Michael Joseph, 1966。

香港的「序曲」

原刊 1966 年 11 月 28 日
《新晚報 · 下午茶座》
〈霜紅室隨筆〉。

還有另一部新出版的有關香港的新書，是奧斯丁 · 柯地斯的《香港的序曲》•（Austin Coates: *Prelude to Hongkong*）。

《香港的序曲》封面

作者曾經在英國在遠東各殖民地任職過二十多年，也曾在這裏任過行政官，是所謂「中國專家」之一。《香港的序曲》不是小說，是歷史讀物。他將「香港」誕生的歷史從明末清初歐洲的殖民貿易者想闖破這東方老大帝國閉關政策的企圖說起，一直到在鴉片的戰火中，英國遠征軍趁機派兵在這裏登陸為止。

這是一切要敘述香港早年歷史的外國作者最感棘手的一個問題，因為如果要正確的敘述香港在這期間的史實，就無法不承認，遠在《南京條約》產生之前，這座小島就早已被佔據，並且被單方面宣布是自己的殖民地了。

《香港的序曲》的作者自然是明白這樣過程的，而且也無法避免不加以敘述，因為他要寫的正是這一段期間的這座小島的歷史，但是從一個外國人的立場，如果要將這一段歷史寫得詳細而且公正，是很難適合自己人口味的，因此作者特地將這段歷史推溯到更遠，從葡萄牙殖民者同明朝的貿易關係說起，一直說到澳門的出現，然後才出現藉了澳門作跳板的東印度公司商人。

但是，千言萬語，歸納起來，「香港」誕生的「序曲」，那「樂章」仍是不會改變的，這該是一首三部曲，即鴉片貿易，穿鼻草約，武裝佔領。

「香港」誕生的最重要關鍵，該是那幾條見不得人的《穿鼻草約》，這是英國商務監督義律同滿清欽差大臣琦善，在虎門外穿鼻洋上的船中訂立的，所以稱為《穿鼻草約》。

這是在事前都未得到雙方政府授權，在事後也不曾獲得雙方政府同意的最荒唐的一份條約，是義律和琦善兩人私相授受，擅自訂立的。在琦善方面的用意是：對方迫得這麼緊，惟有敷衍一下，另圖良策；在義律方面的用意是：先迫你承認這些條件再說，以後不怕你會抵賴。就這樣，就在這幾條《穿鼻草約》之中，有一條是琦善答應將香港這小島給與英國商人作曬貨修船暫住之用。義律就是手拿著這草約，派兵在香港島登陸的。

這一份條約，雙方的政府事前固然不知道。事後知道了，維多利亞女皇認為義律未經過授權擅訂條約，將他撤職調回國；滿清的道光皇帝更因為琦善擅自將「王朝」的土地給與「夷人」，將琦善抄家充軍。然而「香港」就這麼糊里糊塗，將錯就錯的「誕生」了。

參考：

• 《香港的序曲》：Austin Coates: *Prelude to Hong Kong*, London: Routledge & Kegan Paul, 1966。

1967 年

讀徐益壽的《文史隨筆》

原刊 1967 年 3 月 10 日《新晚報 · 下午茶座》〈霜紅室隨筆〉。

許久不曾有時間看筆記一類的書了。偶然回來早一點，想起案頭有徐益壽先生新出版的《文史隨筆》•，便取來在燈下讀了起來。

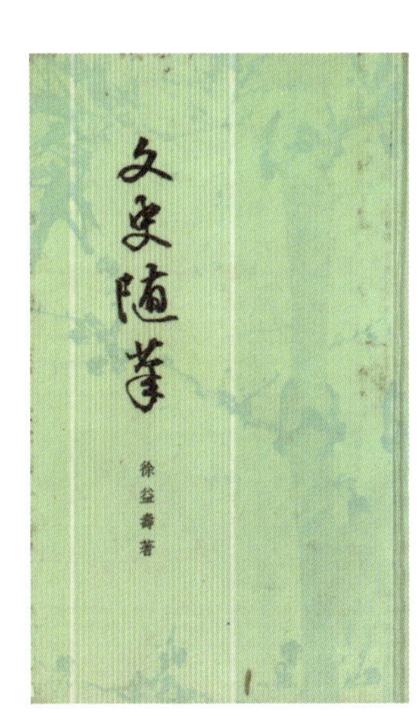

《文史隨筆》封面

他這部隨筆的取材，多數得自前人筆記小說詩話這類的著作中。經過他的勾稽和整理，披沙揀金，許多小故實的出處，以及一些一向被人忽略了的記載，都可以使得對這方面有興趣的讀者，毫不費力的讀到了。而作者在掘發歸納這類題材時，是要翻閱過不少書，花過不少精力時間的，讀者可說坐享其成了。

以前讀前人的這類筆記作品時，也曾隨手將自己認為有用有趣的題材，隨手摘錄下來。文句較多的就記其大要，或者記下書名卷次。不過當時所注重的，都是偏重於某些幾個偏僻的問題，興趣沒有《文史隨筆》作者的這麼廣泛，而且此道不彈久矣。現在讀著他出版的這冊新著，見他用功之勤，收穫之富，使我不僅又有臨淵羨魚之感了。

我國的筆記文學，內容豐富，可說是百科知識的一個大寶庫。只是種類繁多，要盡讀是不可能的。筆記一向是被人當作「閑書」的，以每天的正經工作餘暇去讀，一年讀一百種，要讀滿一千種也得十年，但是我國的筆記文學可讀的何只千種。因此我一直希望能有人將這一座知識大寶庫加以整理分類，編出提要和索引，使得喜歡讀這類作品的人，不致有茫然不知從何入手之感。

《文史隨筆》裏有一篇〈筆記文學〉，作者曾將我國這一類著作內容的廣泛複雜特點，作了扼要的介紹，並且推薦其中包羅萬象的零星資料的可貴。可是同樣也感到要汲取這樣的材料實在不容易。他也這麼說：

> 這是因為凡屬筆記都會牽涉各種學問，不專主一題，所以搜集資料常有大海撈針之苦。但這種困難，將來經過古籍的徹底整理，總是有法子克服的。

我一樣鼓勵別人多讀我國的筆記文學。因為不論為了汲取知識、學習語文，甚至消遣，都是不會令人失望，而且日久一定會見功的。我們試以徐益壽先生的這部《文史隨筆》為例，這五六十篇隨筆，從語文詩詞，一直談到「木牛流馬」、「封禁山」、「燒餅油條」，引經據典，提供了許多小知識，都是勤讀前人筆記作品的收穫，這就是一個好證據。

參考：

• 徐益壽：《文史隨筆》，香港：大光出版社，1966 年。

夜讀《北窗夜鈔》

原刊 1967 年 3 月 11 日
《新晚報．下午茶座》
〈霜紅室隨筆〉。

讀了徐益壽先生的《文史隨筆》，案頭還有羅烺先生的《北窗夜鈔》，順手取過也讀了起來。

這是我的讀書習慣，一本新書到手，往往隨手翻幾翻，看一看目錄序文與題記之類，就隨手放在一邊，以便找一個機會仔細的去讀。這一擱有時就會擱得很久，甚至一直不曾再讀過。等到自己偶然想到要讀這本書時，原書早已不在案頭，只好又去重買一本。

雖然夜已深了，好在我一向是「慣於長夜過春時」的，這裏也正是北窗，羅烺先生《夜鈔》，我便在這裏夜讀了起來。

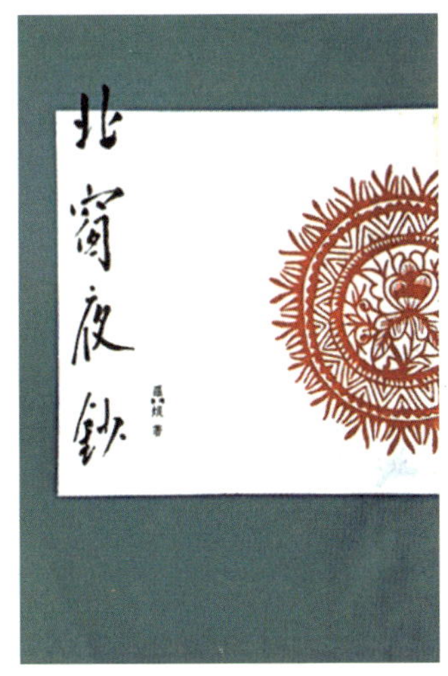

《北窗夜鈔》封面

徐益壽先生的《文史隨筆》，主要的是取材於前人的筆記文學。羅烺先生的這本《北窗夜鈔》，卻大部分取材於正史，是一部讀史隨筆。我一向只喜歡讀野史，很少接近正史，因此書中所發揮的那些論題，對我的興趣都比較小。只有那些談到近代歷史人物和地方掌故傳說的，像〈戚紀光的紀效新書〉、〈洪秀全的金田村〉、〈英雄鄧世昌〉，以及關於陳璧娘、洛陽橋、惠州西湖的，對我來說才比較熟悉。

書裏有幾篇都是談論太平天國人物的，其中那篇〈羅大綱致英國外交人員書〉，使我特別感到了興趣，因為其中牽涉到了香港。

以前在研究香港和太平天國的關係時，也曾接觸過這個問題。當時香港總督般含，以兼任商務監督的身份，親自到太平天國的天京去，就是要實行援助滿清來打擊太平天國的開始。他的動機很簡單，英國的外交一向是實利主義者，他們最初以為太平天國的領袖們傾向基督教，若是取得天下後可以同他們更接近，更聽話，但是後來看出情形並不如此，太平天國諸人並不是「洋奴」，只有比滿清更不容易「聽話」，因此就暗中決定改變政策。般含親身到天京去，不過是作最後一次的觀察而已。羅大綱這時還希望他們「以誠相待」，實在是與虎謀皮了。

參考：

- 羅烺，本名羅琅，1931 年於廣東潮陽出生，1949 年往香港，進入出版社工作，並在報章撰寫專欄。七十年代曾開設書店，經營華文圖書。《北窗夜鈔》，1966 年香港上海書局出版。

一冊舊的《美術日記》

原刊1967年3月20日
《新晚報．下午茶座》
〈霜紅室隨筆〉。

1956年購置至1962年才用的《美術日記》

從書堆裏找出了一部人民美術出版社出版的《美術日記》，是一九五六年份出版的。當時曾經認為這是一部非常理想、設計印刷非常豪華的日記，拿到手裏有一點愛不忍釋，因此捨不得將它當作真的日記簿來用，反而將它當作畫冊來收藏起來。這一「藏」就藏了十多年，直到最近才從書堆裏無意發現了。

我不知這種《美術日記》，在一九五六年以前，以及一九五六年以後，是否出版過，但我有機會買到的就是這一冊。一九五六年的一冊。

這冊《美術日記》的編印，確是夠得上說精心豪華。每一面都印有一幅畫，而且多數是彩色的。所選的作品範圍，古今新舊，兼收並蓄，可說真是洋洋大觀。

我現在要寫下這幾句的原因，是因為十年前被當作「寶貝」似的這冊《美術日記》，在十多年後的今天再打開來看，忽然覺得編印這樣的東西，未免有點華而不實，而且近於浪費了。試想，為了要編印這樣一冊《美術日記》，設計、選畫、編排、製版、印刷，要花費了多少人力和物力？但是這除了使一些美術愛好者拿在手裏覺得「過癮」之外——就像我當時那樣——其他還有什麼作用呢？它甚至連原有的可以作為日記簿的功能也喪失了。

它對於人民美術建設的實際工作，可說一無幫助。連我們這樣的美術愛好者對它也「愛不忍釋」，不敢隨便動它。這在工農大眾的眼中，自然更是「高不可攀」，碰也不敢碰的了。也許在當時那一批設計編印者的眼中，根本就沒有把工農大眾放在眼裏，認為只要有三五百個人翹起大拇指叫好，認為過癮就夠了。

從這個方向一直發展下去，我們的美術，我們的美術出版事業，要走上怎樣的一條路，也許當時還不曾察覺，現在則看得明明白白了：結果必然是走上資產階級趣味復辟的老路。

作者修訂《美術日記》的紀事年份

這樣的事，在以前是不容易明白的，但是現在經過了文化大革命的啟發，我想，不只是對待這冊舊的《美術日記》，還有許多新發生的事情，都可以令我們能採取不同的看法，能獲得新的認識了。

參考：

- 《葉靈鳳日記》1967 年 3 月記：「一九五六年出版的這冊《美術日記》，買回來後，當時捨不得用，一直擱著，擱了好幾年。一九六二年決定利用它來作日記，但是在六月一日那天，用了一天，不知怎樣又擱下來了。現在一九六七年了，決定再來利用它，希望這一次不會只用了一天就停止了。這種美術日記，雖然印得很好，卻有點近於浪費，一九五六年買到這一冊以後，就一直不曾再買到過，也許以後不曾再編印了。」

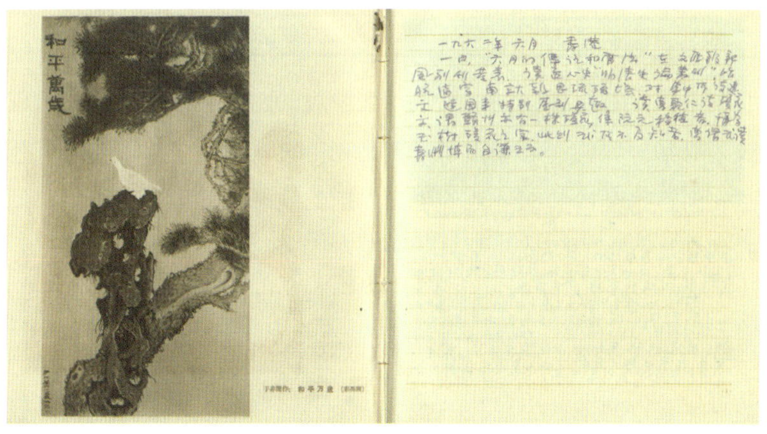

《美術日記》一頁

比亞斯萊的再流行

原刊 1967 年 3 月 30 日《新晚報・下午茶座》〈霜紅室隨筆〉。

這一兩年，比亞斯萊的畫，忽然又在英國流行了起來。去年英國曾舉行過一次他的遺作展覽會，規模很大。今年在美國紐約又有一個開幕了，聽說規模更大。最近在一本畫報上見到有一篇專文報道這事，用了相當多的篇幅。原來今年最新的衣料圖案，以及髮飾，都流行採用比亞斯萊的風格了。

年輕時候很喜歡比亞斯萊的畫，覺得他的裝飾趣味很濃，黑白對照強烈，異怪而又華麗，像是李賀的詩，曾刻意加以模仿，受過不少的稱讚，也挨過不少的罵。後來時移世異，更多的別的愛好吸引了我的注意，比亞斯萊就漸漸的被束之高閣了。

想不到英國十九世紀末的這個鬼才的畫家，現在竟又流行起來，而且被時裝設計家看上了。據說今年將流行以黑白兩色為主的晚服，就是從他的畫面所得來的「靈感」。

十九世紀末的英國，是一個充滿了苦悶和頹廢的社會，比亞斯萊就是在這種傾向上反映得最敏銳的一個畫家。他十九歲就成了轟動倫敦的一個插畫家，但是死得更快，活了二十六歲就死了，而且是死於肺病。他的生活，他的病，他的早死，可說同他的作品，同他的時代，都是十分調和的。

令人注意的是：像比亞斯萊這樣的畫，在抽象畫盛極而衰之際的英美藝壇，忽然又開始流行起來，將意味著什麼呢？我以為這是一個新的頹廢時代的開始，一個已經到了爛熟期的文化行將崩潰的預兆。從抽象藝術的牛角尖退出來以後，茫然若失，惟有暫時向異國趣味和東方趣味方面去求發洩。這正是比亞斯萊的作品忽然又流行起來的原因。

比亞斯萊的作品，雖是病態的，但他的線條和構圖，卻帶有希臘藝術和東方藝術的濃厚影響，對當時倫敦畫壇來說，是一種反抗和新的刺激。若是由於他的作品重新流行，能使得英美畫壇從烏煙瘴氣的瘋狂世界中逐漸清醒，從異怪而趨向正常，再回復到現實的懷抱中來，倒未始不是一件好事。

答贈《鄉居雜記》的讀者

原刊1967年4月16日
《新晚報・下午茶座》
〈霜紅室隨筆〉。

承我們的報讀者「幼失學」先生，以一冊中英對照本的吉辛散文集惠贈。這是從前上海中華書局出版的舊版本，只選取《四季隨筆》的「春」的部分，譯成中文，並附刊原文，成為中英對照本，改用了《鄉居雜記》●之名。這擬名倒也不錯。

選譯者是水天同先生。他在卷首收譯了吉辛原來的序文，自己又寫了一篇〈致讀者〉和吉辛評傳，並附原作者的作品書目和參考書目。在譯書的體例上可說是很完備的。

這冊《鄉居雜記》的譯文，與現在台灣所翻印的那冊《四季隨筆》●不相同。台灣所根據的底本，大約是曾經有人說過的從前在上海或是重慶出版的那種譯本。這譯本原來的面目怎樣，可惜我一直還不知道。

吉辛的這部隨筆集，是道道地地的小塊文章。說是怎樣的好書，也說不上。難得的是他寫得很真實而又老實，一點不裝模作樣，並且盡量的發揮了他那種護持英國人生活習慣傳統的特性。他若是「大作家」，就不會寫出這樣的隨筆。難得的是他一生都是一個又窮又不很成功的作家，因此這部隨筆集就往往能令人讀了容易發生好感。

「幼失學」先生在信上提起的美國歐文的《速寫簿》，我國曾有林琴南的文言選譯本，題為《拊掌錄》●，寫的都是鄉下的傳說故事和人物風景，性質是與吉辛的隨筆集完全不同的。吉辛的隨筆小品，是屬於英國查理・蘭勃那一派的，著重的是身邊小

中華書局版《鄉居雜記》封面

台灣省編譯館版《四季隨筆》封面

事和個人的感想，至於像更有名的蒙田的散文，內容則是偏重人生和哲理的了。

我以為，若是喜歡看像歐文的《李迫大夢》•那類作品的文藝愛好者，應該看看屠格涅夫的《獵人日記》、都德的《磨坊書簡》這類作品，是可以令自己對書中所描寫的人物和故事，更感到親切的。

參考：

- 中英對照本《鄉居雜記》，水天同譯，上海中華書局 1948 年出版。
- 「台灣所翻印的那冊《四季隨筆》」應指 1947 年台灣省編譯館印行的《四季隨筆》，封面標英國吉辛著，李霽野譯。葉靈鳳讀到的可能是翻印本，或把譯者姓名抹去，否則他不可能不認識李霽野的名字。這譯本在台灣出版前並沒有在大陸以單行本出版，1985 年陝西人民出版社新版《四季隨筆》有李霽野 1983 年 4 月 15 日寫的〈後記〉，說：「《四季隨筆》是我於一九四四年二月在四川北碚譯完後，在一個期刊上分期發表過。一九四七年一月由台北台灣省編譯館印了二千零五十冊。」這個期刊到底是哪一個沒有進一步說明。
- 《拊掌錄》，林琴南（林紓）、魏易譯，上海商務印書館 1925 年出版。英文原題 *The Sketch Book of Geoffrey Crayon*。《李迫大夢》，英文原題 *Rip van Winkle*。

許地山校錄的《達衷集》

原刊 1967 年 9 月 12 至 14 日《新晚報．下午茶座》〈霜紅室隨筆〉。

一

三十多年前，許地山先生校錄出版的《達衷集》*，在今天看來，仍是一本可供參考的有用的書。這書有一個副題：「鴉片戰爭前中英交涉史料」，是他在牛津大學留學期間，從校中的波德利安圖書館所藏有關英國和滿清交涉史料中輯錄出來的。來源是當年東印度公司在廣州分公司存檔的舊信和一些往來的公文副本，他們都捐贈給牛津大學圖書館。許地山先生所鈔的不過是其中極小的一部分，都是東印度公司廣州分公司同滿清官衙往來交涉的公函呈文和告諭，也有一些私人函件。後者比前者更有趣，因為其中有些竟是這些英國煙商與沿岸私梟奸民往來通消息的函件。

這些資料，原來都鈔成兩冊，除了各件原來的標題外，自然不會有總名。《達衷集》這書名的來源，是許地山先生發現其中有一項文件稱為《尺牘類函呈文書達衷集卷中目錄》，他就採用了《達衷集》作為出版的書名。

《達衷集》分為兩卷，主要的內容是那個強行要在滿清沿海進行貿易的英國船主胡夏米，沿途與滿清官商往來的文書，反映他經過廈門、福州、寧波、上海等地所招惹的事端。另一部分內容則是英國商民在廣州歷年與當地官商往來交涉的文書，如英國水手打死中國人，英國商船不依定例停泊，以及傳達法令等等交涉經過。時間則歷經滿清乾隆、嘉慶、道光三朝，如英船水手殺死黃亞勝、蔣亞有的兩宗兇殺案，都是發生在嘉慶朝的，胡夏米的事件，則是道光朝的事了。

在胡夏米有關部分的資料中，有好幾封內地私販奸民寫給他的信，有的向他通報消息，有的接洽鴉片貨物走私的方法。在現在讀起來，不僅令人驚心怵目，更令人有今昔之感，因為有幾封信彷彿就是眼前的走狗敗類向牠們的主子來告密通消息的信。

如一個漢奸寫信通知胡夏米說：

> 特字通知汝船中船主駕，記（應作既）入五虎，不可入閩安鎮口。現鑼身塔（應作羅星塔）地方有官兵千餘人，四面伏兵，滅你大駕大船。汝船不能保全，我前日在撫台衙門內聞知兩院上本與皇上知道，現在本章四十日來回未可知。不可入閩安，恐九死無生，悔之晚矣。我祖宗洋船犯風，打汝貴國，勞汝貴國補助，送回。我恩情未報汝大恩，特送上好武彝岩茶一匣，有銀無處買。

這個漢奸，為了他的祖宗在海上遇難曾受過英國船救助，現在竟賣軍事消息，還要附送「上好武彝岩茶」一匣，可說荒唐之至。

二

另有一個漢奸，寫信給胡夏米，替他想方法，保證船隻可以進口買賣，而且代他擬了一個給官府的稟帖。這封標題為〈漢奸致英船主書〉，鈔在《達衷集》卷上的「福州事情」部分內。原信云：

> 近聞寶船至我界口，各處關口防守甚嚴。我有一言相告，未知聽否？若聽我言，包許進口賣貨。我代你做了一紙叩稟之字相送，與須著人用小舟進省，到福省大將軍麾下投遞，萬無不准。福省官員，惟將軍最喜英國之船進關，賣貨稅例，乃是將軍收管。你船到了福省，代你作個通事，未知用否？

這以下就是這個漢奸代胡夏米擬的稟帖。他這封信和代擬的稟帖，在所鈔的諸件之中，算是文字比較通順的，可知他曾經讀過幾年書，而且根據信上最末那句：「你船到了福省，代你作個通事，未知用否」，看來，他可能還是讀過洋書的。那麼，他「學鮮卑語」，原來是用作這樣的「敲門磚」，也太沒有出息了！

最有趣的，是有一個自稱「三山舉人」的傢伙，曾經一再寫信給胡夏米。最初是向胡夏米通消息，要送「內河水圖」給他，後來就圖窮匕見，在信上向他借盤費上京應考，不堪之至。當時論述時事的筆記野史上也曾經一再提過這個敗類。他有好幾封就收在《達衷集》內，有一封寫給「大英貴國大船主」的，一開頭便說：

> 特字通知。有內河水圖送你知道。我前一日上省探聽，現在撫台總（應作准）鑼心塔（應作羅星塔）地方，存火炮打汝全船……

這個「三山舉人」，文筆欠通，而且還在信上夾了許多福建話的土音字，讀起來費解。許地山先生曾費了不少精神給他注釋，這裏不再鈔了。他寫了幾封向胡夏米討好的信之後，就開口向他「求助」了。他在一封信上說：

> 大英國胡夏米老爺，船主大駕，寶舟回國，特來送行。前一日，多蒙老爺雅愛，訂許今日特來求贈書財。我是貧窮舉子，並無一物相送，乃孝子奉母言，令我送行。不是下類之人，可憐無恩可報。但願老爺順風相送，一路平安。船主老爺乃是大富大貴之人，量大如海……望老爺開此大恩德……蒙天庇佑，相逢貴老爺相送書財，我有日求得一官，做犬馬報你大恩；若不能得官，後世轉世，做犬馬去你貴國船主家中報恩……

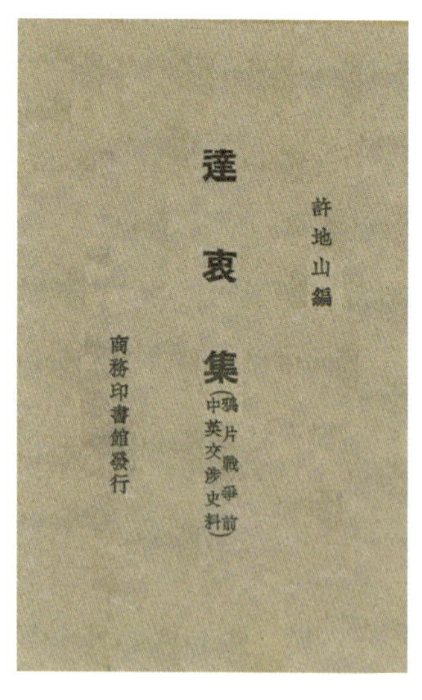

《達衷集》封面

還有一封，也是如此，總是自稱是「舉人」，又是「孝子」，而且表示願意來生做犬馬到「船主大老爺」家中去報恩。可知他不僅甘願做「黃皮狗」，而且希望投胎做「白皮狗」，一廂情願，令人彷彿如見這個敗類的嘴臉。

三

《達衷集》後半部所鈔錄的文書，全是同廣東方面有關的，包括英國商船水手因為殺人犯案，同官廳往來的文書，粵海關給他們的公文，以及洋行買辦伍浩官等人同他們在貿易上往來的函件。

英國水手在廣州所犯的殺人案，有關文書見諸《達衷集》的，有被英國水手戳死的黃亞勝一案。起因是為了銀錢爭執，中國方面的見證，肯定黃亞勝是被「紅毛國」水手殺死的，可是英國船主起先說黃亞勝由於訛騙英國水手銀兩，發生爭執，致被殺死。可是當滿清官方勒令交出兇手時，又狡獪的推說查不出犯案的水手是誰，甚至說無從肯定是不是他們船上的水手。

集中所鈔存的英國船主「啞吐哋上鎮粵將軍稟」，以及給巡撫和兩廣總督的呈文，都採取了這樣推搪的口吻：

> 稟為民人黃亞勝被人戳傷一事，因夷等已查明該事，且不見實據。黃亞勝以本處人被戳傷，並若死者真被夷人戳傷，人證方亞科、周亞德不實知犯罪者或係咪利堅國夷人，或係英吉利國夷人，而現發給紅牌，與咪利堅國船但給之，與本國船未有……

由於英國船主採用了這樣狡辯拖延的手段，這一宗命案終於被他們賴掉了，後來不了了之。

還有較後的「核治骨船」開槍打傷泥船工伴蔣亞有一案，也有好幾封往來文書鈔錄在《達衷集》內。這一宗行兇案，結果也是不了了之。這些文書，都反映出英國鴉片商人，在廣州逐漸猖獗，犯了命案，已經不肯把犯案的兇手交給滿清官廳審問，故意採用種種拖延搪塞的手段，將兇手用船送回國，然後表示一時查不出，或是派人回國細查了事。

滿清官廳就這麼逐步喪失了對英國煙商水手的審判權。

校錄者許地山先生說得好：「《達衷集》第二卷比較重要，因為我們從中可以尋出租界、領事裁判權，以及外國金融在中國發展的歷程。當時中國官吏的糊塗，每於公文中顯露出來。」

至於那些私販奸民，勾結英國鴉片煙商私下進行非法貿易，或是出賣情報消息。這些人的發展，由於後來鴉片買賣合法化了，這些依賴洋人生活的人，也就搖身一變，成為我們今日所熟知的康伯度買辦之流的洋奴分子了。

參考：

• 許地山：《達衷集》（鴉片戰爭前中英交涉史料），上海：商務印書館，1931 年。

1968年

智賺鱷魚的猴故事

原刊1968年2月1、2、4和5日《新晚報．下午茶座》〈霜紅室隨筆〉，5日文章題為〈猴子故事的尾巴〉。

一

勞動使得猴子進化，同時也創造了智慧。因此在古代人的神話寓言裏，猴子的智慧，總是在其他一般動物之上。狡獪的狐狸固然及他不上，愚蠢貪婪的鱷魚更不用說了。這以下是印度古典文藝作品《五卷書》裏所載，猴子智賺鱷魚，救回了自己性命的故事。

且說在大海邊上，有一棵番石榴樹，四時不斷的結著番石榴，滋味非常甜美。在這棵番石榴樹上住了一隻猴子，稱為紅面猴。

有一天，有一條鱷魚泅水來到了樹下，躺在沙灘上休息。紅面猴一向是慷慨好客的，見到鱷魚來了，就對牠說：「你來到此地，乃是我的客人。請你試一試我拋給你的番石榴，你吃一下就知道，滋味就像甘露一樣。」猴子說罷，就摘了一些番石榴拋給鱷魚。鱷魚吃了之後，果然覺得滋味不錯，就高興的同猴子談了許久。兩人從此成了朋友，鱷魚每天來到這棵番石榴樹下，同猴子談天，吃猴子拋給牠的滋味同甘露一樣的番石榴。

鱷魚將自己吃剩的番石榴帶了一顆回家，給妻子吃。妻子吃了，覺得滋味非常好，向丈夫問道：

「夫君，你是從哪裏得來這些鮮果的？滋味簡直像甘露一樣。」

鱷魚說：「賢妻，我新近結交了一個非常好的朋友，名叫紅面猴，這些鮮果是他慷慨送給我的。」

妻子說：「他既然每天吃著這樣滋味像甘露一樣的鮮果，他的心一定也化成了甘露。夫君，你若是體惜你的妻子，請你設法將他的心弄來給我吃，我若是能吃了他的心，就可以長駐青春，永遠是你的好伴侶了。」

鱷魚聽了，自然不肯，他說：「不能如此。第一，他等於是我的結拜弟兄；第二，他慷慨的給鮮果我們吃，我不便殺他。賢妻，請你放棄這個念頭罷。」

可是妻子說：「夫君，你過去從不曾拒絕過我任何要求，可是你這次拒絕了。我看你所說的那隻猴子，一定是一隻雌猴，你一定愛上了她，這才整天同她在一起。這就是你不忍殺她的原因。你近來夜晚已經沒有過去的興致那麼好，擁抱我也不似過去那麼有力，我早已懷疑你的心上已經有了別的女人。」

鱷魚聽了，十分沮喪不愉快，認為妻子的妒妬毫無理由。妻子就哭了起來，向丈夫撒嬌，對他說：「如果這隻猴子不是雌猴，你為什麼不肯殺她呢？如果他是雄猴，我看你根本不會同他成為好朋友。好了，老實告訴你，你如果不拿了她的心來給我吃，我就絕食，餓死在你的家裏。」

二

鱷魚見他妻子一定要吃猴子心，用絕食自殺來恐嚇，心裏十分難過，不敢再拒絕她，可是又不知如何下手，這麼想道：

「他是我的朋友，我怎樣可以下手殺他？這怎麼是好呢？」這麼想著，鱷魚又到海邊，來到那棵番石榴樹下。

猴子已經多日不曾見過鱷魚了，現在見他又來到了，可是像有心事的模樣，就忍不住向他問道：「朋友，為什麼多日不見你來到呢？你為什麼這麼不快樂，又不肯開口說笑呢？」

這時鱷魚心中已經想定了一個詭計來哄騙猴子，就這麼回答他道：

「朋友，你有所不知，我為你的緣故，挨了我妻子的罵，這就是我多日不能來見你的原因。我妻子罵我說，你是個不義的丈夫，我不願再見你，你多日領受朋友的款待，從不想到回敬他一次，你甚至不曾帶他到我們家中來坐過一次，你這種過失是難以挽救的。古人說得好：

殺人犯罪和偷竊，
醉酒和說謊，都不難挽救；
唯獨忘恩負義，
卻永無救藥。

我吃過你帶回來的番石榴，將這隻猴子看成是我的弟兄一樣，因此你一定要請他到我們家裏來一次，以便我們略表回敬之意。如果你做不到這事，你就永不要來見我。朋友，你看，由於她這麼一再責備我，使得我暫時無法來見你。我們夫妻倆，為了你的緣故，口角了許久。因此請你務必跟我到我們家裏去一次，我妻子已經為你在門口搭起了篷帳，她已經穿上新衣，戴上寶石首飾，以便對你表示歡迎。她並且在我們家門口掛起了假日的花環，焦急不耐的等待歡迎你！」

猴子聽了，心裏十分感動，回答鱷魚說：

「我的朋友，我的弟兄，嫂夫人真是太客氣太懂事了。古人說得好，朋友之間有六件事情應該做的：送禮和回敬，談笑和傾聽，再有就是飲食和款待。不過，我們猴子是生活在樹上的，而你們卻是生活在水中的，這叫我怎樣可以去呢？我看不如請嫂夫人來到這裏，以便我俯背向她表示我的敬意，接受她的祝福罷。」

鱷魚說：「朋友，我們的家是在水邊可愛的淺灘上，請你爬到我的背上，放心而且舒服的跟我一起去罷。」

猴子聽了，不禁高興起來，就這麼說：「如果能如此，那就好極了。我們不必再耽擱時間，不如趁早起程罷。」

猴子說罷，就跳到鱷魚的背上。

三

鱷魚揹了猴子在水中游了一程，一直游出了大海。猴子見到自己置身在無底的汪洋，不禁害怕起來，向鱷魚這麼問道：「朋友，請你慢一點罷，波浪這麼大，已經打濕了我的身上，我很害怕，你究竟要帶我到哪裏去呢？」

鱷魚見到猴子已經置身在大海上，只要將他拋在水中，他就無能為力，心想不必再瞞他，不妨爽直的告訴他，使他有機會在臨死之前為自己的靈魂祈禱。因此就這麼向猴子說：

「朋友，實不相瞞，我欺騙了你，這次帶你到這裏來，乃是想害你。不過這不關我的事，乃是我妻子吩咐我如此做，因此你還是趁早祈禱神明保佑你的靈魂罷。」

猴子聽了，心裏一驚，連忙問道：「朋友，我什麼地方得罪了嫂夫人，或是得罪了你，以致你們要設計殺害我呢？」

鱷魚說：「朋友，你有所不知，全是番石榴惹起的。我妻子吃了我帶回去的番石榴，覺得味如甘露，認為你的心一定也是如此，堅持要吃你的心，一定要我殺了你。」

惡人雖然慣於使用詭計，但是善良的人是更為智慧的。智足多謀的猴子，知道原來是這樣一回事，想了一下，便故意頓腳說：「朋友，原來是為了這事，你為什麼不早說？你我是好朋友，有什麼事做不到？我本來是有兩顆心的。一顆是甜心，一顆是苦心，那顆甜心一向藏在番石榴樹的樹洞裏，嫂夫人既然要吃，不如待我回去取了來作為禮物，免得她失望罷。」

鱷魚聽了，信以為真，而且十分高興，對猴子說：

「你真不愧是我的好朋友。我妻子本來為了這事絕食要挾我，現在大可以不必如此了。」

鱷魚說罷，就負了猴子在背上，轉身向岸邊游來。猴子一路不動聲色，捏一把汗，心裏暗暗的歡喜，眼看鱷魚漸漸游近了岸邊，就趕緊縱身一跳上了岸，隨即迅速的爬上了番石榴樹，爬到了最安全的地方，這才坐下來鬆了一口氣。

鱷魚在樹下等了一會，不見猴子下來，忍不住這麼問道：「朋友，你說的那顆甜心呢？快點拿給我罷。」

猴子在樹上哈哈大笑，回答鱷魚說：

「你這不義之徒！你這蠢貨！你幾曾聽到說過誰有兩顆心的？快點滾回去罷，千萬不要再在這樹下露臉！」

鱷魚聽了，十分狼狽，要想再用其他的花言巧語來哄騙猴子，猴子在樹上已不再理睬他，惟有羞慚而去。

四

《五卷書》裏所載的那個猴子用自己的智慧從鱷魚背上救回自己性命的故事，其中有一些細節，而且還有一個很有趣的「尾聲」，都被我略去了，現在補述如下：

當時鱷魚見到猴子識破了他的詭計，逃回到番石榴樹上不肯下來，雖然感到了尷尬和慚愧，但是仍想用說謊來補救，連忙這麼向猴子說：

「朋友，我妻子並不真的要吃你的心，請你不要誤會，我不過是同你說笑的。請你快點下來，到我家裏去作客，你的嫂嫂正在家裏熱切的等待著你哩！」

猴子說：

「渾蛋，你快點走罷，我決不會來，古語說得好：

餓肚漢不怕棍子，

苦人兒自有他的詭計，

姑娘，請你告訴那個漂亮人，

甘伽達拉決不再到井裏來了。」

鱷魚不懂，問猴子所說的是怎樣一回事？猴子於是講給他聽。甘伽達拉是一隻蝦蟆，漂亮人是一條黑蛇，也是一個忘恩負義的故事。猴子講完了這個故事，就向鱷魚說：

「因此我也像甘伽達拉一樣，決不再上你的當了，你還是趁早走罷！」

可是鱷魚仍想賴著不走，回答猴子說：

「我的好朋友，你未免過於誤會了，我現在仍邀請你到我家中去，乃是想趁此補救我對你忘恩負義的過失。你若是不去，我寧願餓死在你的門前。」

「你這蠢漢，」猴子向他斥責道：「你以為我是長耳哥，明知前途有危險，也閉著眼睛前去，自己去送死嗎？」

鱷魚又問猴子這是怎樣一回事，猴子又將這個笨驢長耳哥受人暗算的故事講給鱷魚聽，然後說：

「你看！這就是我要說，我不會像長耳哥那樣，明知有危險，自己還要去送死的原因。你這蠢貨，你想向我施用詭計，你自己卻洩漏了你的秘密，這還有什麼話好說，正如古人所說的那樣：

疏忽的騙子忘記了自己的利益，
一時大意洩漏了自己的秘密，
正如那個自負的窰工一樣，
永遠失去勝利的機會了。」

因此無論鱷魚用怎樣的花言巧語，聰明的猴子決不再信任他，決不再到他家裏去作客。

1969年

讀書偶記

原刊1969年4月15、16日《新晚報・下午茶座》〈霜紅室隨筆〉。

一

為了想了卻年輕時候的一項心願，近來在擠出一些時間來閱讀比亞斯萊的傳記資料和有關他的作品評論文字，以便編寫一部附有他的作品的評傳。過去花費了很多錢購置的他的作品大型圖冊，都在上海失散了，不知道已經落在誰的手上。但願能像我一樣，也是比亞斯萊作品的愛好者，不然就不免要引起煮鶴焚琴之嘆了。

幸虧比亞斯萊這幾年忽然又在英國流行起來，一連出了好幾種新寫的他的傳記，他的作品集也有人在重印，更有新編的版本，收入了過去不曾選入的作品。雖然近年英國幣值貶低，物價高漲，新出版的書籍定價一再漲價，但是我仍忍痛去買了來。重要的有關比亞斯萊的新書，可說都買全了。

看來要了卻這一個心願，剩下來的只是時間問題了。

大前年（一九六六年）秋天，英國曾舉辦了一次比亞斯萊作品展覽會，在倫敦的維多利亞與亞爾伯博物院舉行，公開展覽，會期從五月直到九月，一共繼續了五個月之久。這次的比亞斯萊作品展覽，許多作品都是向國內外博物院和私人收藏家那裏徵借來的，因此規模很大，內容非常豐富。而且，「維多利亞與

1966 年維多利亞與亞爾伯博物館比亞斯萊展覽會海報

比亞斯萊展覽會的紀念畫冊封面

比亞斯萊的 *Lysistrata* 插畫之一，上有審查官的審查記號。

亞爾伯」是國立的美術博物館，這次出面來主辦這次畫展，態度也顯得十分隆重，對這個僅僅活了二十多歲就死去的英國十九世紀的「世紀末畫家」，可說也是一種異數吧！

要解釋這種「異數」，可以舉出兩種理由。一是比亞斯萊雖然死得太早，而且他只是一個以書籍插畫為主的黑白裝飾畫家，但他在英國藝術上留下來的影響愈來愈大，他的近於「鬼才」的作品也愈來愈受人讚賞和愛好，這就使得英國「廟堂」中人對他也不得不刮目相看了。

另一理由是：近年在英美和歐洲流行的「普普藝術」，那種五光十色，令人目炫的招貼畫，以及時髦婦女的新裝設計，披髮長鬚的「嬉癖士」的怪裝束，都是直接間接受到了比亞斯萊的影響，使得他的作品近年突然又流行起來，因此趁這機會為他舉辦了一次大規模的畫展。

還有，這是英國人自己「心照不宣」的，近年英國國勢沒落，眼看就要成了「破落戶」，凡是有什麼可以壯壯「聲威」的總不肯放過。因此連「披頭四」也晉封「爵士」，原因就是他們曾經揚名海外，賺回了大批外匯。現在見到比亞斯萊忽然走紅起來，可說在英國藝術上爆出了「冷門」，自然要大大的利用一下了。

二

維多利亞與與亞爾伯博物院舉辦比亞斯萊展覽會的期間，同時還編印了一本紀念畫冊●，在第二年（一九六七年）年初由「女皇文房局」出版，編輯人就是負責籌備這次展覽會的布里安．里德。我見了廣告寫信去買，回信說已經賣完了，可見注意這個展覽的人倒不少，當時不無有點悵然。哪知隔了半年多，忽然有信來說又有書可以供應了，只是售價已經漲了一先令，當下再寫信去買，最近已經寄到了。

這本紀念比亞斯萊展覽會的畫冊，編印得頗有點令人失望，一共只選印了他的作品五十多幅。大約是為了普及讀者，限於售價所致，因為即使漲了價，每冊仍只售八先令六便士。這比起里德自己為另一家書店所編印的選用了五百多幅作品的大型比亞斯萊畫冊●，真是小巫見大巫了。不過，這薄薄的紀念畫冊也有它的長處，那就是有好多幅作品都是根據比亞斯萊的原作直接製版的，有許多墨水的污漬和鉛筆起稿的痕跡都可以看得出。想到這都是這個「鬼才」畫家，拖著肺病已經很沉重的身體，每夜在燭光之下來完成的，令人有一種特別真切之感。

這些原作，有一部分曾經由一個收藏家捐給了美國哈佛大學圖書館。為了舉辦這次展覽會，特地去借了來。因此展覽會在倫敦閉幕後，接著又移到美國紐約「近代美術」畫廊去展覽了一次。

比亞斯萊在一八九六年的夏天，曾畫過一輯古希臘戲劇家亞里斯多芬尼斯的喜劇《萊西斯特娜妲》●的插畫，共計八幅。由於亞里斯多芬尼斯這個大喜劇的主要劇情，是描寫雅典的婦人為了反對長年與斯巴達人作戰，倡議大家一致拒絕與出征的丈夫同房，來迫使雙方男子不得不停戰，因此比亞斯萊的這一輯插畫，畫得有些地方很色情，畫好後一直不曾公開發表，後來在臨終之際（一八九八年）曾寫信要求保管他的這些作品的出版家，給他毀去。不料這人不曾照辦，在比亞斯萊去世後曾複印了一些暗中流傳。但是在過去公開印行的比亞斯萊作品集裏，是從未見過他的這些作品的。

在倫敦舉辦的這次比亞斯萊作品展覽會上，這一輯插畫也從一個私人收藏家那裏借了來，公開陳列。維多利亞與亞爾伯博物院雖是國立機構，但是議會裏既可以公開辯論通過了「同性戀」合法的提案，國立博物院展覽比亞斯萊的幾幅有色情意味的插畫，實在也不算什麼。不料馳名世界的「蘇格蘭場」警探竟「矇查查」，在展覽期間沒收了倫敦一家美術品商店所出售的這些展品的複製品，還要控告這家商店老闆「妨礙風化」。老闆要求法官先到維多利亞與亞爾伯博物院看看那個展覽會再來審案。法官接納被告要求，看了後連忙宣布消案放人，成了這次展覽會的一個有趣插曲。

參考：

- 比亞斯萊展覽會的紀念畫冊：Brian Reade: *Aubrey Beardsley*, Victoria & Albert Museum, London: Her Majesty' s Stationery Office, 1966。
- Brian Reade: *Aubrey Beardsley*, 1967 年同時有倫敦 Studio Vista 和紐約 The Viking Press 版，有比亞斯萊作品 502 幅。
- 《萊西斯特娜妲》：*Lysistrata*，古希臘戲劇家阿里斯托芬（Aristophanes）的喜劇作品，公元前 411 年公演。比亞斯萊 1925 年曾為此劇作插畫九幅，每幅都不能通過審查。

布拉格的春天

原刊1969年5月18日《新晚報．下午茶座》〈霜紅室隨筆〉。

布拉格本來該有一個春天的，可是給蘇修的鐵蹄窒息枯萎了，變成了莫斯科寒冬的翻版。今年的春天，布拉格的捷克市民在蘇修佔領軍的冷酷監視下度過的。但他們滿懷希望，沉默的相信不久就有一個春天會來到，一個切實而美好的真的春天。

在英國牛津任教的捷克人齊曼，最近就以《布拉格的春天》為題，寫了一本小書，敘述自一九六八年春天以來，捷克以杜布切克為首所幻想的所謂「民主改革」，以及在八月二十的黑夜被越境的蘇軍鐵蹄所踏破的經過。

《布拉格的春天》封面

齊曼用這樣的筆調描摹蘇修軍隊越過捷克邊境的情形道：

> 像黑夜裏的盜賊一樣，這些軍隊在八月二十至二十一日的夜裏越過了捷克邊境。莫斯科統治者的利害攸關，恐懼和自我欺騙，化成了這一種駭人的不合時宜的行動。當然，沒有人會期待俄國領導人會幹出違反他們國家利益的事情。但是他們在將來將被指摘誤解了這些利益究竟是什麼，以及應該採用怎樣更好的方法去保衛它們。他們竟使用武力去保衛無知，不人道和貧困，而這些是根本無須使用武力的……。

卻沒提這就是蘇修社會帝國主義的行徑！

在一九六八年的春天，捷修的作家協會一再舉行大會，發表宣言，活動的主要目標之一就是要杜布切克廢除檢查制度。杜布切克答應了，可是曾幾何時，蘇軍來了，表面上雖然一時還不曾恢復新聞檢查制度，但是「黑市」的由蘇修作主的新聞檢查開始出現。而且往往整篇原稿會有去無回，以捷修作家協會的喉舌周刊《文學》來說，在蘇軍進佔了以後，編者每一期不得不準備兩份不同內容的原稿，以便一份全部被扣留了，就用後備的另一份出版。這樣掙扎了一些時候，為了表示抗議，終於自動宣布停刊了。

最近，杜布切克也下台了，捷克人在暗中流傳這樣一個笑話：獅子同志遇見了一隻兔子，對牠說：「兔子同志，請你明早來報到，因為明早我要用你作早餐。」「我一定準時來到，獅子同志。」兔子回答。後來獅子又遇見了一隻斑馬，也提出同樣的要求。斑馬回答道：「獅子同志，我們實行物資交換罷。」獅子知道自己有時未必一定贏得過斑馬，連忙改了口氣說：「對不起，是我一時弄錯了！我從我的菜單上取消你的名字就是。」於是獅子就改用了一隻老鼠作午餐。

這就是布拉格市民對那些自以為了不起的蘇修和出賣民族利益的捷修分子的嘲弄。他們就是在這樣樂觀的空氣中等待春天的來到。

參考：

• 《布拉格的春天》：Z. A. B. Zeman: *Prague Spring, A Report on Czechoslovakia 1968*, Harmondsworth: Penguin, 1969。

索爾仁尼津的喊冤內幕

原刊 1969 年 6 月 27 日至 7 月 1 日《新晚報·下午茶座》〈霜紅室隨筆〉。

一

自從斯大林去世後，十多年以來，蘇修統治集團在蘇聯文學藝術上就著手進行一種瘋狂的「翻案」活動。他們公開否定十月革命的道路、歪曲列寧的遺訓、謾罵斯大林、抹煞蘇聯紅軍和人民在反法西斯戰爭中的衛國英雄功勳。凡是能夠在這些罪惡活動上，對他們有幫助的過去的反動作家，不論是死的還是活的，都給「翻案」，將這些人的作品「解凍」。

在這樣的前提之下，曾經惡毒的咒罵十月革命，私自將作品送到國外去出版，曾被蘇聯作家協會開除會籍的帕斯捷爾納克，也被「翻案」，在他死去多年之後，他的反動的《日瓦戈醫生》也在蘇聯國內重新出版了。

更生動的一個例子，是亞歷山大·索爾仁尼津●。他本來以叛國通敵罪，被判入獄改造八年。斯大林去世不久，他就獲得釋放，並且有人為他進行翻案，指為「冤獄」，赫魯曉夫更親自批准他的小說《伊凡·傑尼索維奇的一天》出版。為的是這部小說可以「忠實的暴露在斯大林時代的勞動改造集中營的真相」。

蘇修的阿飛詩人葉夫圖申科，自然與他臭味相投，公然說索爾仁尼津的小說是「我們唯一的活的俄羅斯經典作品」。有些蘇修批評家為了討好赫魯曉夫，更說索爾仁尼津的作品可以比得上杜斯朵益夫斯基、屠格涅夫、托爾斯泰和高爾基等人。

這一來，索爾仁尼津不僅有點受寵若驚，而且得意忘形了。他在受勞改期間，寫過不少東西，除了被赫魯曉夫特別賞識的《伊凡·傑尼索維奇的一天》之外，還有劇本、詩劇、短篇小說，以及一部未寫完的長篇《癌症病房》。他到處奔走，一面給自己「喊冤」，一方要求出版自己的這些著作。

不過，這時的蘇修文藝界，雖然打起「全民文化」的旗幟，鼓吹「翻案」和「解凍」，但是在這一股反革命逆流的底下，還有爭權奪利的暗流。索爾仁尼津在蘇修文壇上能夠站住腳，全是由於有赫魯曉夫給他撐腰。曾幾何時，赫魯曉夫倒台，另一批蘇修頭目勃列日涅夫、柯西金之流的統治集團上了台，索爾仁尼津由於同赫魯曉夫的密切關係，雖不致再次被關入集中營，卻在文藝活動上遭受到普遍的隔絕和封鎖。小說稿被審查通過了，出版機構卻拒絕出版，《新世界》月刊雖然答應可以發表他的《癌症病房》一部分，但是臨時又撤銷。這使得索爾仁尼津一再到處去投寄他的「抗議信」，要求為自己伸冤，可是誰也不肯發表他的這些抗議信。

二

索爾仁尼津見到他向蘇聯作家協會抗議的信，沒有人理睬，也沒有報紙刊登，他就採用這許多年以來，在蘇修文藝界散布自己作品的一種半公開的「秘密」方法，這就是說，將自己的那些抗議信用打字機複印了許多副本，分發給自己的朋友和同情他的人。

這種採用類似中古時代抄本的方式，來流通自己作品的方法，在蘇修集團統治下的蘇聯文藝界十分流行。因為作家協會和出版機構都受到嚴密的控制，蘇修頭子對於不適合自己口味或是不肯完全聽話的蘇修作家，決不給予出版的機會，就是檢查機關將原稿審查通過了，同樣也找不到發表和出版的地方，因此這些作家便想出了這種半公開的流通方法，將原稿用打字機印成若干副本，送給人或是賣給人。

這種將不能出版和發表的原稿，用副本來流通的方式，蘇修當局當然知道，可是他們眼開眼閉，並不嚴厲禁止。因此這個辦法雖是「地下活動」，事實上卻是半公開的。不用說，駐在莫斯科的那些西方國家的「文化間諜」，他們自然有辦法也能獲得這類副本，並且不費事的送出蘇聯境外。這正是自帕斯捷爾納克的《日瓦戈醫生》以來，以至辛雅夫斯基、丹尼爾等人的作品，能夠暗中送到國外，在國外出版的原因。

就這樣，索爾仁尼津這些有許多副本流通的抗議書，自然也有機會流出了蘇聯境外。其中有一封曾在法國和英美刊物上大登特登的，乃是索爾仁尼津在一九六七年五月十六日寫給蘇聯作家協會第四次會議的一封抗議信。從這封信上，使我們有機會可以知道近幾年蘇修文壇的一些內幕，同時也可以看出索爾仁尼津這人的真面目。

索爾仁尼津在這封信上，表面上是為蘇修作家鳴不平，事實上是為他自己鳴不平。他不是「蠢貨」，他首先歌頌了「黨」，說是自斯大林去世後，黨的「二十大」會議已經批准恢復作家更大的自由，可惜被「官僚作風」和某些「特權人物」所阻撓了。他所「罵」的只是這些同他作對的「個人」，從不反對當前蘇修集團的統治和所施行的制度。

翻譯這封信在美國發表的伏拉地米爾．帕特洛夫[●]說，這是索爾仁尼津的「聰明」，否則他就不可能在國內繼續活動。同時，索爾仁尼津同樣也公開反對有人將他的作品拿到國外去出版，據說乃是為了避免自己被控告「反蘇」和「協助帝國主義」的罪名。

三

索爾仁尼津在這封抗議信內，提到他在勃列日涅夫、柯西金等人上台後，所受到的歧視和封鎖情形。這封信是在一九六七年五月寫給蘇聯作家協會第四次大會的，信中說到他個人在過去兩三年所遭遇的一些事情，使我們有機會可以知道在蘇修集團的統治下，即使像索爾仁尼津這樣以誹謗斯大林起家的作家，日子也不好過，而且還要受到國家保安人員的搜查。

索爾仁尼津在這封信上哭訴：兩年以前，國家保安人員拿走了他正在寫作的一部小說《第一層地獄》的原稿，使他無法向出版機構去接洽出版。後來，他們卻未得他的同意，也不通知他，將這部小說印成了一種「內部發行」的版本，給高層文化官員看。同時，他們又拿走了他過去經過十五年到二十年所搜集的文學資料，這些都是不預備出版的，可是也被他們摘取其中的一部分，印成「對內文件」。

他的小說《癌症病房》，已經由莫斯科作家協會的散文組批准可以出版了，可是，沒有一家出版機構肯接受，就是想將其中的一部分在刊物上發表，也被拒絕。

他過去曾在《新世界》雜誌上發表過的一些短篇，也沒有一家出版機構肯印成單行本。

他被阻止與讀者接近，也不許在公共場所朗誦他的作品。在一九六六年十一月份內，有十一次為他安排的節目，其中有九次在最後一分鐘宣布取消。

索爾仁尼津在信上要求作家協會為他澄清這些疑問，並且保障他的權利。可是這封信沒有獲得答覆，也不見發表。索爾仁尼津就將抗議信印成了許多副本，送給同情他的人。不久就從作家協會傳出口頭消息，說索爾仁尼津的一些指摘是沒有根據的，他的《癌症病房》和短篇小說已經在印刷中。

其實根本沒有這麼一回事。除了由赫魯曉夫當年親自批准出版的《伊凡·傑尼索維奇的一天》之外，在蘇聯國內一直沒有出版過他的第二本著作。作家協會所傳布的消息不過是應付一部分人士的，這自然使得索爾仁尼津更為生氣，便在這年九月十二日再寫了一封信給全蘇作家協會的秘書處，申訴此事，更說甚至他的《伊凡·傑尼索維奇的一天》，也從圖書館的借書目錄上取消了。同時，他的《癌症病房》的副本已經流傳愈來愈多，他預料不久在蘇聯境外就會有單行本出沒。作家協會若不願採取行動，他自己就根本無法阻止此事云云。

根據這些情形，我們可以看得出來，索爾仁尼津雖然受到赫魯曉夫的賞識，卻不蒙勃列日涅夫、柯西金集團的青睞，因此使他陷入一種受歧視被扼殺的窘境。

四

由於索爾仁尼津先後寫了兩封抗議信給蘇修作家協會，同時又將這些信印成副本在外流傳，甚至流傳到了國外，蘇修作家協會無法完全不理睬這事。他們在一九六七年九月二十二日為這個問題召開了一次會議（索爾仁尼津的第二封抗議信發表於九月十二日）通知索爾仁尼津列席參加，以便親自回答問題。這次會議參加的有三十多人，主席是費定。中央委員會的文化部門也有一個官員來參加。

這次會議經歷了約四小時，索爾仁尼津大受與會者的指摘，同時雙方也暴露了不少在蘇修集團統治下的文藝界和出版界的內幕。會議的結論是：由於索爾仁尼津將他的抗議信在作家協會不曾表示態度以前，就在外散布，並且在國外發表，因此作家協會對他的這兩封信決定不加理睬。

這樣一來，索爾仁尼津的任何作品，在蘇聯國內自然更不會有發表和出版的機會，但他的問題在國外卻引起了廣泛的注意，因為他的未發表過的作品的副本，流出到國外的，顯然愈來愈多了。這時忽然又發生了有關他的作品的一件怪事。

據索爾仁尼津自己說，在一九六八年四月十八日，《新世界》雜誌的編輯部，找他去會晤，給他看一封電報，這封電報是由西德法蘭克福一家文藝刊物打給《新世界》的。這是流亡在西德的俄國人所辦的刊物，他們通知《新世界》，說蘇聯國家保安機構，通過一個名叫維克多．魯意斯的人的關係，又將索爾仁尼津的《癌症病房》原稿的一個副本，寄給西方國家，以便《新世界》愈加無法在他們的刊物上發表這個作品。為了這個緣故，西德的這個俄文刊物《格拉尼》，表示將立即將《癌症病房》在他們的雜誌上發表，以免別人捷足先登云云。

這一來，索爾仁尼津自然又緊張起來了，他又寫信給作家協會，給《文學報》，公布此事，並且要求調查「維克多·魯意斯」這人是誰？為何國家保安機構要將《癌症病房》的原稿副本交給這人送往國外？國家保安機構為何插手此事？還有，這封電報究竟是真是假，還是有人故意偽造了來搗鬼的？

索爾仁尼津表示他自己反對他的作品採用這方式在國外發表和出版。同時，他要求作家協會注意，蘇修作家作品的原稿會流傳到西方國家去，原來還有這麼一條可怕的「黑路」。

不久，法國的《世界報》也發表了消息，說是索爾仁尼津的新作《癌症病房》將有英文譯本和意大利文譯本出版，兩國的出版家為了版權問題業已發生爭執云云。

五

果然，到了這年的五月（一九六八年），英國的一家書店就同時出版了《癌症病房》第一部的俄文本和英文譯本，到了九月間又將第二部的俄文英文本出版。美國版則在今年二月間出版，同時還出版了紙面廉價本。書前書後還附有索爾仁尼津的那幾封抗議信和參加作家協會會議的記錄。

出版商的廣告對索爾仁尼津特別捧場，說他的文藝才能可以比得上托爾斯泰等人。又說他是第一個作家，以身受的經歷，暴露了「斯大林時代集中營的黑暗」。

索爾仁尼津曾在一九五〇年患過癌症，後來痊癒。《癌症病房》的內容，大約有一部分就是根據他自己的體驗。這本小說在蘇聯境外出版後，隨即從莫斯科傳出一些古怪的消息，說索爾仁尼津的舊病復發，已經陷於不治的絕境，不久就誰也不知道他的下落，因此西方的好事家都紛紛傳說索爾仁尼津已經死了。

其實，這是蘇修的國家保安人員對他所玩弄的一種手法，他們故意「義務」代印了他的作品許多副本，「義務」代為分發到國外去，以便造成他的作品私下送到外國去出版的事實，然後加重對他的責難。

索爾仁尼津只好乖乖的避到距離莫斯科有二百里的一個鄉下去「隱居」，不再在莫斯科露面。這正是傳他舊症復發和死去的原因。

今年三月間的英國倫敦廣播電台，廣播了一個名叫利科的捷克記者的報道，說他曾專程到莫斯科去訪問索爾仁尼津。他向作家協會請求為他安排會面，對方一再拒絕了他的要求，先說索爾仁尼津正在忙於寫作，後來又說他生病，甚至說他病重，總之是不便接見任何訪問者。最後，他們答覆利科，索爾仁尼津住在距離莫斯科二百里的小城拉雅桑，那裏是禁區，禁止外國旅客前往，就是「兄弟國家」的記者也不能去。要去，要先向軍方申請特別護照，他們辦不到。

利科在第二次大戰期間曾參加蘇聯軍隊，他摸到路子弄到了一張特別護照。可是在火車上又有人通知他要在中途下車，說接近拉雅桑的一座橋樑臨時損壞。後來幸虧遇到了一個汽車司機，是曾經同索爾仁尼津在一座集中營的。他知道利科要找索爾仁尼津，就義務駕車送他前去。

利科終於見到了住在一座假三層蘇聯式小屋內的索爾仁尼

津，聽了他許多消沉的談話和牢騷。有兩點是令人特別感到興趣的：一是他說自己由於赫魯曉夫批准他的作品出版，使他有錢可以生活，但是同時至今仍因此事受累，另一是蘇聯國家對外代理版權機構，曾用他的名義向西方國家收取版稅，卻一個戈比克也不給他。

參考：

- 索爾仁尼津，通譯蘇辛尼津、索爾仁尼琴：Aleksandr Solzhenitsyn（1918-2008），前蘇聯作家，1970 年獲諾貝爾文學獎。1974 年被褫奪國籍後流亡德國，後轉往美國，至 1994 年回國。主要作品包括：*One Day in the Life of Ivan Denisovich*（《伊凡傑尼索維奇的一天》），1962 年；*Cancer Ward*（《癌症病房》），1966 年；*August 1914*（《一九一四年八月》），1971 年；*The Gulag Archipelago*（《古拉格群島》），1973 年。
- 伏拉地米爾・帕特洛夫（Vladimir Petrov, 1915-1999），喬治華盛頓大學教授、中蘇研究所研究員，在為《癌症病房》寫的〈後記〉中，提到他為索爾仁尼津翻譯了寫給蘇聯作家大會和蘇聯作家協會的信和相關文件。

自題《北窗讀書錄》

原刊 1969 年 9 月 2 日
《新晚報．下午茶座》
〈霜紅室隨筆〉。

《北窗讀書錄》封面

我的讀書趣味一向是多方面的，因此所讀的書很雜。這種傾向，從這個集子裏也可以略見一斑。這幾十篇讀書隨筆，有的是近一兩年寫的，有的已經是十年以前的了，所涉及的範圍很廣，這些書包括了有名的古典著作，以及今人的新作，有中文書，也有外文書，還有藝術圖籍和版畫，因為這些都是我所喜歡的書，也是我喜愛讀的書。

一個喜歡書，一個喜歡讀書的人，能夠將自己嚮往已久的一本著作，攤在面前精心細讀，或是隨手翻閱，都是最難忘的一種享受。這種享受，時常令我在忙碌之中獲得片刻喘息的調劑，給與我面對人生的新的勇氣。

有些蓄意尋訪已久的書，多年都未能有機會讀到，後來終於能見到了，內容並不如自己想像的那麼好，或是想像中的那麼有用，反而會感到一種失望。如我在〈鄉邦文獻〉中所提到的那部《三岡識略》，後來終於有機會從一位朋友處借來讀過了，我想查閱的資料，和我平日已經知道的也差不多，因此除了兌現了一個多年的心願以外，別的可說並無所獲。

有關家鄉的志乘文獻，近年確是愈來愈不容易買得到，因此自己雖然很想多讀幾種，也不大有機會。有一次在一個出版商的展覽會上，總算買到了一冊《金陵沿革表》和《六朝事跡類編》的合訂本。後來到了北京，在琉璃廠的古籍書店裏，更買到了《金陵瑣志九種》。這簡直令我喜出望外，可說是近年購求家鄉志乘的最大收穫。可惜想買《金陵叢刻》，連他們那樣汗牛充棟的書庫架上也缺貨了。

那一次，我還在古籍書店的架上找到了零本木刻的《無雙譜》。我以前不惜重價想買《喜詠軒叢書》，就因為其中有石印本的《無雙譜》。想不到無意中能夠買到零本的，而且還是木刻的，自然不必再要《喜詠軒叢書》了。

關於本集裏有幾篇隨筆提到的英國鬼才畫家比亞斯萊，近年英國又一連出版了好幾種不同版本的他的畫集，以及新寫的傳記。由於英國出版法令修改了，有些過去不便發表的作品都可以公開印出。因此這些新出版的比亞斯萊畫集內容與過去出版的頗有不同之處。這些我差不多一一都買到了。我久有要選印一本比亞斯萊畫冊，為他寫一篇評傳的計劃。這是蓄之已久的一個心願，藉這校閱《北窗讀書錄》的機會，在這裏披露出來，作為對自己的一種鞭策。

參考：

• 霜崖（葉靈鳳）：《北窗讀書錄》，香港：上海書局，1969 年。

鳴謝

本卷出版承以下人士和機構協助，
謹此致謝：

葉中敏小姐
蘇偉柟先生
香港中文大學圖書館香港文學特藏
香港大學孔安道圖書館

責任編輯　許正旺
書籍設計　陳朗思

書　名　葉靈鳳文存　卷一・霜紅室隨筆之藝海書林（下冊）
著　者　葉靈鳳
選　編　許迪鏘　張詠梅
出　版　三聯書店（香港）有限公司
香港北角英皇道四九九號北角工業大廈二十樓
香港發行　香港聯合書刊物流有限公司
香港新界荃灣德士古道二二〇至二四八號十六樓
印　刷　美雅印刷製本有限公司
香港九龍觀塘榮業街六號四樓 A 室
版　次　二〇二五年四月香港第一版第一次印刷
規　格　特十六開（148 mm × 210 mm）三二八面
國際書號　ISBN 978-962-04-5590-2（套裝）
© 2025 三聯書店（香港）有限公司
Published & Printed in Hong Kong, China.